韓晗主編

理論的逃逸

解構主義與人文精神

陳永國　著

秀威資訊・台北

「秀威文哲叢書」總序

自秦漢以來，與世界接觸最緊密、聯繫最頻繁的中國學術非當下莫屬，這是全球化與現代性語境下的必然選擇，也是學術史界的共識。一批優秀的中國學人不斷在世界學界發出自己的聲音，促進了世界學術的發展與變革。就這些從理論話語、實證研究與歷史典籍出發的學術成果而言，一方面反映了當代中國學人對於先前中國學術思想與方法的繼承與發展，既是對「五四」以來學術傳統的精神賡續，也是對傳統中國學術的批判吸收；另一方面則反映了當代中國學人借鑒、參與世界學術建設的努力。因此，我們既要正視海外學術給當代中國學界的壓力，也必須認可其為當代中國學人所賦予的靈感。

這裡所說的「當代中國學人」，既包括居住於中國大陸的學者，也包括臺灣、香港的學人，更包括客居海外的華裔學者。他們的共同性在於：從未放棄對中國問題的關注，並致力於提升華人（或漢語）學術研究的層次。他們既有開闊的西學視野，亦有扎實的國學基礎。這種承前啟後的時代共性，為當代中國學術的發展提供了堅實的動力。

「秀威文哲叢書」反映了一批最優秀的當代中國學人在文化、哲學層面的重要思考與艱辛探索，反映了大變革時期當代中國學人的歷史責任感與文化選擇。其中既有前輩學者的皓首之作，也有學界新人的新銳之筆。作為主編，我熱情地向世界各地關心中國學術尤其是中國人文與社會科學發展的人士推薦這些著述。儘管這套書的出版只是一個初步的嘗試，但我相信，它必然會成為展示當代中國學術的一個不可或缺的窗口。

韓晗

2013 年秋於中國科學院

繁體中文版序

很榮幸能把這本書獻給臺灣的讀者。本書是我從 1997 年到 2007 年研究西方後現代文化批評理論的結果，也見證了後結構主義思想在大陸學界傳播和深化理解的過程。總體上看，從上個世紀 80 年代初施行改革開放政策以來，西方思想在大陸的譯介經歷了兩個高峰期：80 年代中期至末期目睹了一大批西方人文和社會科學書籍的譯介，為經歷了文化大革命而急需補充新思想的大陸知識分子提供了瞭解進而近距離接觸西方新學的機會，但這次高峰譯介的書籍以文學、藝術和美學居多，集中現代性和現代主義的批評和批判。第二次高峰是 90 年代中期至 21 世紀的前 5 年。就人文和社會科學領域而言，這個時期譯介的主流當屬哲學、歷史、政治、文化等，側重現代性、後現代性和後現代主義，包括結構主義和後結構主義諸多思潮。本書的研究就得益於這一階段的譯介，其中大部分是我在譯介之餘思考的結果，囊括了我個人對後現代主義、結構主義、解構主義以及與文學藝術批評相關的新思想、新方法的理解。就興趣而言，本書研究重點是詹姆遜、本雅明和德勒茲等重要思想家的文化批判。

改革開放不但促進了大量西學的引進，而且加強了海峽兩岸的聯繫，尤其在學術界，兩岸知識分子的交流日漸頻繁，理解日益加深，思想交流不斷深化。出版界亦不甘落後。2006 年，我譯的《改變世界的觀念》在臺北聯經出版；2011 年，巴迪烏的《聖保羅：普世主義的基礎》也經我翻譯由中原大學宗教研究所和臺灣基督教文藝出版社聯合出版。承蒙韓晗先生的熱心引薦以及秀威資訊科技股份有限公司的大力支持，本書此次得以在臺灣再版，希望能以此綿薄之書，為加強兩岸的學術交流獻微薄之力。因筆者才疏學陋，書中所述觀點必有疏忽，且純屬一家之見，誠請讀者批評。

陳永國

2013 年 8 月 21 日於清華園

序

這本書，這本書中的各篇文章，我早已諳熟於心。它們在不同時期成文的時候，我都是第一個讀者，也是受益至深的讀者。不過，我答應寫這個序言，不單純是因為我從書中獲得的這份教益，也不單純是因為我們多年來的默契和友誼，還因為將我們卷在一起的共同工作——正是這項共同工作，使得我們總是一起思考，並且因為這種共同思考，沖淡了我們各自日常生活方面的乏味和單調；也正是因為這些共同的工作，我們（以及另外一些朋友）並不承受理論思考本應承受的孤單。陳永國的成就，毫無疑問，我總是將它們看成是我的成就；反過來，我的一點進步，他也一定會視為是他的進步。至少，他的書，或者我的書的出版，在分享喜悅這點上，我們毫無差異。

這本書，跨越了批評理論的三個階段：最開始是以索緒爾的語言學為發端的結構主義階段：這是 60 年代法國獨創性思想的開端，羅蘭・巴特，克利斯蒂娃，敘事學和各種各樣的文本理論展開了眼花繚亂的試驗。文學借助於語言學的模式得以認知，人們第一次將主體和歷史逐出了批評的視野，並將文學驅逐到語言結構的牢籠中：文學研究的法則，在語言學的法則下展開。接下來的階段，是兩個不同的線索的彙聚。一個線索來自於結構主義的內部反叛，德里達、羅蘭・巴特和克利斯蒂娃等人發現了另外一個索緒爾，發現了一個強調差異性的索緒爾，他們依然將文學限制在語言學內，但是，這不是結構和系統的語言學，而是差異和嬉戲的語言學。這就是人們通常所說的解構主義階段。在這個階段，文本開始自我內訌，解構作為一種批評和哲學思潮出現，它們不厭其煩地對安靜的等級森嚴且缺乏活力的形而上學進行了攻擊。另外一個線索是新尼采主義的不屈不撓的湧現。尼采，通過巴塔耶、布朗肖和克羅梭夫斯基的重新解釋，直接鍛造了福柯、德勒茲和利奧塔等的思想形象。在 70 年代，以索緒爾和尼采為開端的兩條線索交織在一起，就形成了所謂的後結構主義階段。這是理論的第二個階段，這個階段被索緒爾和尼采的兩組概念所標誌：差異，斷裂，任意性；以及力，欲望和身體。這兩組概念相互援引，左右開弓，向總體性和理性發起了挑釁，在某種意義上，也是對現代性背景和形而上學傳統發起了攻擊。陳永國對 60 年代以來的這兩個階段都進行了提綱挈領式的勾勒——事實上，人們對這兩個階段的理論並不陌生。陳永國這本書中最有意義的是對理論的第三個階段的分析。這第三個階段，各種理論憑藉自己的旨趣和潛能進行了複雜的重組。對形而上學的批判不再沉浸在純粹的哲學抽象中，相反，具體的倫理和政治的問題塞滿了後結構主義的視野。這個階段不再構成一個明晰的理論思潮，而是一些具體的歷史處境的批判。理論在這個時刻處在一種多樣性的躊躇狀態。

這本書不可能對各種各樣的後結構主義倫理政治進行全面的梳理，陳永國關注的是兩個潛在的但是意義非凡的理論線索：一個是馬克思到德勒茲到詹姆遜到哈特的線路；一個是索緒爾到德里達到斯皮瓦克的線路。在第一個線路中，德勒茲不是和人們通常所熟悉的與尼采發生關聯（這種關聯當然是決定性的），而是和馬克思發生了聯繫。這一聯繫，使得馬克思和德勒茲受到了雙重的啟動。德勒茲的轄域化／解域化概念，欲望和流動概念，同馬克思的資本概念結合在一起。資本在流動和領土的範疇中得以重新定義：資本的特徵正是流動，同時，這種流動是一個解域化、轄域化和再解域化的不停息的過程（這也正好是欲望的運動特徵）。這也是一個地理的認知測繪過程。德勒茲式的欲望之流，一旦成為馬克思的資本的特殊的內在性，我們就看到了一個全新的地緣政治的誕生。它被哈特和奈格里命名為《帝國》。事實上，在這個「帝國」中，我們看到了《資本論》和《共產黨宣言》的完美縫合。而縫合的針線，就是德勒茲的永不停息的欲望之流。陳永國對此有一個完整的描述——這或許是本書中最為精彩的部分。

這本書另一個有意義的闡述是重新探討了翻譯問題。這是圍繞本雅明、德里達和斯皮瓦克展開的另一條理論線索。無論是本雅明還是德里達，翻譯都不是一種語義的再現，對本雅明來說，原文之所以需要翻譯，是因為它想存活於另一段歷史，另一個地方。因此，譯文是原文的生命延續，是原文的分娩，但是，譯文在「分娩的陣痛中」宣告了原文的死亡。譯文並不是將忠實作為對原文的紀念。這種翻譯的分娩和存活——德里達重讀了本雅明——正是一個「延異」過程。正是經由翻譯，語義在時間的延宕和空間的變異中存活，是在時空的越界中存活，而不是原義的單純複述。延異過程中的越界充滿著暴力，這正是文化政治的特徵，文化政治正是出沒於這個翻譯的延異中，出沒於這個時空的越界軌跡中。我們看到，翻譯，根本上是一個政治問題：它既是抵制和批判的，也是暴力和征服的，既是自發的充滿愛欲的身體性的，也是富於策略性的文化抉擇式的。解構主義還推開了諸多的倫理政治大門。在此，每一次決斷都是政治性的，但是，有一種特有的反決斷的猶豫，德里達賦予這種猶豫一種困境的詩意——或許，猶豫和難以抉擇，是生活、政治和倫理的一切奧妙所在。猶豫總是在責任的重壓下徘徊。猶豫和責任相互依偎。這本書不厭其煩地探討了這一點。如果相信這一點，我們會理解德里達閃爍其辭的辯證法則，理解那些詞語和詞語之間的蜿蜒式的盤旋，理解那些思考本身的詭異、曖昧和複雜性的深淵。這個文本和思考的深淵，不是偶爾為之的兩難，而是一個基本的困境。所有的決斷都是捨棄。人類及其各種精神生活從來不是一目了然的。在此，猶豫上升到風格的層面：既是一種生活政治的風格，也是一種美學政治的風格。

理論的第三個階段正在它的展開過程中。這個過程，不再是單純的理論抽象，而是理論對現實的再敘事。看上去，純粹的理論發明走到了盡頭。為此，人們現在開始發表對理論的憑弔，有一部分人在哀悼 60 年代以來的理論的消亡。事實上，對理論的抵制一直是理論發明的一個重要組成部分。人們甚至會說，理論就是在對理論的抵制中存活的。在什麼意義上，人們會說理論消亡了？事實上，只要思考沒有停止，理論就不會消亡。即便人們直接討論今天的政治經濟現實，仍舊無法脫離理論的框架——理論的視角不僅重寫了我們既有的歷史，同時還打開了一道道隱蔽的思想窄門。在這本書中，我們顯而易見地就能發現，如果不是本雅明和德里達的翻譯理論的出現，我們會從翻譯這個角度去理解不同文化之間的政治碰撞嗎？如果沒有德勒茲的流動哲學，我們會從「帝國」的角度去理解全球化嗎？同樣，如果不是後殖民理論的出現，我們會去發現一種世界銀行文學嗎？這些理論並不意味著一種獨斷的真理，而是意味著一種新的發現、一種新的認知。事實上，在人文科學領域，一切的絕對獨斷論都必定是知識暴君。既然如此，那麼，認知的意義何在？用福柯的話來回答吧：「它是好奇心，而且是唯一的好奇心，值得我堅持不懈地去實踐它……它有權探究在自己的思想中什麼是可以通過運用一種陌生的知識而被改變的。」或許，自我認知，自我批判，這就是理論的意義所在。如果是這樣去理解理論話語，人們就不會去質問歐洲的理論是否符合中國現實這樣的愚蠢的問題了。從來沒有一種理論和一種實踐能夠天衣無縫地結合，理論和實踐的關係是一種相互修正的關係。而知識的快樂來源之一正是這種彼此的修正，以及這種修正中的發現和建立在這種發現之上的自我修行。

正是在這個意義上，這本書表達了理論寫作中的快感。這種快感被思考的強度所強化。理論因此在這裡變得非常密集，一個線索連著一個線索，一個焦點接著一個焦點，就如同高原上的不停息的長途奔波。這種思考的奔波，同人們常見的一般性的浮光掠影的理論介紹毫無關係。相反，它充滿活力、充滿激情地穿越於各種理論之中，這些理論被作者所貫穿起來，它們發生了各種各樣的關聯。這種理論上的密切關聯迫使我們思考，而這本書的作者在穿越這些理論，迫使我們思考的同時，卻也提醒我們，對理論的穿越，在某種意義上，也是一種理論的逃逸。

汪民安

目　次

第 1 章

解構的緣起與話語

俄國形式主義和結構主義語言學引起了文學批評主旨的轉變：即從內容到形式、從意義到結構的轉變。結果，個別文化符號的意義，如文學文本的意義，被認為只在與其他文化符號的對立中產生，只存在於形式之中和指意系統內部符號的相對位置上。結構主義批評家的主要關注點聚焦於作為文本基本構成因素的「功能」，設計出關於文學樣式的一種成熟的分類學，從而突出作為所有個別文本之共用的主語碼的基礎「語法」。把敘事的「深層結構」孤立出來的需要使批評家把注意力從具體的、特殊的和歷史的表層現象移開。結構主義批評家不是講述所分析的個別文化文本的基本事實，而只是把其意義定義為交際遊戲中各個結構嬉戲的結果。因此，創造性讀者或「抄寫員」取代了話語中作者的位置，並成為給予並確定意義的人。

——蘇珊娜・奧尼加（Susana Onega），

《結構主義與敘事詩學》

一

從廣義上說，結構主義是20世紀60年代興起於歐美的一場知識運動；而從狹義上說，結構主義則是以結構語言學為理論依據的一種分析方法，其分析對象或研究客體是廣義上的人類文化，其興趣焦點是研究限定性結構，認為個體現象本身並不具有意義，而只能在一個系統結構內部與其他因素構成某種關係時才具有意義。更確切地說，結構主義是把結構語言學的研究方法用於人類文化的研究。有人曾把結構主義的源頭追溯至法國實證主義哲學家奧古斯都・孔德（Isidore Marie Auguste François Xavier Comte, 1778-1857）和人類學家愛彌爾・杜克海姆（又譯涂爾幹，Emile Durkheim, 1858-1917），但就語言學對結構主義的重要影響而言，其真正的理論源頭應該是操法語的瑞士語言學家費爾迪南・德・索緒爾（Ferdinand de saussure, 1857-1913）。

索緒爾於1906-1911年間在日內瓦大學講授語言學（梵語和印歐語系語言的歷史比較研究）。1913年去世後，他的一系列開拓性講座由他的學生整理出版，這就是後來著名的《普通語言學教程》（1916）。[1]一般認為，索緒爾的語言學理論促成了現代思想的一場

[1] 費爾迪南・德・索緒爾：《普通語言學教程》，高名凱譯，北京：商務印書館，1980年。英文推薦版本：*Course in General Linguistics*, edited by Charles Bally and Albert Sechehaye in collaboration with Albert Riedlinger; translated by Wade Baskin.關於索緒爾《普通語言學教程》的綜述性或研究性著作，推薦閱讀Jonathan Culler's *Ferdinand De Saussure*（1986）; David Holdcroft's *Saussure: Signs, System, and Arbitrariness*（1991）, and Fredric Jameson's *The*

革命，可以與科學史上伽利略的天體論和牛頓的萬有引力定律同日而語。在索緒爾之前，作為一門科學的語言學並不存在。當時的語文學家們對世界上各種語言進行描述、比較和分析，目的是發現各種語言之間的共性和關係，探討語言在漫長的歷史長河中所經歷的變化，而且往往局限於一種語言內部的詞源或語音變化，因此，是一種歷時研究。這種研究的重點在於發現語言的本質，認為語言與世界處於一種模仿的關係之中：語言是對世界結構的模仿，因此，沒有自己的結構。

索緒爾在不拋棄歷時研究方法的同時開創了一種共時研究方法，即對某一特定時段內的語言進行研究，強調這種語言在這個時段內的功能，而非某一特定因素的歷史發展。他認為語言並不是對世界結構的模仿；語言有其自身的內在結構和高度系統化了的規則。語言就是通過這個內在結構和這些規則發生作用的。換言之，語言交流所依據的語法是一套複雜的規則系統——包括語音、詞法、句法和語義。個體說話者的實際言語和書寫都受這個規則系統的制約。索緒爾把個體的語言活動叫做言語，而把制約這種言語活動的規則叫做語言。語言學家的任務就是要通過對言語的個案分析找出語言的規則（律），他們的研究客體應該是在所有語言現象背後運作的「語法」，這個「語法」可以用來描寫一種特定語言的結構，能為那種語言提供一個結構模式。後來的結構主義語言學家，包括愛彌爾・本維尼斯特（Émile Benveniste, 1902-1976）、列奧納多・布魯姆菲爾德（Leonard Bloomfield, 1887-1949）和諾姆・喬姆

Prison-house of Language: A Critical Account of Structuralism and Russian Formalism（1972）.

斯基（Avram Noam Chomsky, 1928-），都深受索緒爾的影響，試圖通過對語言規則的研究建構一個結構模式，即能夠描寫人類普遍語言能力的一種「語法」。

那麼，如何建構這樣一種普遍語法呢？索緒爾之前的語文學家們認為，一個詞是一個符號，代表著這個詞所指的物，因此，詞與物是相等的關係。索緒爾則認為，詞顯然不是人們在日常生活中實際接觸的物。所有語言都是由最小的基本單位構成的，他稱這些基本單位為「素」：如音素、詞素、義素等。語言學家首先要識別和理解本族語和其他語言中的這些基本單位，然後通過比較和對比研究發現這些「素」或語言學範疇的功能和意義。索緒爾發現，語言的特性或意義取決於「素」與「素」之間（或之內）的差異；語言是由語言符號（而非詞）構成的；而語言符號又由兩部分構成：一個是能指，即用來標記聲音或書寫的符號，另一個是所指，即能指所指涉的概念（而不是指涉物）。聲音（或文字）借助能指把概念形象從說話者（作者）傳達給聽者（讀者／接受者），後者繼而把這種概念形象轉化為精神概念。索緒爾堅持認為，語言符號是任意的；能指（詞）與所指（詞的概念）之間的關係不是必然的，而是約定俗成的：拉丁語的 arbor，德語的 Baum，法語的 arbre，英語的 tree，漢語的「樹」，所指的都是同一個概念，但這些詞作為能指並不表明任何自然規律或結構，它們之所以被特定語言（拉丁語、德語等）的使用者所接受，是由歷史上的流行用法和審查制度（約定俗成的真正含義）所使然。而能指與所指之間，語言符號與指涉物之間，並不存在任何必然的聯繫。

索緒爾的語言符號學說實際上是以康德（Immanuel Kant, 1724-1804）的自然觀為基礎的。康德認為自然除非通過人類思想和語言的仲介，否則是不可認識的。但索緒爾修正了康德的不可知論，不但認為詞和語言可能擁有某一自然的本原，而且認為語言不是純粹用來表達思想的工具；語言先於一切思想而存在，語言是人類特有的一個先驗範疇，是我們據以構造世界的原始符號系統。語言結構作為一個符號系統，和時裝、體育、飲食習慣等社會行為一樣，都是通過符號系統產生意義的。從方法論上說，這種符號語言學或結構語言學的革命性就在於：（1）把作為一個形式系統的語言明確規定為研究客體；（2）限定了語言形式系統的基本因素或最小單位；（3）設定這些因素之間的關係是系統的，既相互關聯又相互區別；最後，（4）把語言看做形式而非本質，強調語言的共時層面，但同時並不否認歷史詮釋的邏輯生成。[2]

把語言看做結構，這是人類的一個發明，是語言學家建構的一個探索模式，是人們藉以探討社會歷史現象的一個抽象的、虛構的模式，結構語言學也因此成為 20 世紀探討人類社會基礎結構的理論依據。從理論上說，對基礎結構的探討主要依據同一性和差異性原則，而這兩個原則從本質上又離不開二元對立的關係。比如，結構主義人類學就用二元對立來描寫自然與文化的關係：文化的他者是自然，自然的他者是文化。但這種二元對立的關係嚴格說來並不就是索緒爾的差異系統。對索緒爾來說，語言中只有差異。在用結

[2] 相關內容參見：F. de Ferdinand Saussure, *Course in General Linguistics*（1966）；J. Lyons, *Language and Linguistics*（1981）；N. Chomsky, *Aspects of the Theory of Syntax*（1969）；W. J. Frawley（ed.）, *Interantional Encyclopedia of Linguistics*（2ed., 4 vols., 2003）.

構語言學模式進行分析時，分析者必須依據差異原則，滿足一些必要的充足條件：這種分析必須由基本術語構成；這些術語必須是相互關聯的；它們之間的這種關聯必須構成一個自律的獨立於顯在意識層面的系統；這個系統可以是語言的、社會的、行為的，是對時間上各不相關的現象加以組織的一個系統。簡言之，這是把文化符號的規定性功能加以改造的一個總體化闡釋系統。

法國人類學家克勞德・列維－斯特勞斯（Claude Lévi-Strauss, 1908-2009）就通過使用結構語言學的分析模式在人類學領域掀起了一場方法論革命。[3]在列維－斯特勞斯看來，神話擁有像語言一樣的結構（正如法國結構主義精神分析學家拉康〔Jacques-Marie-Emile-Lacan, 1901-1983〕認為無意識擁有像語言一樣的結構）。每一個單個神話就好比個體的言語，而制約所有這些單個神話的整體結構就是神話語言，或限定神話功能和意義的規則。與索緒爾一樣，列維－斯特勞斯通過對無數神話進行研究和解讀後，找出了所有神話共有的反覆出現的最小單位，他稱之為**神話素**。與音素不同的是，神話素超越文化和時代的局限，在各個民族的神話中都起到相同的作用；而與音素相同的是，它們在神話的整體結構內部與其他神話素構成了一種對立關係（如愛與恨），神話的意義就產生於這種關係之中。俄國語言學家和結構主義敘事學家弗拉基米爾・普洛普（Vladimir Propp, 1895-1970）進一步發展了索緒爾和列維－斯特勞斯的結構模式，在所有俄國民間、童話故事中找出了 31 個固定因

3 Lévi-Strauss, Claude, *Structural Anthropology*, London Allen Lane, The Penguin Press, 1968.特別推薦閱讀列維－斯特勞斯的名文：「The Structural Study of Myth.」

素，他稱之為「功能」，故事的意義就蘊涵在這些「功能」的差異中。[4]法國著名結構主義批評家羅蘭・巴特（Roland Barthes, 1915-1980）把索緒爾的結構模式推向極致，認為一切語言都是基於二元對立關係的自身封閉系統。這種二元對立無處不在，甚至存在於單個音素之內（如 S/Z 中的/s/與/z/）。[5]結構主義批評家的任務就是要找出文本中的二元對立，指出它們的相互關係，破解文本的語碼，並據此解釋文本的意義。就文學的整體結構而言，單個文本（如普洛普的單個神話一樣）並不構成意義，而只是相當於言語資訊，只有將其與整個系統中的其他語碼、符號或對立因素關聯起來，意義才能得以闡釋或詮釋。

從這些結構主義者對索緒爾結構模式的應用和發展來看，雖然應用原則不盡相同，但其共同點卻是顯而易見的：他們都把語言作為意義生成的基本工具，而語言又構成了其自身受規則制約的指意

---

[4] 普洛普的《民間故事形態學》（*Morphology of the Folk Tale*）發表於 1928 年；雖然是民俗學（folkloristics）和形態學研究方面的重大突破，並極大地影響了列維－斯特勞斯和羅蘭・巴特，但直到 20 世紀 50 年代才譯成其他文字。相關文獻參見：Propp, Vladimir, *Theory and History of Folklore*, Anatoly Liberman（ed.）, University of Minnesota: University of Minnesota Press, 1984.

[5] Roland Barthes, *Mythologies*, Paris: Seuil, 1970.關於巴特理論的總體研究和綜述，見 Jonathan Culler, *Roland Barthes*（1983）; Louis-Jean Calvet, *Roland Barthes*（1995）。*S/Z*, trans. Richard Miller, NewYork: Hill and Wang, 1974. *S/Z* 是巴特最重要的著作之一，對文學批評和文學理論影響巨大；但與結構語言學關係最密切的、應用索緒爾符號語言學進行敘事分析的著作則是他的 *The Semiotic Challenge*, trans. Richard Howard（New York: Hill and Wang, 1988）。在 *S/Z* 中，巴特區別了兩種主要文學：一種是 19 世紀的現實主義文學，如巴爾扎克、狄更斯和托爾斯泰；另一種是 20 世紀的實驗主義文學，如俄國的未來主義、英美的現代主義和法國的新小說。現實主義文學是「可讀性文本」，因為它是透明的，讀者可以即刻獲得其中的意義；實驗主義文學是「可寫性文本」，因為它要求讀者的積極參與，否則便不能獲得文本的意義。

系統。在他們看來，一切社會實踐和文化習俗都是受規則或符碼制約的。對現實的研究就是要找出這些規則或符碼，因為現實的意義就存在於這些規則或符碼之中，存在於由它們所構成的系統之中。不管採用什麼出新的方法，結構主義者都堅信意義是可以闡釋和詮釋的，即是說，意義是存在的。這與啟蒙運動或理性時代以來流行的現代思維範式並無本質的區別：即笛卡兒的「我思故我在」的思維範式。對現代人來說，理性是人生的最佳嚮導，科學是人類的最大希望，進步是歷史的必然，而真理（和客觀現實）終將被發現。所有這一切都起因於對自我的確認，起因於由「我思」而確認的「我在」。這就是解構主義（後結構主義、後現代主義）所批判的那種確定性。

二

作為解構主義的始作俑者，雅克・德里達（Jacques Derrida, 1930-2004）於 20 世紀 60 年代中期發動了一場思想革命，對兩千多年來盤踞西方形而上學的邏各斯中心主義進行了反撥和顛覆。[6]在德里達看來，西方形而上學中的「二元對立」本身就是人的構造或

[6] 一般認為，這場思想革命開始於德里達 1966 年在美國約翰・霍普金斯大學宣讀的題為〈人文學科話語中的結構、符號和嬉戲〉的論文，接著在 1967 年連續發表三部重要著作：《論文字學》（*Of Grammatology*），這是德里達的一部綱領性文獻，表明他的主要關注點是言語與書寫，以及與索緒爾、列維－斯特勞斯和盧梭的互動，批判了他們關於言語優越於文字的觀點；《言語與現象》（*Speech and Phenomena*），批判了胡塞爾及其關於兩種意義模式的區分（象徵與表達）；《書寫與差異》（*Writing and Difference*），書中收集了他於 1959 年到 1967 年寫的論文，所論的重要人物包括列維－斯特勞斯、阿爾托、巴塔耶、佛洛伊德和福柯。

強加於人的意識形態；始終占主導的邏各斯中心主義是以「中心」和「在場」為基礎的，因此抑制了能指的自由嬉戲，使能指屈從於某一超系統的「超驗所指」：即概念或哲學據以確立的一個外在指涉物。德里達斷言，自柏拉圖以來的整個西方形而上學傳統是建立在一個根本錯誤之上的：即尋找這個「超驗所指」。從定義上說，這個超驗所指也是超驗主體，是意義的權威，意義的歷史，即以邏各斯中心主義、形而上學、唯心主義為表徵的歷史。任何訴諸於指涉概念、試圖抑制能指的無限嬉戲的企圖都必然要設定一個超驗所指，它不通過話語的仲介就能呈現於意識層面；它是本原之本原，為從符號到符號的指涉提供終極意義和可靠的終點；它的意義並非產生於差異或關係，而直接產生於自身，直接提供意義中心。而這些意義中心本身也就是超驗所指，如上帝、理性、本原、存在、本質、真理、博愛、自我，以及邏各斯等。

渴望得到或佔據這樣一個中心就是相信終極現實和終極真理的存在，就是把人的思想和行動根植於一個系統的「此在」，這個「此在」保證和固定語言的意義，而本身又超越任何審查或挑戰。這樣一個中心並不是孤立存在的，它總是與另一個中心形成概念上的對立，如上帝／人，理性／非理性，真理／謊言，語音／文字等。但這種對立呈現的並不是平等的二元性，而是體現了等級差別，因為西方形而上學以及語言的習慣表達總是賦予前者以特權和優先性。這最明顯地體現在這樣的對立中：男／女，人／動物，靈／肉，好／壞，善／惡等。因此，這種二元對立本質上是「等級對立」：前者優越於後者，後者對前者而言是「增補」或「多餘」。德里達把這種「等級對立」統稱為「語音中心主義」（針對索緒爾把語音凌駕於文字之上而言)。而西方哲學(或「西方形而上學」,「本體神學」)的自我認同傳統又是以在場為主導價值的：不管它認知的對象多麼複雜,不管其學說原理採取哪種傾向,不管其闡述的內容是否特殊,形而上學所追求的最高價值都離不開這個在場的價值,因此,德里達把以邏各斯中心主義、語音中心主義和二元對立為核心的形而上學稱作「在場的形而上學」。通過顛覆這種在場的形而上學的基本前提,即把在場和缺場的順序顛倒過來,德里達不但從理論上推翻了西方哲學的理論依據,而且確立了一套全新的閱讀策略,解放了迄今受西方思想束縛的種種新的闡釋方法。[7]

但是,嚴格說來,德里達的解構主義與其說是解剖了西方思想史上等級化了的二元對立,毋寧說是展示了這種二元運作,並在展示的過程中對西方思想界的大師們進行了譜系學式的檢驗。作為結構主義的掘墓人,他首先檢驗的當然是結構主義的鼻祖索緒爾和列維－斯特勞斯。在《文字學》中,德里達承認索緒爾通過抽空所指與其表達方式的內容而打破了形而上學傳統,但他感到索緒爾的工作並不徹底：索緒爾只把符號概念描述為語言學的基礎概念,但沒有看到符號在本質上屬於神學的時代。索緒爾只把詞作為聲音和意

---

[7] 除本章第三節涉及到的闡釋方法外,受德里達闡釋方法影響最大的批評思潮是女性主義和馬克思主義批評。有關女性主義的重要文獻見：Diane Elam, *Feminism and Deconstruction: Ms en Abyme* (1994); Nancy J. Holland (ed.), *Feminist Interpretations of Jacques Derrida* (1997); and Ellen K. Feder, Mary C. Rawlinson, and Emily Zakin (ed.), *Derrida and Feminism: Recasting the Question of Woman* (1997). 有關馬克思主義的重要文獻見：Michael Ryan, *Marxism and Deconstruction: A Critical Articulation* (1982); Bill Martin, *Humanism and Its Aftermath: The Shared Fate of Deconstruction and Politics*(1995); Michael Sprinkler(ed.), *Ghostly Demarcations: A Symposium on Jacques Derrida's Specters of Marx* (1999).

義單位開展研究，但在振振有詞地描述語音（聲音）的符號指意系統時卻忽視了文字，或把文字簡單地視作對聲音的重寫或繁殖，這與柏拉圖對文字（書寫）的壓制並無二致。據這位古希臘哲學家所說，表達意義的最好方式是聲音，因為言說的詞語與意義相符合，在表達意義之後稍縱即逝，能證明說話者栩栩如生的存在；而文字不過機械地附屬於言語，在時間和空間上延伸了語言交流，以文本或書寫的方式把令人擔心的材料滯留下來，招致後世一遍一遍重複而又不同的閱讀，卻得不到作者本人的糾正。文字（書寫）能夠無休止地生發出不同的閱讀語境，這個事實在德里達看來無疑是導致「作者之死」的主要原因。然而，柏拉圖決不是把聲音置於文字之上的第一人，胡塞爾、奧斯丁和拉康也決不標誌著這個傳統的終結。在這個意義上，德里達所反對的就不只是索緒爾一人，而是整個西方形而上學傳統。[8]

德里達反對只把語言看做「聲音」的語音中心主義（也即邏各斯中心主義），認為聲音所表達的意義是意圖性的，因此，不反映語言的真實性質。正如索緒爾把符號凌駕於指涉物之上，德里達把能指凌駕於所指之上：文字不包括符號，而只由能指構成；「意義的意義」產生於能指向能指的無限指涉，不給所指留有生產意義的機會，因此，語言中只有能指，沒有所指。在德里達看來，文字不簡單是言語（聲音）的附庸，在某種意義上，一切語言符號都是文字的（書寫出來的）；從形而上學的角度來看，文字是（聲音）能

[8] 特別參見《論文字學》第二章「語言學與文字學」。關於德里達對柏拉圖主義的批判，見《柏拉圖的藥》（"Plato's Pharmacy", trans. By Barbara Johnson in *Dissemination*, Chicago: University of Chicago Press, 1981, pp.63-171）。

指的（書面）能指，而聲音能指又是一個（理想）所指的能指；但是，根據索緒爾描述的語言差異系統，一切能指的意義只能產生於對其他能指的指涉，因此，如果用文字指稱「能指的能指」，那就最好稱一切語言，無論書面的還是口頭的，都是文字的，或都是一種特殊的文字，他稱之為元文字（元書寫）。[9]

如果傳統形而上學和索緒爾語言學把聲音（言語）與說話者的在場聯繫起來，那麼，德里達便把文字與說話者的缺場聯繫起來。言語（聲音）之所以能生動地表達意義，是因為說話者的在場。說話者的缺場則把實際言說與聽者分離開來，所以，容易導致對指意系統的誤解。但是，如果僅僅把文字歸結為書頁上的字母或符號，那就錯了。德里達斷言，文字實際上先於言語而存在，是言語存在的先決條件。文字與索緒爾所說的語言差異系統直接相關，因此，和其他語素一樣具有明顯的自由嬉戲和不可確定性，這正是德里達給文字下的定義，也說明了他對索緒爾差異概念的繼承和發展。如前所述，在索緒爾那裡，語言中只有差異，而這種差異又只能在關係中體現出來。德里達繼承了這種差異概念，只不過又為其添加了一個「推延」的內容，因此，他生造了一個法語詞 différance（譯作「延異」）。其基本意思是：就意義生成過程而言，「是」取決於「非是」，「在場」取決於「缺場」，即是說，一種意義的生成至少取決於與其所不意味的東西的差異；一種意義總是服從於與其他意義的差異，因此是變化的、不穩定的、不可確定的；文本（包括文學和文化文本）的意義就是通過這種差異和範式的排除產生的。德

[9] 參見本書第 2 章。

里達的延異是解構主義的最有效的工具。它兼具時間上的延宕和普通的差異兩個含義，前者指事物的推延，後者指事物的非同一性。按德里達自己的解釋，「延異」主要有三個意思：第一，延異指主動和被動的推延運動，這種推延是延宕、委託、延緩、指涉、迂迴、推遲、保留等活動造成的；第二，延異的運動既區別事物又生產不同的事物，是標誌著我們語言的對立概念（感性／理性，自然／文化等）的共同根源；第三，延異也生產差異，生產索緒爾語言學生成的那種辯證批評，以及以此為模式的一切結構科學。[10]

延異是理解解構主義的一把鑰匙，是解構主義最重要的一個概念。實際上，後結構主義（後現代主義）的主導思想就是延異中的「差異」觀念。在德里達、福柯（Michel Foucault, 1926-1984）、利奧塔（Jean-Francois Lyotard, 1924-1998）等後現代主義思想家看來，現代性／現代主義之所以失敗，是因為它們一味尋求上帝、理性、科學、真理等超驗所指。因此，他們像查拉圖斯特拉宣佈「上帝之死」一樣宣佈這些超驗所指的死亡，隨之而去的還有客觀現實、終極真理，以及西方哲學的整個玉宇穹隆。這是德里達解構主義的主要策略。這個策略宣佈了哲學的終結，用「人類科學」和社會科學代替了哲學；它對結構分析賴以運作的各個二元對立——能指／所指，自然／文化，聲音／文字等——提出質疑、顛倒、解剖、播撒；它在無限的自由嬉戲中對詞的意義盤剝、切割、分解、否定；它在哲學傳統內部引入了一系列不確定的概念，以便搖動哲學的基礎，

[10] Derrida, "Différance", in J. Derrida（ed.）, *Margins of Philosophy*, Chicago: The University of Chicago Press, 1982, pp.3-27.

宣告形而上學的錯誤，同時也拆解了結構主義的結構。用以拆解的工具就是德里達所說的「文字」或「延異」。

三

根據美國當代哲學家湯瑪斯・庫恩（Thomas Samuel Kuhn, 1922-1996）在《科學革命的結構》（1962）一書中對範式的界定，「範式」是科學活動的實體和基礎，範式的變化或轉換標誌著科學的發展，標誌著思維方式的轉換，因而也勢必影響到人文科學的研究模式。[11]自索緒爾發表《普通語言學教程》以來，批評家們普遍把語言視作與時裝、體育、習俗等由規則控制的符號系統，此後，語言便成了各個批評派別的一個共同對象。在文學與文化研究領域，批評的重要任務就是要理解語言和其他符號系統何以決定了我們的閱讀和闡釋方式，何以使我們理解經驗、建構身分和生產意義。換言之，自身被當做符號系統的語言，已經成為研究和分析其他符號系統的範式。

在文學批評領域，結構主義批評家利用這個范式在文學的「系統」內部尋找「語言」（langue）和「言語」（parole）的對應物。譬如，吉羅德・熱奈特（Gérard Genette, 1930-）認為，文學「生產」就是索緒爾所說的「言語」，「是一系列不完全獨立的不可預測的個體行為，而社會對這種文學的『消費』則是『語言』，即是說，它作為一個整體的各個部分，不管其數量和性質如何，都可以編排成

[11] Thomas Kuhn, *The Structure of Scientific Revolutions*, Chicago: University of Chicago Press, 1962/1970.

一個連貫的系統。」[12]正如索緒爾應用「句法」和「範式」、「語言」和「言語」、「能指」和「所指」等概念一樣，熱奈特也把語法中的一些術語用於敘事學研究，如用「時態」指敘事與故事之間的時間關係；用「情態」指敘事性再現的形式和程度；用「語態」指敘事環境或事例。

喬納森・卡勒（Jonathan Culler, 1944-）也把語言與其他符號系統加以類比。他試圖把普遍的文學性（相當於普遍語法）與特定的文學閱讀行為（相當於個別言語）區別開來。但他並不總是以索緒爾為參照，有時也提及喬姆斯基的「語言能力」和「語言行為」。他認為，對有限的句子進行描寫，已不足以構成語言學的研究焦點；語言學必須描寫操本國語者說話的能力，即他們對自己所懂得的語言的瞭解。類比之下，他提出：文學研究必須成為一門詩學，它應放棄對全部作品的分析，轉而研究生產意義的條件。「正如序列聲音只有與一種語言的語法相關時才具有意義，不瞭解文學話語的特定規則，不瞭解作為制度的文學，就不可能理解文學作品。」[13]卡勒的言外之意在於，文學之所以被「消費」，是因為在讀者或作者的觀點背後有一套約定俗成的規則。文學已經成為一種制度。

茨威坦・托多羅夫（Tzvetan Todorov, 1939-）更進一步，明確把詩學研究定義為類似於對「語言」（langue）的研究。他認為「詩學研究的對象並不是文學作品本身：詩學所質疑的是那種特定話語

[12] Genette, Gérald, *Figures of Literary Discourse*, Sheridan, Alan (trans.) , Oxford: Blackwell, 1982, pp.18-19.

[13] Culler, Jonathan, "Prolegomena to a theory of reading". In Suleiman, Susan R.& Crosman, Inge (eds.) , *The Reader in the Text*, Guildford: Princeton University Press, 1980, p.49.

即文學話語的屬性。因此，每一部作品都僅僅被視作一個抽象和普遍結構的顯示，都不過是這個結構的許多可能性的實現之一。所以，詩學這門『科學』已不再關注實際的文學，而關注可能以其他語言形式表達的文學，其抽象的屬性構成了那種文學現象的獨特性：文學性。」[14]這無疑把批評的重心轉向了讀者和閱讀過程，批評家和理論家必須考慮構成文學制度的閱讀或闡釋規則，把注意力從對個別文本的闡釋轉向對文學闡釋的普遍原理的探討，這便不可避免地涉及文學閱讀和闡釋中的文化和意識形態因素。

實際上，這種應用不僅僅是類比的用法或範式的借用。索緒爾之後的語言學家通過對語言的特殊用法（parole）和支配語言的總體規則（langue）進行研究，試圖為語言提供一個結構模式，來描寫一種普遍語法，即超越任何特殊語言的、表現人的語言能力的語法。在精神分析學領域，無論是雅各・拉康還是布魯諾・貝特爾海姆（Bruno Bettelheim, 1903-1990），都基於結構主義語言理論認為語言是人性的基礎。在拉康那裡，無意識與意識的關係實際上就是語言與言語的關係。在結構主義人類學家列維－斯特勞斯那裡，這種二元劃分變成了人類特有的普遍能力（即他所說的「人類精神」）和這些能力在結構關係或恒定關係中的經驗表現（制度、態度、視覺形式、技術、敘事、表徵等）。難怪卡勒在《結構主義詩學》中特意提及列維－斯特勞斯和羅蘭・巴特分別對神話和時裝的結構

14 Todorov, Tzvetan, *Introduction to Poetics,* Howard, Richard (trans.) , Brighton: Harvester, 1981, pp.6-7.

分析，作為對索緒爾語言／言語範式加以類比運用的兩個典型例子。[15]

與上述思想家不同的是，列維－斯特勞斯不僅僅限於索緒爾的語言／言語兩個層面，而大膽提出走向結構的第三個層面，即超越語言／言語的話語層面。正如拉康認為無意識具有語言的結構一樣，在列維－斯特勞斯看來，神話也具有語言的結構。神話總是發生在過去，因此在敘述的順序上具有「言語」（parole）的特點；然而，神話根植於特定民族的集體信仰之中，所以，它不完全屬於過去，也可以在現在或未來重複發生，即是說，神話具有超時間性，因此又具有「語言」（langue）的特點。從這個意義上說，神話和語言一樣，也是結構，也有與音素、詞素、義素相同的構成單位。但是，神話作為一種話語結構，它的最小單位不是音素、詞素和義素，而是句子，即列維－斯特勞斯所說的「神話素」。[16]羅蘭・巴特進一步解釋了這種「話語」的構成單位：「話語有自己的單位，自己的『語法』；它超越句子，然而又特別由句子所構成；話語就本質而言將成為第二種形式的語言學的研究客體。」[17]

---

[15] Culler, Jonathan, *Structuralist Poetics: Structuralism, Linguistics and the Study of Literature*, Routledge, 1975.

[16] Lacan, Jacques, *Speech and Language in Psychoanalysis*, trans. Alan Sheridan, Penguin, 1986; *Ecrits*, London: Tavistock, 1977. 關於拉康的綜述性研究以及拉康關於語言的研究，見 Flower-McCannell, Juliet, *Figuring Lacan*, London: Routledge, 1986; Ragland- Sullivan, Ellie and Mark Bracher（eds.）, *Lacan and the Subject of Language*, London: Routledge, 1991; 中文文獻見嚴澤勝，《穿越「我思」的幻象：拉康主體性理論及其當代效應》，東方出版社，2007 年。

[17] Barthes, Roland, *Image-Music-Text*, London: Fontana, 1977, p.83.

在後結構主義陣營內部，蜜雪兒・福柯卷帙浩繁的著作推進了「話語」概念的廣泛傳播和使用。雖然他在大多數重要著述中都使用這個術語，但對話語的系統理論闡述主要還是《話語的秩序》（1970 年在法蘭西學院所做的就職演說）和《知識考古學》，它們一起構成了具有後結構主義標識性特點的文類：自動批判。在福柯看來，決定一個思想體系的規則並不是那個思想的意識部分，甚至不是那個思想所能表達的內容。思想體系有一個表層；表層不是意思、意圖甚或思想，而是實際所說的一切，是所說出的話；是許多談話的人、寫作的人、辯論的人所說的話，其中包括贊成和反對，包括大量各不相容的認識。這個表層就是話語。「話語的秩序」實際上是知識得以形成和生產的一個概念領域，而「在我們的社會中，話語的生產是由一些程式控制、組織和重新分配的，這些程式的作用是避開話語的權力和危險，控制話語的偶然事件，避開話語的物質性。」福柯把這些控制程式分成三組：第一是社會排除，第二是內部「疏減」，第三是言說主體的「疏減」。[18]

「社會排除」的程式包括三條原則。最明顯和最熟悉的是「禁止」：我們說話要分時間和具體場合，不是每一個人都有權不分時間場合地講任何話。這是言語禁忌，包括對言說客體的限制，言說場合的儀式化和言說主體的特權或權利限制。它們相互交叉、相互

---

[18] Foucault, Michel, *The Archaeology of Knowledge*，trans. Sheridan Smith, A.M., London: Tavistock, 1972, pp.215-237. 有關論述參見 *The History of Sexuality*, Volume I: An Introduction, trans. Robert Hurley, London: Allen Lane, 1979. "The Subject and Power", in *Michel Foucault: Beyond Structuralism and Hermeneutics*, Hubert L. Dreyfus and Paul Rabinow(2ed.), Chicago: University of Chicago Press, 1983. 中文文獻見《福柯的界限》，汪民安，中國社會科學出版社，2002 年。

強化、相互補充，形成了一個不斷變化的複雜網格。福柯認為當代控制最緊的網格是政治和性。第二個排除原則是分化和拒絕：歐洲數百年來瘋人的言語要麼完全沒有聲音，要麼就被當做真理；要麼作為非理性而被拒絕，要麼被賦予正常人的理性。由於瘋癲和理性之間的這種分化和對立，瘋人話語從沒有像理性話語那樣流行。第三個排除原則是真假的對立：當我們在不同層面上觀察事物，追問真理是什麼，何以要認識真理，何以要區別真偽時，我們所看到的或許是一個排除系統，一個歷史的、可變的壓制系統。真理和虛假無疑是歷史地構成的。它涉及我們的認識意志和真理意志，而這個真理意志取決於制度的支持和分配。在這三條原則中，福柯最重視的是第三條，因為真假之分是社會應用知識的最重要途徑，認識真理的意志和要說「真話」的意志是由欲望和權力決定的。

「內部疏減」的程式指話語本身的自動控制，也即話語分類、編序和分配的功能。「疏減」（rarefaction）在法文中有兩個意思：一指空氣的稀薄，二指市場供應的減少。因此，福柯用「疏減」指逐漸減少直至衰竭的過程：對話語形式的分析揭示的不是意義的繁多，而是貧乏；話語的內部疏減原則通過對自身的控制和限制而掌握了話語的另一個範疇：事件和偶然性。這裡也有三個運作原則：第一是評論原則，評論一方面通過評論文本而無休止地生成新話語，另一方面是要說出「文本中沉默地表達的東西」；這裡涉及的一個悖論是：評論「必須第一次說出已經說過的東西，必須不厭其煩地重複以前從未說過的東西」。第二是作者原則：這裡的作者指的不是言說個體或發表文本的個體，而指話語組合；它把紛亂的虛構語言統一起來，給話語提供源泉和凝聚點，並將其置入現實之中。它不標誌作者之死，而指話語組合在新的作者位置上發揮作者的功能。第三是學科原則，它對立於作者原則，因為一個學科是由客體領域、方法、真實命題、規則和定義以及技術與工具來界定的，所有這些構成了一個可使用的無名系統；它還對立於評論原則，因為一個學科首先不是要重新發現意義，不是要重複某一同一性，而是建構新陳述（話語）的先決條件。因此，學科原則控制話語生產，通過同一性反覆和規則的重新使用而規定話語的界限。總之，作者的多產、評論的繁殖和學科的發展都是話語生產的無限源泉。[19]

「言說主體的疏減」也是控制話語的一套程式。話語的全部領域並不都是同樣開放和可滲透的：有些是全部禁止的，有些則是全部開放的。這裡的一個重要思想是：交換和交流只有在複雜的限制系統內部才能發揮積極作用，或者說，沒有限制，就沒有交換和交流。這些限制系統包括，（1）「儀式」：宗教、法律、醫療和政治等話語都取決於對儀式規則的利用，即依賴言說主體的特殊屬性和規定性角色；（2）「協會」：其功能是保存和生產話語，因此必須依據嚴格的規則在有限空間內流通和分配話語；（3）「學說」：宗教、政治、哲學等學說標誌著階級立場、社會地位、種族或民族身分、利益、叛逆、接受或抵制等，它給個體規定特定的表述方式而排除其他表述方式，反過來又用特殊的表述方式束縛個體，將他們區別於其他個體，因此，學說導致的「從屬」是雙重的：言說主體對話語的從屬和話語對作為組合的言說個體的從屬。最後是「挪用」，教

[19] Foucault, Michel, "The Order of Discourse" (1984) , in Shapiro (ed.) , *Language and Politics*, pp.108-138.

育是話語最大的社會挪用，是保持或改變話語、知識和權力挪用的政治手段。

所有這一切都涉及權力問題。「自明的」和「常識的」知識擁有隱蔽權力的特權，而這種權力所生產的恰恰是控制性工具，即通過積極生產權力來實行控制。的確，從福柯的觀點來看，人文學科的所有知識分子，包括教師和學生，在某種程度上都參與了這個控制體系，都利用知識和真理的生產模式來行使「話語」權力，以此決定我們所生活的社會世界。任何人都無法置身其外。然而，「話語，就像沉默一樣，並不一勞永逸地從屬於權力，或對抗權力。我們必須考慮到這樣一個複雜而不穩定的過程，即話語既是權力的工具又是權力的結果，但也是權力的阻礙、絆腳石、抵制和反抗策略的起點。話語傳播和生產權力；它強化權力，但也破壞和揭露權力，使其軟弱，使推翻權力成為可能。」[20]

對後結構主義來說，一切存在都是相互分離的歷史事件，關於這些事件的真實命題或概念只能存在於促使這些事件發生的系統邏輯內部。這意味著話語作為生產有關人類及其社會的知識系統，它的真理是相對於學科結構而言的，也就是使話語得以制度化了的邏輯框架，進而通過制度化了的話語獲得或給予權力，對我們施加影響。因此，「權力和知識是直接相互連帶的；不相應地建構一種知識領域就不可能有權力關係，不同時預設和建構權力關係就不會有任何知識。」[21]

---

[20] Foucault, *The History of Sexuality*,Volume I: An Introduction, trans. Robert Hurley, London: Allen Lane, 1979, pp.100-101.

[21] 蜜雪兒•福柯：《規訓與懲罰》，劉北成、楊遠嬰譯，北京：三聯書店，1999 年, 第 19 頁。

對話語的歷史（譜系）分析表明，話語和學科具有構成性權力。任何話語和學科內部的「客體」和「陳述」之間都有一種構成性的相互關係：一方面，話語構成可供學科研究的客體和客體種類；另一方面，話語又構成對客體加以陳述的主體，並據權威話語的邏輯、句法和語義判斷這些陳述主體的真偽。一個陳述只要是關於某一客體的，並能據其真實性加以判斷，就能進入話語；而一旦進入了話語，它就促進了那個話語的傳播，擴大了話語和陳述的領域，生產出合法的或非法的知識。這當中有一種權力在運作，正是這種權力使問題得以提出，使陳述成為可能，又使話語擁有權力。正是這種權力建構生產「真理」的知識系統，用命題、概念和表徵賦予研究客體即各個學科以價值和意義，並根據系統內的真理和價值標準進行真偽判斷。簡言之，就「話語」的物質性而言，「話語」使學科和制度成為可能，反過來，學科和制度又保留和分配話語。福柯所分析的監獄和診所就表明了這種相互構成的關係。

話語及其相關學科和機構具有行使權力的功能。在現代社會中，它們是傳遞權力的驛站，是分配權力效果的工具，也是控制身體和行動的政治武器。福柯說：「決定權力關係的東西並不直截了當地作用於他人的行為模式。相反，它作用於他人的行動——行動作用於行動，作用於現行的行動或現在或將來可能發生的行動。一種準確無誤的權力關係只能依據兩個基本因素來表述，而且，這兩個因素都是不可或缺的——徹底地認識和維護始終作為行動的人的『他者』(權力行使的對象);以及在權力關係面前可能展開的整個回應、反應、結果和可能的介入領域。」[22]

權力不僅僅是否定性的,不僅僅是壓制、統治、禁止、阻礙,它也有其積極的一面。權力是行動,是生產,在傳播的同時開拓新的領域,在塑造機構和學科的同時建構行動、知識和社會存在的各個領域,因此,權力是「使……成為可能」。權力不僅規訓我們的存在,而且調整我們作為個體的自身的形成;權力給我們提供一個空間,一個話語或非話語的領域,在這個領域裡,我們受到語言、性、經濟學、心理學和文化等支配範疇的規訓和調整。在這個意義上,權力及其話語既把我們變成「主體」(作為名詞的 subjects),又使我們「屈服於」(subject to) 主導學科的規訓,因此,也「征服」(作為動詞的 subject) 了我們。這就是福柯以及後結構主義者們所界定的權力及其話語的主要用法。也正是在這個意義上,我們才說「話語」(以及「權力」) 是現代和後現代社會中把人類建構成主體、同時又消解人的主體性的利器。

對「話語」進行譜系研究的結果將是一部歷史,其話語的權威性取決於它是否是「真實的陳述」,即關於「現實」或關於構成現實的話語「客體」的陳述的真與偽。權力構成了規訓社會和個體生活的制度、學科乃至知識分子,而話語研究必然導致對這些制度、學科和知識分子的研究。

---

[22] Michel Foucault, "The Subject and Power", in *Michel Foucault: Beyond Structuralism and Hermeneutics*, (eds.) Hubert L. Dreyfus and Paul Rabinow (2ed.) , Chicago: University of Chicago Press, 1983, p.220.

第2章

互文性與歷史敘事

亞里斯多德把詩人與歷史學家區別開來。他寫道:「歷史學家與詩人的真正區別在於歷史學家描寫真實發生的事件，而詩人則描寫可能會發生的那類事件。」按照亞里斯多德的說法，這裡所說的不是這種描寫的形式，而是它的對象。然而，給歷史學家規定的這項任務掩蓋了它所造成的發明的層次。人們常常引用的德國哲學家黑格爾說得很清楚的一段話:「**歷史**這個術語把客觀的與主觀的方面結合了起來，而……所發生的事件，同時也是對所發生事件的**敘事**。」歷史不是發現的，而是建構的。換句話說，事實並不言說自身——是歷史學家在選擇和闡釋事實。因此，歷史始終是構成的、創造的、被放在環境中的敘事，所以也應該以這種方式看待歷史。把歷史看做敘事的觀點貫穿於美國歷史學家和理論家海頓•懷特的著作，其《元歷史：19世紀歐洲的歷史想像》(1973)產生了巨大影響。懷特自覺地採取形式主義的方法，指出了歷史敘事中的各種結構因素，區分了「歷史著作中不同的概念化層面：(1)編年史；(2)故事；(3)情節編撰模式；(4)論證模式；（5）意識形態含義模式。」因此，懷特的歷史編撰學是歷史敘事學。

——保羅・韋克（Paul Wake），《敘事與敘事學》

20世紀40和50年代，當新批評派最先啟用「話語」這個概念時，他們只將其作為區別體裁（文類）的一個方法，因此有「詩歌話語」和「小說話語」之分。這種區別不是平等的二元對立，而是具有深刻政治內涵的等級劃分：詩歌優越於散文。這也許是由於新批評派的先驅「逃亡者派」的緣故，該派在政治性宣言《我將採取立場》（1930）中把南方的重農主義與北方的工業主義對立起來，而在詩歌批評領域則重形式而輕內容。[1]然而，話語既標識差異也確定共性。每一種話語都能找出劃定體裁的界限；每一種話語都制定了限定體裁共性的格式。新批評派的不幸在於他們採取了本質主義的視角，在於他們把劃定的文類或體裁看做是固定的、永恆的，相信這些文類的再造能幫助重建失去了的（南方）文化價值，而那些文化價值恰恰屬於這些文類得以產生的那個社會。然而，自結構主義／後結構主義尤其是自福柯之後，我們可以認為，新批評派的「話語」說建構和組織了關於語言的整個知識領域，以實例證明了文學批評中關鍵術語的功能和知識實踐的地位比它們的「抽象意義」要重要得多。

---

[1] *I'll Take My Stand: The South and the Agrarian Tradition*, by twelve Southeners, Library of Southern Civilization, 1930.

新批評派的影響是不可估量的；但最大的功績莫過於對文學課的「規訓」，包括對學生和教師的判斷力和反應能力的規訓。教學是一種權力形式，也是實施權力的一個手段，是影響他人行為的權力運作，是作用於他人行動的行動，是對一種特殊的知識語言和職業紀律的培養，而一旦與其他話語——如哲學、心理學、語言學、政治、社會、文化等——聯起手來，它就進入了話語制度化的過程，從而有效地生產出專業的文學批評語言，把文學批評、文學生產和文學消費，以及涉及知識運動、語言形式和身心培養等整個領域協調整合起來，職業的學院文學批評出現了。

一個重要的問題是，自福柯之後的當代「話語分析」已不是新批評那種本質主義的分析了。「意義」被殘酷地拋棄了，「方法」也被「功能」所取代了。亟待探討的是主體及其相關問題：主體如何在社會話語和制度內部產生？在批評話語和文學制度內部「作者」的命運如何？主體何以變成了主體－功能？主體性話語在後現代社會中的作用是什麼？頗為有趣的是，自尼采（Friedrich Wilhelm Nietzsche, 1844-1900）宣佈「上帝已死」半個多世紀以來，作者已「死」、歷史乃至人之「終結」等消息頻頻傳來。然而，必須闡明的是，巴特、德里達、福柯等人並沒有否定作者作為文學生產者的存在，或作為書面話語形式的起因的存在。「已死」或「終結」實際上是制度化了的方法，因此需要重新組織關於書寫的話語原則。這首先要重新認識社會的話語系統，它是如何通過規訓語言和文化來保證秩序的，也就是要通過話語的譜系分析，來發現權力如何在話語中運作、話語如何發揮規訓功能，從而「把文學批評變成一種完整的批評，一種懷疑性的、批判性的、對抗性的——使用得當的話——也可以是支援性的批評」。[2]

這樣一種完整的批評必然涉及對文本進行整體的分析和全面的把握，即把文本作為文學的統一「整體」來分析。結構語言學和結構主義符號學雖然強調符號與符號之間的關係，並看到這種關係在意義生產過程中的重要性，但它們的一個致命弱點就是把個別文本當做分離的、自我封閉的實體，完全聚焦於文本的內在結構，把重點放在界定符號系統的邊界上，把符碼凌駕於結構之上，而不是注重文本結構的生成，文本結構在生成過程中經歷的改造，以及特定文本生成過程中普遍文本的積極促進作用。為了解決這些問題，法國後結構主義批評家、符號學家克利斯蒂娃（Julia Kristeva, 1941）提出了「互文性」的概念，用水準軸表示作者與讀者的關係，垂直軸表示一個文本與其他文本的關係。這兩個軸是由相同的符碼聯繫在一起的。這就是說，文本意義的生產不單純靠文本自身的內部結構，而與外部、與其他文本、與其他作者和其他讀者都有著千絲萬縷的聯繫。因此，每一個文本的意義、對每一個文本的閱讀和闡釋都取決於先在的符碼，這個先在的符碼就是其他話語強加於某一特定文本之上的一個宇宙，而反過來，這個宇宙就是文本之間的相互關係。於是，「互文性」的概念應運而生。[3]

---

2 Paul A. Bové, "Discourse" in Lentricchia, Frank & McLaughlin, Thomas（eds.）, *Critical Terms for Literary Study*, London: University of Chicago Press, 1990.

3 朱麗婭・克利斯蒂娃（Julia Kristeva）在 1969 年發表的一篇題為《詞語、對話與小說》的文章中首次使用「互文性」這個術語（「Word, Dialogue and Noval」, reprinted in Toril Moi,（ed.）*The Kristeva Reader,* Columbia University Press, 1986），繼而在法國後結構主義者中廣泛使用，隨即傳入英美文學批評領域，成為文學批評的一個不可或缺的術語，因而也不可避免地造成了一些誤用。最常見的錯互文性（又譯「文本間性」）是一個重要的批評概念，出現於20世紀60年代，隨即成為後現代、後結構主義批評的標識性術語。互文性通常被用來指兩個或兩個以上文本間發生的**互文**關係。它包括：（1）兩個具體或特殊**文本**之間的關係（一般稱為 transtexuality）；（2）某一文本通過記憶、重複、修正向其他文本產生的擴散性影響（一般稱作 intertexuality）。所謂互文性批評，就是放棄那種只關注作者與其作品關係的傳統批評方法，轉向一種寬泛語境下的跨文本文化研究。這種研究強調多學科性的話語分析，偏重以符號系統的共時結構取代文學史的進化模式，從而把文學文本從心理、社會或歷史決定論中解放出來，投入到一種與各類文本自由對話的批評語境之中。[4]

誤用法是：用互文性指文學生產中的影響關係（如貝克特與喬伊絲之間的影響）；用互文性指文學文本生產過程中對以前文本的引用（有意的用典）。所以，互文性研究並不是探討文學文本的來源和影響源，而是撒下更大的網路把一些不具名的話語實踐和出處已經丟失的符碼包括進來，因為正是這些不知來源的話語實踐和符碼使後來文本的意義生產成為可能。因此，在使用這個概念之前，首先要弄清楚後結構主義理論家、尤其是克利斯蒂娃和巴特等人使用該術語時所指的基本含義，包括與其相關的術語，如「文本」、「文本性」、「跨文本性」、「超文字性」等。克利斯蒂娃關於「互文性」的論述主要見她的 *Desire in Language*, Leon Roudiez（ed.）（New York: Columbia University Press, 1980）和 *Revolution in Poetic Language*, trans. Margaret Waller（New York: Columbia University Press, 1984）。關於克利斯蒂娃互文性概念的起源，見巴赫金在《拉伯雷與他的世界》中提出的狂歡化和對話理論和在《陀思妥耶夫斯基的詩學問題》中關於「複調」的論述。中文文獻見：《巴赫金文論選》，佟景韓譯，中國社會科學出版社，1996 年。

[4] 關於互文性理論和實踐的系統闡述和介紹，見 Kristeva,「Intertextuality and Literary Interpretation」, in Julia Kristeva *Interviews*, Ross Guberman（ed.）, New York: Columbia University Press, 1996; Allen, Gramham, *Intertextuality: The New Critical Idiom*, London: Routledge, 2000; McAfree, N, *Julia Kristeva*, London: Routledge, 2004; Orr, M, *Intertextuality*, Lodnon: Polity Press, 2003; Plett, H. F.（ed.）, *Intertextuality*, Walter de Gruyter: Berlin, 1991; Worton, M

作為對歷史主義和新批評的一次反撥，互文性與前者一樣，也是一種價值取向自由的批評實踐。這種批評實踐並不隸屬於某個特定的批評團體，而與 20 世紀歐洲幾場重要的知識運動相關，例如，俄國形式主義、結構主義語言學、精神分析學、馬克思主義和解構主義。圍繞它的闡釋與討論意見，大多出自法國思想家，主要有羅蘭・巴特、朱麗婭・克利斯蒂娃、雅克・德里達、吉羅德・熱奈特和瑞法特爾（Michael or Michel Riffaterre, 1924-2006）等。

一

關於互文性，法國著名女性主義批評家克利斯蒂娃首先回顧了 20 世紀 60 年代後期的文學批評。她說，當時法國文學批評深受俄國形式主義的影響，尤其是巴赫金（Ъахтинг，Михаил МихаЙлович, 1895-1975）的對話概念和狂歡理論。令她最感興趣的則是巴赫金針對拉伯雷（François Rabelais，約 1493-1553）和陀思妥耶夫斯基（Фёдор Михайлович Достоевский, 1821-1881）的研究。我們知道，巴赫金提倡一種文本的互動理解。他把文本中的每一種表達都看做是眾多聲音交叉、滲透與對話的結果。所以克利斯蒂娃說：互文性概念雖不是由巴赫金直接提出，卻可在他的著作中推導出來。[5]

---

and Still, J (eds.) , *Intertextuality: Theories and Practices*, Manchester: Manchester University Press, 1990.

5 在《詞語、對話和小說》一文中，克利斯蒂娃認為巴赫金是指出文學結構產生於與另一種結構的關係的第一人。一個「文學詞」是多個文本表面的交叉，是若干作品之間的一次對話，而不是一個固定的點，不具有固定的意義。一個詞是歷史和社會中的最小結構，而歷史和社會就是作家閱讀的文本，是他加以重寫的古今文化環境，是文本的基礎結構（infrastructure）。於是，一個詞所指代的就不是字典上的字面巴赫金在《陀思妥耶夫斯基的詩學問題》中指出：獨白式歷史主義批評和文體學研究，僅僅把小說看成是作者思想感情的直接流露，或小說對於現實的同質性再現。這種獨白批評因而無法解釋人物語言的異質性與多樣性。它既不能說明小說中各種外文學文本（extra-literary texts）的存在，[6]也不能充分展現小說語言的審美功能，即同一部小說中不同語言方式的共存和交互作用，以及使用這種多元語言評價現實的不同方法的共存和互動。巴赫金把這兩種共存和互動稱之為小說的「多聲部」或「複調」現象，並用「文學狂歡化」來支援他的對話理論。[7]

狂歡是一種複雜的文化形式。它原指那種包括了慶典、儀式和遊藝的民間狂歡節。歐洲中世紀的狂歡節，既是民眾對人生的詼諧體驗、對世界的嘻笑理解，同時也生動地表現出普通百姓對於黑暗

意義，而指代不同文化語境、不同體裁、不同文本內部的不同文學樣式的互動關係，這樣，廣義的文學批評和狹義的詩歌分析就處於當代「人文」科學的中心，就被放在了語言與空間的交匯處，這是真正的思想實踐。這種對話性實踐涉及三個維度：書寫的主體、受體和外部文本。因此，從橫向（水準軸）來說，文本中的詞既屬於作者（寫作的主體）又屬於讀者（受體），而從縱向（垂直軸）來說，文本中的詞又趨向一個外部的或共時的總體文學。在總體文學中，文本相互吸收、相互改造，被建構成馬賽克式的引語空間，於是，互文性（文本間性）代替了互主性（主體間性），詞也隨之被空間化了，同時在三個維度上發生作用（主體、受體、語境）。在這種情況下，寫作就是對此前的總體文學的閱讀，而文本就是對另一個（些）文本的吸收和回應。見 Kristeva, *Desire in Language*, pp.64-69.

6　指政治、經濟、科學、哲學、社會、歷史等非文學文本。

7　巴赫金（或克利斯蒂娃）把話語分成兩種：獨白式話語和對話式話語。獨白式話語包括史詩、歷史和科學。在這三種獨白式話語中，對話性受到壓制和審查，服從上帝的原則。從這個意義上說，史詩都是宗教的、神學的；現實主義小說都是教條的、單聲部的。而對話式話語也有三種：狂歡節、梅尼普斯式諷刺和多聲部小說。這三種話語的共同之處就是採用一種夢幻邏輯，打破語法規則和社會道德約束的越界的邏輯，在不同的句法單位或敘事結構之間既拉開距離又建立關係的邏輯。它們遵循的是對話的法則、生成的法則、類比和非排除性對立的法則。根據這種邏輯和這些法則書寫的小說就是多聲部小說。見 Kristeva, *Desire in Language*, pp.71-72.

的宗教統治的嘲諷態度。在此背景下，文學狂歡化專指那種產生於文化危機時期的複調作品或多聲部小說，巴赫金認定其主要手法是戲仿（parody）。

這類小說實際上是一種互文體。[8]它傾向於把世界和人生看做一種共時結構，偏愛把文學置於文學之外的象徵性語境之中。此外，它還習慣用喧鬧的方言俗語，進行各種形式的插科打諢，以便表現不同人群在意識形態上的差異，由此造就一個擁擠雜亂的互話語（interdiscursivity）空間，創造一個眾聲喧嘩、卻又內在和諧的彈性環境，從而賦予語言或意義一種不確定性。巴赫金提出上述理論時，並未預見到文學符號學的發展趨勢。可他的狂歡化概念至少暗示了在文學批評、人類學、社會學等領域之間建立一種互文理論的可能性。

從批評理論的角度看，對於文學文本的互動理解，其實在英美傳統中久已有之。18 世紀初，亞歷山大・蒲柏（Alexander Pope, 1688-1744）曾在維吉爾作品中發現了荷馬。蒲柏確信，詩人如能善於模仿古典作品，他便能更好地模仿自然。[9]用今天的話說，一首

---

[8] 巴赫金提到的「梅尼普斯式諷刺」也是一種互文體，可以追溯到古羅馬學者和諷刺作家瓦羅（Marcus Terentius Varro, 116B.C.—27B.C.）。約翰・德萊頓在《諷刺的原創和發展》一文中專門論述了這種諷刺。他稱之為瓦羅式諷刺，但瓦羅本人則稱之為「梅尼普斯式諷刺」。這種諷刺的特點是不僅把幾種不同的韻文摻和在一起，還將其與散文結合起來，把希臘文和拉丁文混合起來；是對恩尼烏斯（古羅馬詩人、戲劇家）、帕庫維烏斯（古羅馬戲劇家）和盧奇利烏斯（古羅馬諷刺詩人）風格的模仿。按照德萊頓的這種解釋，「梅尼普斯式諷刺」就在形式、文字和作家三個層面上構成了互文體。

[9] 見 Alexander Pope, "An Essay on Criticism", in *The Norton Anthology of Theory and Criticism,* W. W. Norton & Company, Inc., 2001, pp.441-458. In lines 130-135:

詩在模仿自然方面的優劣，取決於它的互文性，或者說取決於它對前文本（pre-text）的模仿。艾略特在《傳統與個人才能》中提倡一種著名的「催化」作用。他認為，詩人的精神是一種催化劑，它能改造經驗與文學，使之變成一種新的化合物。他又說，這種催化劑能消解作者和作品，促成互文性的多元化合反應，最終導致文學創作的非個性化。因此，就個人與傳統的關係而言，傳統是一個同時共存的秩序。在這個秩序中，先前的經典文本一律為今人所共用。每一件新作品的誕生，無疑都受到以前全部經典的影響。[10]也就是說，任何藝術作品都會融入過去與現在的系統，必然對過去和現在的互文本發生作用。在此前提下，它的意義也需依據它與整個現存秩序的關係加以評價。

在創作實踐方面，我們也可以舉出不少例證。譬如在菲爾丁（Henry Fielding, 1707-1754）的《約瑟夫・安德魯》中，人們一眼就能看出理查遜（Samuel Richardson, 1689-1761）的《帕美拉》、賽凡提斯（Miguel de Cervantes Saavedra, 1547-1616）的《堂吉訶德》，乃至《聖經》等前文本的痕跡。在現代主義小說中，最明顯的莫過於喬伊絲（James Augustine Aloysius Joyce, 1882-1941）的《尤利西

When the young *Maro* in his bondless Mind
A Work t'outlast Immortal *Rome* design'd,
Perhaps he seem'd *above* the Critick's Law,
And but from *Nature's Fountains* scorn'd to draw:
But when t'examine ev'ry Part he came,
Nature and *Homer* were, he found, the *same*:

[10] T. S. Eliot, "Tradition and the Individual Talent", in *Selected Essays*, Harcourt Brace Jovanovich Inc., 1932, 1950. 艾略特的一些早期批評文章改變了英國文學批評的方向，均收入 *The Sacred Wood*（1920）；其中的一些重要文章和 20 世紀 30 年代發表的批評文章後來都收入 *Selected Essays*。

斯》。在後現代派作家中，首先讓人想到的當然是約翰·巴思（John [Simmons] Barth, 1930-）。由此推開去，我們還能舉出阿多尼斯神話之於彌爾頓（John Milton, 1608-1674）的《利西達斯》，荷馬（Ὅμηρος/Homer，約前西元前 9 世紀至前 8 世紀）的《奧德賽》之於喬伊絲的《尤利西斯》，美國南方分離運動之於惠特曼（Walt Whitman, 1819-1892）1855 年版的《自我之歌》，德國唯心主義哲學之於華茲華斯（William Wordsworth, 1770-1850）的《序曲》，相對論之於湯瑪斯·品欽（Thomas Ruggles Pynchon, Jr, 1937）的小說，熱動力學對於左拉（Émile Zola, 1840-1902）小說的影響，等等。如此奢談互文性，是否有宣揚傳統影響論之嫌？我們是否會在無意中抬高前文本的價值，抹殺前後文本的多聲部滲透呢？

在《尤利西斯》中，喬伊絲利用《荷馬史詩》的情節敷設他的篇章，並在兩個文本間確立一種肯定的（positive）互文關係。但這部小說不乏作者的自我指涉（autoreferentiality），例如《青年藝術家的一個肖像》和《英雄史蒂芬》的影響。它因此形成了一種內文本關係（intratexuality）。在尤利西斯的塑造上，人們也不難看到喬伊絲對荷馬的人物的改造，以及他在改造這個人物時顯露出來的天才靈感，於是又出現了一種否定的（negative）互文關係。同樣，巴思的作品不僅充斥著別人的前文本（如《堂吉訶德》），而且彌漫著自我引用和自我指涉（即大量引用自己以前的作品，從而把小說當做再現自身的世界），由此構成一種深藏的互文性，或稱作「內文本性」，而這正是他的後現代主義元小說（meta-fiction）的主要特徵。

以上分析不像傳統影響論那樣，僅僅把文本甲與文本乙簡單地聯繫起來。與之相反，它把多種文本當做一個「互聯網」。它們也不像傳統淵源研究那樣，只把文本乙看做是文本甲直接影響的結果，而是把互文性當做文本得以產生的話語空間。但是我們看到，在這個空間裡，無論是吸收還是破壞，無論是肯定還是否定，無論是自我引用還是自我指涉，文本總是與某個或某些前文本糾纏在一起。同時，讀者或批評家總能在作品中識別出文本與其特定先驅文本的交織關係。而詩人與特定先驅詩人的關係，同樣也脫離不了所謂的淵源或影響的干係。按照哈樂德・布魯姆（Harold Bloom, 1930）的說法，先驅的影響，無疑造就了後世幾乎無法克服的焦慮。

二

布魯姆在 20 世紀 70 年代集中研究「影響的焦慮」。[11]在他看來，詩人有「強與弱」、「重要和不重要」之分。他的研究對象主要是強力詩人或重要詩人。他認為，所謂強力詩人在開始創作時，必然和俄狄浦斯一樣，身處先弒父後娶母的境遇。就是說，詩人之於前輩的關係，或詩歌文本之於前文本的關係，也是一種愛恨交織的俄狄浦斯情結。詩人總有一種遲來的感覺：重要的主題已經被人命名，重要的話語早已有了表達，該說的話似乎都已經說過了。因此，當

---

[11] Bloom, Harold, *The Anxiety of Influence: A Theory of Poetry*, New York: Oxford University Press, 1973, 1997.布魯姆在該書中提出的詩人與傳統進行鬥爭的觀點在後續著作中得到了詳盡闡述，這些著作包括：*A Map of Misreading*（1975）, *Kabballah and Criticism*（1975）, *Poetry and Repression: Revisionism from Blake to Stevens*（1976）, *Figures of Capable Imagination*（1976）, and *Agon: Towards a Theory of Revisionism*（1982）.關於布魯姆的綜述性和有關影響話題的研究著作，見 David Fite, *Harold Bloom: The Rhetoric of Romantic Vision*（1985）; Peter de Bolla, *Harold Bloom: Towards Historical Rhetorics*（1988）; Graham Allen, *Harold Bloom: A Poetics of Conflict*（1994）.

強力詩人面對前輩的「偉大傳統」時，他必須通過進入這個傳統來解除它的武裝，通過對前文本進行修正、位移和重構，來為自己的創造想像力開闢新的空間。布魯姆把這些修正功夫稱作「關係性事件」，它們可以用來衡量「兩個或更多文本間關係的修正比」。總之，這些事件構成了強力詩人創作時必然經歷的六個心理階段。布魯姆從盧克萊修哲學、古希臘哲學、古代宗教儀式、宗教哲學乃至馬賽克制作技術中借用了不同術語，來分別指稱這六個階段。

第一階段是 Clinamen（曲解或誤讀），詩人通過反諷，對前文本進行「反動－構成」和「故意誤讀」，即揭露其相對幼稚的幻想局限性，來逃避前文本「令人難以忍受的出現」。[12]

第二階段是 Tessera（完成和對立），詩人通過提喻和「對抗自我」的心理防禦機制，超越由於過分理想化而「被截短了的」幻想，就是說，詩人通過第一階段的「曲解或誤讀」，揭示前文本的不足，並通過「恢復運動」復活前文本的超驗含義，從而使前文本的幻想成為自己作品的「一部分」。反之，他的作品也成了前文本的整體表達或「遲到的完成」。[13]

---

[12] 布魯姆：「Clinamen，指詩歌的誤讀或一般的誤解；我在此借用盧克萊修的一個術語，在他的哲學中，該詞指使宇宙中的變化成為可能的原子的『偏離』。詩人要偏離先驅，就要先閱讀先驅的詩以便與它處於一種偏離的關係之中。這似乎是他自己詩中的一種矯正運動，意味著先驅的詩在正確地運動到某一點後，就應該偏離方向，即向新詩運動的方向偏離。」在修辭上相當於「反敘法」或「曲言法」。*The Anxiety of Influence*, pp.14-16.

[13] 布魯姆：「Tessera，意思是完成和對立；我使用的不是現在仍然用於指馬賽克制作的術語，而是古代神秘儀式中用於識別的象徵物，比如，小罐子的一個碎片，與其他碎片合在一起就重新構成了那個小罐子。詩人從對立的角度『完成』了先驅未完成的詩，即閱讀原詩以便保留其術語，但所用術語的意思卻完全不同，就彷佛先驅未能成功地走得如此之遠。」在修辭上相當於「舉隅法」或「提喻法」。*The Anxiety of Influence*, pp.14-16.

第三階段是 Kenosis（突破和斷裂），詩人通過換喻使用「破壞或退卻」的心理防禦機制，把前文本的幻想消解到非幻想程度，造成前文本根本不存在的假像，從而產生一種創作幻覺，彷彿處於前俄狄浦斯或無競爭階段，從而使詩歌體驗成為一種純粹的快感。[14]

第四階段是 Daemonization（魔鬼附身），詩人運用誇張手法，壓抑前文本的崇高幻想，將前文本高級的超驗內涵變成「低級」的人類欲望，這樣就能創造自己的「反崇高」幻想，並把想像力表現為獨立、唯我、非人或魔鬼的力量。在實際操作中，詩人把自己的詩歌文本與某一先驅文本關聯起來，但這個文本卻不屬於這個先驅，而屬於超越這個先驅的另一個存在範疇，從而抹殺這個先驅文本的獨特性。[15]

第五階段是 Askesis（自我淨化），詩人（及其所利用的前文本）此時發現：通過幻想無法改造我們所生存的世界。因此要運用隱喻「從內部攻克外部」。就是說，詩人獻身於詩歌創作的快樂原則，

---

[14] 布魯姆：「Kenosis 類似於心理用來防範重複衝動的防禦機制，是一種突破手段；它因此是脫離先驅者的一次運動。該詞是我從聖保羅那裡借用的，聖保羅用它指耶穌從神自降為人時的自我謙恭。後世詩人顯然在消耗自己的靈感和想像性神性，似乎也使自己處於一個卑賤的地位，彷彿他已不再是詩人了；但這種退卻是與先驅者退卻的詩相關的，先驅者也在消耗，因此，後來詩人表面上退卻的詩並不絕對是退卻的。」在修辭上相當於「隱喻」。*The Anxiety of Influence*, pp.14-16.

[15] 布魯姆：「Daemonization 是趨向一種人格化的反崇高，即對先驅的崇高的反動。我用的是新柏拉圖主義的一般用法，指處於神與人之間的一個存在者，進入神的領域來幫助人的一個存在者。後世詩人在先驅的詩歌中接觸到並不屬於先驅但屬於超越先驅的一個領域的一股力量。他在自己的詩歌中把這股力量與先驅的詩歌聯繫起來，從而把先驅詩歌的特性普遍化了。」在修辭上相當於「誇張」。*The Anxiety of Influence*, pp.14-16.

以對抗現實世界的現實原則。他通過轉換、替代、位移前文本的影響，從而與前文本徹底脫離，最終達到自身的淨化。[16]

第六階段是 Apophrades（死者回歸）。在這個極端完美的階段，詩人通過轉敘（metalepsis）或轉向接受（transumption）容納或吸收前文本，造成「哺育前輩」的幻覺，以此表達前文本渴望表達、卻未能表達的幻想，使人感到前文本出自後世之手，進而完成與前輩詩歌的認同。[17]

布魯姆的影響研究，實為佛洛伊德心理學、轉義修辭理論、猶太教神秘哲學的混合產物，其中還滲透著尼采的權力意志和德曼（Paul de Man, 1919-1983）的誤讀理論。不妨說，這本書就是影響焦慮的典型體現，也是互文性理論的見證。在布魯姆看來，詩歌文本不是眾多符號在書寫中的集合，而是詩人與其先輩進行心理戰爭的場所。所有崇高的詩人都在這裡與同樣崇高的詩人反覆進行殊死的較量。布魯姆的理論蘊涵了一種與羅蘭・巴特文本理論截然相反的思想傾向：它從巴特那個由無數匿名引文組成的文本空間，轉向

16 布魯姆：「Askesis 是一次自我淨化的運動，目的是要達到一種寂寥狀態。該術語借自前蘇格拉底時代的薩滿教，如恩培多克勒的學說。後世詩人並未像在 kenosis 階段一樣進行退卻性修正，而是進行削減；他展露自己的一部分人性和想像天才，從而把自己與他人區別開來，包括他的先驅；他在自己的詩中將其與先驅的詩相並置，使先驅的詩也經歷一次淨化，先驅的天才也因此被削減了。」在修辭上相當於「換喻」或「轉喻」。*The Anxiety of Influence*, pp.14-16.

17 布魯姆：「Apophrades 或死者的回歸。該術語借自古雅典的陰天或倒楣日，死者在這樣的天氣裡回到他們曾經住過的房子裡來。在這最後的階段，後世詩人已經負擔了想像的寂寥，幾乎達到一種唯我狀態，再次把自己的詩歌向先驅的作品敞開，以至於讓我們相信這個循環已經完成，彷彿又回到了後世詩人大量的見習作品之中，彷彿他在修正過程中並未顯示他的才華。但是，此時，他的詩已經與先驅的詩相融合，而一旦融合便產生了不尋常的效果：在我們看來，新的詩彷彿不是先驅所寫，而是後世詩人寫出了先驅的典型之作。」在修辭上相當於「轉敘」。*The Anxiety of Influence*, pp.14-16.

了由佛洛伊德家族檔案組成的詩歌傳統。可以說，互文性正是一個龐大的家族檔案。詩歌文本原本是一種互文建構。在探討特定文本時，你必須置身經典詩人的傳統，必須瞭解該文本延伸的、改造過的和昇華了的其他文本。當你追問其他文本的來源時，你會發現它們大多來自同一個偉大的先驅。

在布魯姆這裡，互文性看起來不過是兩個或多個個體詩人之間的影響關係。其中一個是先驅、是淵源、是權威；可他同時也是後世詩人奮力抗爭的先驅，是後者努力擺脫的淵源，是他要修正、位移和重構的權威。從狹義上說，這種互文性就是一首特定的詩與其詩人為征服一首先驅詩而付出的努力。說到底，詩歌不過是一些指向其他詞語的詞語，而那些詞語又指向另外一些詞語。所有這些詞語，共同構成了一個稠密的文學語言世界。一首詩只能是互文詩（inter-poem），而對一首詩的閱讀，也只能是一種「互讀」（inter-reading）。因此，布魯姆認為，不存在獨立的文本，而只有文本之間的關係。這就是說，只有互文本。

三

布魯姆的「影響」研究雖然與法國的「互文性革命」相比尚有很大差距，但對理解克利斯蒂娃等法國批評家的互文性理論畢竟是個鋪墊，儘管在時間上，《影響的焦慮》要比克利斯蒂娃的《詞語、對話與小說》晚四年之久。法國結構主義批評家在放棄歷史主義和進化論模式之後，主動應用互文性理論，來看待和定位人文、社會乃至自然科學各學科之間關係的批評實踐。文論界一般把這種廣泛的批評實踐稱作「互文性革命」。這種批評實踐的驚人之處在於它的雙向作用：一方面，結構主義者可以用互文性概念支援符號科學，用它說明各種文本的結構功能，說明整體內的互文關係，進而揭示其中的交互性文化內涵，並在方法上替代線性影響和淵源研究；另一方面，後結構主義者或解構主義者利用互文性概念攻擊符號科學，顛覆結構主義的中心關係網絡，破解其二元對立系統，揭示眾多文本中能指的自由嬉戲現象，進而突出意義的不確定性。

如前所述，在結構主義陣營中，列維－斯特勞斯和羅蘭・巴特在其人類學和神話研究中，都採用了互文性建構方法。他們依據符號學的任意性理論，從神話、藝術和社會發展中，看到了原始思維的異質性、多元性和封閉的系統性。

在《野性的思維》（1962）中，列維－斯特勞斯提出「修補術」的概念，用它來區別現代人和原始人的不同思維。在他看來，現代人是工程師，他有設計好的方案，會使用專門的工具材料。原始人則是「修補匠」，他一無設計，只會使用手邊參差不齊的家什。這些家什是「零件」，它們沒有專門性能，卻終歸會有用處。這就是說，神話思想是由零件配置而成的。它們不是一個個完整的事件，而是事件的殘餘碎片。神話思想就是由這些殘餘碎片拼湊起來的結構。修補匠的詩意創造，並不在於他完成了某項事業，而在於他永遠完不成設計，在於他總把自身和與自身有關的東西置於設計之中，就是說，置於互文過程之中。[18]

---

[18] Lèvi-Strauss, Claude, *The Savage Mind*, Chicago: University of Chicago Press, 1966. 列維－斯特勞斯說修補匠並不限於使用現有的原材料和工具；他所能用的每一個元素都「代表一組實際的和可能的關係」。藝術家創作時實際邁出的第一步是回顧過去，使用過去和現存的工具和材料，反覆思考它們的含義，在與它們構

如果說，列維－斯特勞斯的「修補術」為互文性理論譜寫了前奏，那麼，他的《神話學》(1964-1971，英文版 1969-1981）就是這部前奏的實際演出。該書以跨學科方式研究北美和南美印第安人的神話系統，進而利用社會、經濟、政治、宗教、性等文化範疇，建構起一個多元的互文本和互文化空間，其中囊括了視覺、語言、運動、聽覺等異質符號材料，並使它們在幾個不同層面上相互關聯，決定相互的意義。在此含義上，列維－斯特勞斯本人就是一個卓越的修補匠。

然而，列維－斯特勞斯的互文本建構還是有懈可擊的。德里達以其敏銳的解構眼光看出：列維－斯特勞斯的互文化建構暗藏了一個矛盾。在《生食與熟食》中，列維－斯特勞斯認為，土著神話是在一系列變化組合的壓力下，像「星雲」一樣從中央擴散開來，構成了一個多維集體。另一方面，神話系統又彷彿一個晶化過程，構成了一個穩定嚴密的結構。前者是開放多元的符號系統，後者則是一個複雜的靜止系統。二者間的矛盾必然破解互文系統的中心，從而使土著神話和《神話學》的意義變得不確定。[19]德里達還看到：

成一種對話之後才進行篩選，並對所有工具和材料呈現的問題予以回答。他要探討這些各不相同的客體的含義，它們對尚未成型的整體藝術的構成性作用，以及它們與只作為內在構成因素的工具性元素的區別等（pp.17-18）。相關文獻參見：Lèvi-Strauss, *Introduction to the Science of Mythology*（1969-1981）; *Myth and Meaning*（1978）; *Anthropology and Myth*（1984）。綜述性文獻見：Edmund Leach, *Claude Lèvi-Strauss*（1970）; David Pace, *Claude Lèvi-Strauss: The Bearer of Ashes*（1983）; Ronald Champagne, *Claude Lèvi-Strauss*（1987）; and Marcel Henaff, *Claude Lèvi-Strauss and the Making of Structural Anthropology*（1988）.中文文獻見：克勞德・列維－斯特勞斯，《野性的思維》，李幼蒸譯，商務印書館，1987 年。

[19] Lèvi-Strauss, Claude, *Mythelogies*, trans. John Weightman and Doreen Weightman, Chicago: Univercity of Chicago Press, 1983.

在西方哲學的認識論悖論中，關於再現、語言和現實的理論，總是通過提出矛盾前提來解構自身。列維－斯特勞斯在對神話進行跨文化的共時比較時，曾斷言神話是一個結構、一個互文空間，其中沒有個體創造者、沒有開頭和結尾，只有無限分化的主題。這顯然是一種互文的自由嬉戲。但他偏偏設置了一個封閉的價值系統，設置了自然與文化、生食與熟食之間的對抗，進而在能指與所指、語言與真理之間，設置了一道不可逾越的鴻溝，最終消解了那種互文的自由嬉戲。[20]

德里達對於互文性理論的貢獻，並不在於他對列維－斯特勞斯的批判，而在於他提出的「延異」說。延異乃是差異和延宕的綜合，是一種針對邏各斯中心的取代。按照這一說法，意義永遠屈從於差異，永遠被符號本身的差異所推延。所以，能指和所指決不可能同時發生。意義永遠不是孤立自在的東西。它也不是一種自我構成。它永遠處於紛紜複雜的關係之中。每一個文本，每一個句子或段落，都是眾多能指的交織，並且由許許多多其他的話語所決定。因此，一切話語必然都具有互文性。此外，人們對於文本的所有批評、鑒賞與闡釋，都不過是對於前文本的嘗試性增補。每一次增補，又必然受到前文本和其他相關文本的污染，必然攜帶著前文本和其他文本的蹤跡。因此，對於單個文本的形式分析，永遠不足以描寫文本的實際意指過程。用德里達的話說，每一特定語境的突破，都以絕對不可限制的方式，繁衍出無數新的語境。[21]

---

[20] 德里達對列維－斯特勞斯的批判主要見於 *Of Grammatology*（1967）和 *Writing and Difference*（1967）。

[21] 同上。

結構主義與解構主義所展示的互文性雙向作用生動地表明了互文性對於一切話語與思維的重要性。它的廣泛文化含義也引起了不同學科的學者的關注，只不過圍繞意指性質、文本地位、文本間的符號關係，以及互文性的利用等問題上，仍存有分歧。真正推動互文性革命、並從理論上系統建構起文本與互文性觀念的，當推巴黎的兩位著名批評家——巴特和克利斯蒂娃。

1973 年，羅蘭・巴特在發表《文本的快感》的同時，發表著名論文《文本的理論》。文中他試圖回答「文本是什麼？」的問題。在他看來，文本不是作品，也不是客體，甚至不是一個概念。文本產生於讀者與文字之間的關係空間，它是一個生產場所。文本又是一種意指實踐，其核心是以矛盾形式出現的多元性。文本作為生產活動，它生產出來的不是產品，而是作者與讀者相遇、表演、進行語言遊戲的場所。因此這不是生產的結束，而是生產的過程。它的生產資料是語言，一種人們賴以交流、再現、表達的語言。文本解構這些語言，重新構成另一種語言，如此循環往復。[22]

巴特又說，文本是意指，而意指是一個過程。在這個過程中，文本的主體擺脫「我思故我在」的邏輯，轉而服從能指的邏輯、矛盾的邏輯、解構的邏輯。意指不是意義，不是交流，不是再現，也

[22] 巴特還在《文本的快感》中區別了兩種閱讀體系。一種是由可讀性文本培養的「水準的」閱讀。這種閱讀可以跳過一些料定是毫無意思的段落，而儘快接近高潮或尾聲，揭穿謎底或領悟命運的啟示。這種閱讀忽視語言的嬉戲。另一種是可寫性文本所要求的「垂直的」閱讀。這種閱讀不跳過任何段落，不祛除任何糟粕，而執著于文本，層層揭示真理。讀者從「水準的」閱讀中獲得的是間斷性快感；而從可寫性文本中獲得的則是極樂的狀態、消魂的狀態，這是由於讀者在破解謎團一樣的文本的過程中克服重重困難而獲得的快感。關於可讀性和可寫性文本，見本書第 1 章・注釋[5]。

不是表達。能指是在特定語言場所展開的無休止運作。它把寫作和閱讀的主體置於文本之中，使之與享樂相認同，從而產生寫作快感、閱讀快感、文本快感。最後，文本也是互文本。任何文本都是互文本。前文本，文化文本，可見與不可見的文本，無意識或自動的引文，都在互文本中出現，在互文本中進行再分配。因此，互文性在這裡並不是有源可溯的影響或淵源。互文本具有社會性、整體性與生產性。它是一種播撒。[23]

巴特的《*S/Z*》就是對於互文性理論的一次精彩展示。[24]巴特在書中注重的不是文本，而是讀者。不是文本結構，而是讀者參與的意指實踐。不是讀者被動消費的「可讀性」經典文本，而是讀者主動參與的「可寫性」文本生產。與列維－斯特勞斯和德里達不同，巴特在這種重寫中發現了製造文本「互聯」的主體，即作者、讀者和批評家。他們寫作、閱讀、理解、分析和闡釋的能力，取決於他們對於不同互文本的累積和將其置於特定文本中加以重組的能力。這種累積與重組的結果，必然是作者、讀者、批評家本人的文

23 巴特說：「文本重新分配語言……這種解構－建構的路徑之一是要重新排列文本，即對已經存在的或現存的、最終在所論文本中存在的文本碎片的重新排列：任何文本都是互文本；其他文本在不同的層面、以或多或少可以識別的形式，即以前和周圍現存文化的文本形式，出現在這個互文本中。」（Barthes, "Theory of the Text", in Robert Young（ed.）, *Untying the Text*, Boston: Routledge and Kegan Paul, 1981, pp, 31-47.）

24 見第 1 章．注釋[5]。巴特的 *S/Z* 標誌著他從結構主義轉向後結構主義的分水嶺。20 世紀前半期，巴特致力於對敘事的結構分析（見"Introduction to the Structural Ananlysis of Narratives" in *The Semiotic Challenge*, trans. Richard Howard, New York: Hill and Wang, 1988, pp.95-135）。後來，巴特越來越多地接受了後結構主義理論家的影響，尤其是德里達、克利斯蒂娃和拉康的影響，遂對結構主義產生懷疑，而轉向了對敘事的「文本分析」。*S/Z* 就是這一轉折的標誌。

本性，也是他們對於互文性的一種自戀式滿足。最終，作者成為他自己累積與重組的另一組文本。[25]

克利斯蒂娃也注意到了進入互文空間的主體。她認為，一個文本斷片、句子或段落，不單是直接或間接話語中兩個聲音的交叉，它是無數聲音交叉、無數文本介入的結果。這些交叉介入不僅發生在語義層面上，而且發生在句法與語音層面上。所以，文本的多元性質，涉及語音、語義和句法的同時參與。而不同文本在不同層面上的參與，則揭示出一種特殊的精神活動。為此，分析的任務不是簡單識別出參與最後文本的其他特定文本。分析者應該明白，他所分析的是一個特定話語的主體，而這個主體恰恰由於互文性而超越了他自己的身分，超越了詞源學意義上的個體，進入了一個內部與外部相互作用的互文空間。語言本身就是生產意義的系統，它不可能在沒有外部作用的情況下發生作用。一切語言活動，一切意指活動，都必然是語言的兩個方面之間的對話：即象徵界與符號界之間的對話。[26]這是語言形式層面上的互文性，是一個心理學或精神分

---

[25] 在《作者之死》一文中，巴特指出作者不僅僅是「寫書的人」，而且是社會地和歷史地構成的人。作者不是先于或外在於語言而存在。是寫作創造了作者，而不是作者創造了寫作。作者只能模仿以前存在的一種文本，而從來不創造新的文本。他唯一的才能就是把各種寫作混合起來……而不依賴其中任何一種。在這個意義上，作者並不擁有任何文本的絕對作者權，因為寫出作品的實際上並不是作者本人。

[26] 這裡的「象徵界」相當於拉康提出的「象徵界」，即通常被視為「語言」的東西，被視為語言規則和社會秩序的東西；它取決於表述和分離，尤其是主體與客體之間的表述和分離。「符號界」則指語言中前俄狄浦斯階段受到象徵系統壓抑的身體本能的發洩，包括不同的音調、身體運動或嬰兒的牙牙學語等非語言或身體的意指活動。這些非語言活動與叫做 chora（子宮或容器）的、由本能衝動構成的一個空間有關，與母體有關，因此是意義和主體性生成的基礎。符號界與象徵界是兩股既相互作用又相互矛盾的力，總是處於分解和重新構成的過程之中。而言說的主體就是由這兩股力構成的，因此，主體就不是靜止的，而總是處於過程之中，而主體性也就成了

析學的發現，它關係到「創造者」的主體地位問題。這個創造者通過不同層面上多元文本的交叉，才生產出新的文本。這一創造性主體就是巴赫金所說的「多聲部」。克利斯蒂娃稱之為「過程中的主體」：即在意指的過程中，一個作者要接受對峙、分層和被簡化為零的挑戰，然後被重新賦予一個新的多元身分（注意：他在後現代文本中往往是人物的碎片）。[27]

一個創造性主體的分解，一個新的多元主體的產生。這便是克利斯蒂娃的互文性動力學。它不僅適於互文性作者，也適於互文性讀者。依據這一理論，讀者閱讀的過程，就是把自己的身分置於意指過程之中。他不僅與特定文本中的不同互文本相認同，而且還必須被化簡為零，被置於一種啞然失語的危機時刻。這是審美快感到來之前的準備階段。然後，讀者便可進入自由聯想的過程，重構多元意義的過程，對幾乎無法定義的內涵進行定義的過程。總之，這也是詩歌文本的再創造過程。

對克利斯蒂娃來說，文本是一種行為，是批評和元語言行為。[28]在批評過程中，主體審查前文本和現在的文本，肯定一些文本並否

心理－社會改造過程的不穩定結果。見 Kristeva, *Revolution in Poetic Language,* trans. Margret Waller, New York: Columbia University Press, 1974。

[27] 在《多角色對白》一書中，克利斯蒂娃分析了各種不同的意指實踐，如語言、話語和文學，檢驗了語言學、認識論和精神分析學等學科中用以構成象徵性的具體手法，進而揭示出每一個意指過程中固有的能動力。在題為「過程中的主體」一章中，她主要分析了拉康的精神分析學理論，把主體的進化與語言的進化聯繫起來，揭示出主體始終是變化的、運動的、流動的，它通過語言表達了一種能動的意指邏輯。見 Kristeva, *Polylogue,* 1977。

[28] 元語言（Metalanguage）作為西方思想史的一個概念最早見於前蘇格拉底時代，20 世紀 60 年代成為結構主義特別關注的術語。在語言學中，它通常指一種語言是如何描寫另一種語言（客體語言）的；如把一個文學文本作為客體語言，那麼，對這個文學文本的評論就是元語言。在批評理論中，元語言指敘述過程中圍繞事實建

定另一些文本。這就是主體所具有的解構所有話語的互文性功能。如此看來，互文性本是一個複雜的否定過程：它繁殖語言和主體的立場，為創造新文本而破壞舊文本，並使意義在文本與文本無休止的交流中變得不確定。[29]這個過程無疑是在醞釀一場詩歌語言的互文性革命。在《詩歌語言的革命》中，克利斯蒂娃強調：這場互文性革命發生於 génotexte 與 phénotexte 之間的「零時刻」。此時，主體的無意識衝動爆發成語言，企圖打破他人、尤其是父親的互文本話語，從而把言語從這種壓抑性話語中解放出來。[30]

所謂 phénotexte 指在具體陳述的結構中自行呈現的言語現象。按照巴特的解釋，無限的意義都是通過一種偶然性發生的，phénotexte 就是與這種偶然性相對應的一個層面。它是陳述（statement）而非表述（enunciation）的層面，是適於語音、語義、

構的話語的等級制，元語言也就成了潛藏於話語之中的意識形態。拉康和德里達都否認元語言的存在；對拉康來說，意義由於能指與所指相脫離而無限地延宕；對德里達來說，文本之外別無其他。

[29] 「否定」是借自黑格爾的一個概念，是主體生成和意義生成過程的主導原則。否定就是「消解結構的時間」，代表一種「不可名狀的」流動，表明意義的不斷生成，使統一的主體消解而進入自身的象徵界，因此是一種「生產性的消解」。換言之，主體的消解並不意味著消失，而是繁殖；因此並不阻礙意義的生成，而是意義生成過程中的一個差異時刻。「否定」通過消解結構而使結構具有了生成無限能指的可能性。

[30] génotexte 和 phénotexte 這兩個術語在批評理論中使用並不廣泛，是克利斯蒂娃在建構轉換意指實踐的文本生產時使用的；在後來建構主體和主體性理論時，她經常使用的術語是「象徵界」和「符號界」。phénotexte 的概念是指可見的語言材料，如字母、音素、詞、片語、句子、段落等，它們是通過邏輯－象徵範疇組織起來的，可以通過結構語義進行分析，因此是克利斯蒂娃意在解構的結構語言學和象徵界。而與其相對立的 génotexte 則指意義生產的過程，它存在於 phénotexte 之中，但又不能簡約為語言系統；它是受社會準則壓抑的心理－生理過程，因此是能夠打破規則的符號組合（semiotic disposition），也即打破由邏輯－象徵範疇組織起來的結構語義系統而建構新的意指過程。克利斯蒂娃試圖用這兩個術語代替深層－表層、內部－外部的二元對立結構。

句法等結構分析的層面，因此屬於符號和交流理論的範疇。而 génotexte 則是構成表述主體的邏輯運作的基礎，是構成 phénotexte 的場所，是意義發生的場所，因此是一個異質性領域。總而言之，phénotexte 是語法和語義的表層結構，而 génotexte 是能指和言說主體的深層範式。意指過程包含著這兩種文本，二者缺一不可，但每一種意指實踐又不可能包含這個過程的全部，因為每一種意指實踐都不可避免地受到社會政治的制約，遭到這些制約的蹤跡的塗抹，phénotexte 就是這些塗抹的載體。克利斯蒂娃旨在說明，互文引語從來不是純潔的、清白的、直接的，它總是被改變的、被曲解的、被位移的、被凝縮的，總是為了適應言說主體的價值體系而經過編輯的。也可以說，互文引語具有明確的意識形態傾向。

四

從上述例證與理論闡述看，無論互文性給語言學和文學批評帶來了多麼深刻的革命，它不過是古今文學的一種正常運作模式。它要麼作為一種本能的文化實踐，把讀者無意識地引向自身的互文本（邁克爾・瑞法特爾），[31]要麼作為一個形式分類系統，讓人們依

---

[31] 瑞法特爾（Michael Rifatterre）把「互文性」定義為「**讀者眼中**的作品與之前或之後的其他作品之間的關係」。見 Rifatterre, "La trace de l'intertexte", *La Pensée* 215（1980）: 4-18。瑞法特爾致力於分析文學的文學性，用文學理論取代文學史，即通過描述文學文本成為藝術品的過程來揭示其文學性。他的主要關注點是文本的影響、文學作品的持久性以及讀者的角色。他認為讀者的闡釋是由某些機制來決定的，甚至可以否定作者關於自己作品的看法。他的主要著作包括：*Essays of Structural Stylistics*（1971）, *Semiotics of Poetry*（1984）, *Text Production*（1979）and *Fictional Truth*（1990）.

據其閱讀類型，對文學進行高度複雜的分類（吉羅德・熱奈特）。[32]就互文性自身的悖反與戲仿特性看，它無疑能與後現代文本策略畫等號。正因如此，人們往往會把互文性與後現代主義混為一談。由此可見，互文性對於理解後現代文學的重要性。

作為一種本能的文化實踐，互文性大致在兩個層面上運作：一是語言內層面，二是文本生產的層面。第一個層面要求「語言能力」。就是說，讀者必須熟悉文本語言的指涉「意義」。問題是，詩歌的意義並不存在於句法和詞彙之中，而在於互文本的重新組合。因此，在第二個層面，即文本生產的層面上，要求讀者具有「文學能力」。就是讀者對於特定文化及其文本描寫系統的相應瞭解，譬如引語和典故。作為轉譯文本和解釋文本「意義」的符號，這些描寫系統要求讀者在破譯文學文本的意義時，至少熟悉一個以上的互文本。基於這種文化實踐，熱奈特把互文性分為三個亞範疇：第一是引語（citation），即明顯或有清楚標記的互文性；第二是典故（allusion），即隱蔽或無清楚標記的互文性；第三是剽竊（plagiat），就是無標記、卻完整照搬的部分。這種分類顯然過於形式化，其中第三種或許不成立，是解構主義理論的一個極端說法。

---

[32] 熱奈特（Gerard Genette）為超文字性（transtextuality）即互文性下的定義是：「一文本與其他文本之間一切明顯或隱秘的關係。」熱奈特關於文本、文本性和互文性的著作主要有：*The Architext*（1992），*Narrative Discourse*（1990），*Paratexts*（1997）。paratexts 指的是深藏於書內或書外的一些不太明顯的手法或慣習，如題目、前言或封皮上的評語，它們在書、作者與讀者之間起到了仲介作用，構成了一本書的私下和公開的歷史，能夠解答文學作為一種文化制度所涉及的一些普遍問題。

說到互文性與後現代主義文學的關係，不妨說，它主要是作為一種文本策略，而與後現代主義文學的其他特徵密切關聯的。烏里奇・布洛赫（Ulrich Broich）把這些特徵總結為如下幾項：

- 作者之死：一部文學作品不再是原創，而是許多其他文本的混合，因此傳統意義上的作者不復存在了。作家不再進行原創造，他只是重組和回收前文本的材料。
- 讀者的解放：既然一部作品是互文的混合，那麼讀者就要在文本中**讀入**或**讀出**自己的意義，即從眾聲喧譁中選擇一些聲音而拋棄另一些聲音，同時加入自己的聲音。
- 模仿的終結和自我指涉的開始：文學不再是照給自然的一面鏡子，而是照給其他文本和自身文本的鏡子。
- 剽竊的文學：文學不過是對其他文本的重寫或回收，它是寄生的。這一發現致使傳統的原創與剽竊之間的界限消失了。
- 碎片與混合：文本不再是封閉、同質、統一的；它是開放、異質、破碎、多聲部的，猶如馬賽克一樣的拼貼。這種混合建構的效果不在於和諧，而在於衝突。
- 無限的回歸：使用暗示製造無限回歸的悖論，取得了「套盒」（Chinese boxes）效應：它能在一部虛構作品中無限制地嵌入現實的不同層面。[33]

---

[33] Broich, Ulrich, "Intertextuality", in *International Postmodernism: Theory and Literary Practice*, Hans Bertens, Douwe Fokkema (eds.), John Benjamins Publishing Company, 1992-1996.

順便提及，互文性作為後現代主義文學的一個文本策略，滲透於多種後現代主義文學的文類。它包括元小說、元詩歌、反敘事、純小說、戲仿、拼貼等等。這些應該另當別論。

五

綜上所述，互文性是寫作與閱讀共用的一個領域。按照喬納森・卡勒的說法，互文性實際上指一個話語空間，它具有重要的理論與實踐意義。首先，互文性關係到一個文本與其他文本的對話，同時，它也是一種吸收、戲仿和批評活動。其次，互文性表明文學所依賴的特殊手法與闡釋運作，都具有一定的人為性或欺騙性。它揭示出文學作品的特殊指涉性：當一部作品表面上指涉一個世界時，它實際上是在評論其他文本，並把實際指涉推延到另一時刻或另一層面，因而造成了一個無休止的意指過程。如此看來，它要比布魯姆在分析「強力」詩人時所揭示的影響模式複雜得多。譬如，它會涉及特定文類的專用手法、涉及有關已知與未知事物的特殊假設、涉及比較普遍的期待與闡釋運作，乃至有關特定話語的先入之見及其目的的思考。我們應該如何面對這樣一個難以定義、描述和使用的概念呢？卡勒提議使用語言學研究中的預設方法，包括邏輯預設、修辭預設和語用預設。[34]

---

[34] Culler, Jonathan, "Presupposition and Intertextuality", in *Postmodernism: Critical Concepts*, Vol. II, *Critical Texts*, Victor E. Taylor and Charles E. Winquist（ed.）, Routledge, 1998.

邏輯預設（logical presupposition）是對一個句子的預設。比如：約翰娶了保羅的妹妹。這個陳述句預設保羅有個妹妹。預設能把一個句子與另一組句子關聯起來。其重要性在於：一個句子的全部預設，就是能從句子中推導出來的全部命題，它也是這個句子所暗示的全部意識形態主張。在文學中，一個句子有無邏輯預設，對於讀者和分析者來說非常重要。這是因為：作品在表層結構上直接提出的命題，迥然有別於通過預設而在互文空間中提出的命題。前一種是直接陳述，是無需邏輯推斷的直接交流。後一種則是含蓄的，它暗示互文本的存在，暗示某一詩歌傳統的存在，因而也暗示某一話語環境的存在。這樣，語言學上的邏輯預設就成了文學中的互文運作。

修辭或文學性預設（rhetorical or literary presupposition）是文學閱讀的關鍵。卡勒舉出兩個例句，以示邏輯預設和文學性預設之間的鮮明對比。（1）那孩子站在怪東西面前，裝作若無其事的樣子。（2）從前有一個國王，他生了個女兒。第一句暗示許多先在的句子，即前文本的存在。譬如那男孩是誰？那個怪東西是什麼？究竟發生了什麼事？第二句幾乎沒有邏輯預設，但卻有豐富的文學預設。它從語用角度把將要講的故事與一系列其他故事聯繫起來，與一種文類的寫作手法聯繫起來，因此也要求讀者對它採取某種態度（期待或理解）。這樣，無邏輯預設的句子便成為一個有力的互文運作，而它打開的互文空間，也不同於邏輯預設打開的互文空間。

與修辭預設相關的是語用預設（pragmatic presupposition）。後者分析的不是句子間的關係，而是言談與語境的關係。即是說，一個句子的說出，假定它必須適於特殊的語境。從語用學角度說，「打開門」這句話必須假定說話場合有一扇關閉的門，有一個能聽懂這句話的人，而他和說話者正處於某種關係中，依據這種關係，他才可能把這句話理解為請求或命令。在類比意義上，我們可以把一種文學表達看做是一種特殊的言語行為（speech act），並使它脫離特定語境，進入一個特定文類的話語環境。譬如，悲劇中的句子只適用於悲劇的表達方式，而有別於喜劇的表達方式。這樣，讀者便可以根據表達手法，把一部作品與運用相同手法的其他作品聯繫起來，不是將它作為影響淵源，而是作為一個文類的組成部分。同樣的分析也可用於人物、情節結構、主題綜合，以及象徵性凝縮與位移的生產和闡釋。

如卡勒所說，不管從哪種預設入手，對文學的解讀終將是一種互文性解讀，而這種互文的解讀終將有利於一種閱讀詩學的建設。按照克利斯蒂娃所說，「語詞（文本）是眾多語詞（文本）的交匯，人們至少可以從中讀出另一個語詞（文本）來……任何文本都是引語的拼湊，任何文本都是對另一文本的吸收和改編。」[35]巴特也認為文本事實來自無數個文化中心的引語合成的結果，無論多麼荒誕或崇高，這都是寫作的實際情況。[36]換句話說，任何文字或詞語的意義都不是固定的，都是由各個文本的交匯構成的空間即語境來決定的，這個空間實際上是一個開放的、具有無限生成潛力的網絡，把文本、作者和讀者統統囊括進來，並由於不同的時空維度而產生

---

[35] Culler, Jonathan, "Presupposition and Intertextuality", in *Postmodernism: Critical Concepts*, Vol. II, *Critical Texts*, Victor E. Taylor and Charles E. Winquist（ed.）, Routledge, 1998, p.10.

[36] Barthes,「The Death of the Author」, in *Image-music-Text*, trans. Stephan Harh Hill and Wang, 1978.

不同的意義。這意味著文本的意義是在閱讀的時空中產生的，而不是先在於文本。於是，傳統的作者和讀者角色發生了變化。作者被從權威的寶座上拉了下來；讀者一躍而成為意義的生產者。歸根結底，對文本進行閱讀和闡釋的人是讀者，而不是作者。

總之，無論從哪種意義上說，互文性的結果都必然是對結構主義的突破，使文本的意義從封閉的、孤立的狀態中走出來，進入開放的、無限生成的過程之中。按照德里達的說法，任何符號都不是完善的、確定的；任何意義都只能是暫時的、延宕的，因為差異蘊涵在無限的重複之中，詞語總是伴隨著其他詞語的蹤跡，而「在場」則總是暗含著許多的「不在場」。這意味著每一個文本都是無數能指的交織，每一種話語都是詞語的無數蹤跡變化交織的產物，每一句話都處於生成互文本的過程之中。正是在這個意義上，羅蘭・巴特才提出了「作者之死」的概念：原創的文學作品消失了，傳統意義上的作者不復存在了，取而代之的是先前文本的回收和重構，是各種文本的相互混合，讀者也隨之而從作者意圖的束縛中解放出來，參與到眾聲喧嘩的互文本的混合建構中來。由此而創造的文學必然是多元、異質、斷片式的文學，而對這種文學的閱讀也必然是在閱讀中闡釋、在闡釋中生成的一種互文性的閱讀。

六

如前所述，這種互文性的閱讀涉及文本的內部與外部之間的關聯，涉及讀者與作者和作品的相遇，更涉及作者／讀者與包括社會、歷史、政治、宗教、文化在內的更大場域之間的相互折疊。其實，這種互文的場域就是尼采所說的力的場域，其中各個因素的相互作用也就是作為個體或單子的力的相互作用，而作用的結果或各個個體的力之間通過作用而形成的關係，按照德勒茲（Gilles Louis Réné Deleuze, 1925-1995）對尼采的闡釋和發展，就是一個互文的世界，只不過德勒茲把它稱為「褶子」。任何文本、任何觀點、任何創造，都必然是無數個體在流動生成的過程中相互折疊和展開的「永恆輪迴」，也就是他和瓜塔里在分析資本主義發展時所界定的資本轄域、解域和再轄域的過程。[37]

在論述福柯和萊布尼茨（Gottfried Wilhelm Leibniz, 1646-1716）的著作中，德勒茲集中闡述了褶子的概念。顧名思義，褶子是折疊的產物；是把某物（如一塊布）折疊起來，使之產生一個內部與一個外部，並使二者處於相互包裹的關係之中，這也是互文過程的一個重要特點。按照德勒茲的解釋，一幢二層樓的巴羅克式建築是一個典型的褶子。它的底層是一個豐富的物質世界，以其開放性向一個「無限的有限界」敞開著，[38]接受外部世界賦予它的無窮印記；它就彷彿中國的套盒，一個套著一個，或藏寶的洞穴，一個接著一個，或養魚的湖，裡面有大魚、小魚和不大不小的魚。整個世界就是由這些不同的盒子、不同的洞穴、大小不一的魚構成的，而這些因素（盒子、洞穴、魚）相互折疊，相互包裹，以單子的形式構成

---

37 Deleuze, Gilles，*Nietzsche and Philosophy*, trans. Hugh Tomlinson, New York: Columbia University Press, 1983; *The Fold: Leibniz and the Baroque*, trans. Tom Conley, Minneapolis and London: University of Minnesota Press, 1993; and with Félix Guattari, *Anti-Oedipus: Capitalism and Schizophrenia,* trans. Robert Hurley, Mark Seem and Helen R. Lane, London: Athlone Press, 1984.

38 Deleuze, Gilles，*Foucault*, Minneapolis: University of Minnesota Press, 1988, p.131.

了一個廣義上的「互文」空間。[39]這個建築的二層是一個封閉的世界，那裡沒有窗子、沒有開口，是作為這幢建築之靈魂的一個獨立的世界。位於中間的樓梯就彷彿褶子，把這兩個世界連接起來，或把這兩個世界折疊起來，使之形成一個更大的、更完整的世界，其中的每一個因素（底層、頂層）都是一個可能的世界，既是構成整體的個體，又都是對整體的再現，從而構成了一個更大的「互文」空間。

在《福柯》的附錄中，德勒茲繼續思考褶子的問題，並把「褶子」引申為「超褶子」，一個新型褶子。如果「褶子」是普通人所為，那麼，「超褶子」就是「超人」所為，而所謂「超人」就是從人的自身內部「釋放出來的生命」。這種新型褶子不再把人看做是對無限界的限定因素，也不把人放在與有限的力（如生命、勞動、語言）的關係之中，相反，在這種新型褶子中，個人參與「無限的有限界」，作為一個褶子而使「有限的因素生產出無限的多樣綜合。」[40]這無疑又是德勒茲在《褶子》中描述的那個多元世界：「於是物質提供了一個無限多孔的、海綿狀的或多洞的肌理，它不是空洞的，而是洞穴中包含著無窮的洞穴：不管多麼小，每一個身體都包含著一個世界，無數長短不一的通道從這裡穿過，逐漸蒸發的流體在這裡環繞和滲透，整個宇宙就像『一個物質的池塘，裡面有不同的流動和波浪』。」[41]

---

[39] Michel Foucault, *The Order of Thing: An Archaeology of Human Sciences*, Vintage Books, 1994.

[40] Ibid., p.131.

[41] Gilles Deleuze, *The Fold: Leibniz and Baroque*, Minneapolis and London: University of Minnesota Press, 1993, p.5.

顯然，這樣一個「褶子」世界就是一個多元世界。它的無數孔洞裡包含著孔洞，而每一個孔洞就是一個世界，一個能夠再現整體的世界；從這個世界上穿過的無數通道，在這裡環繞和滲透的各種流體，就是它與外部相溝通的橋樑，就彷彿在千座高原之中矗立的一座高原，它作為個體在向周圍世界（其他高原）散發符號的同時也在接受來自其他高原的符號，而當散發的符號與接受的符號相遇時，由兩種或多種不同符號構成的一個新的世界就誕生了。顯然，這個新的世界就是一個新的文本，一種文本間性，其主要步驟當然是內部與外部的相遇。

在《普魯斯特與符號》中，德勒茲開宗明義，指出普魯斯特（Marcel Proust, 1871-1922）的《追憶似水年華》實際上是追尋真理／真相。「追尋逝去的時間，實際上是追尋真理。」[42]真理／真相的獲得取決於與某物的相遇，正是這個某物迫使我們思考，迫使我們追尋真理／真相，而構成這種相遇的客體並迫使我們去思考的則是符號。[43]按照德勒茲的說法，普魯斯特的小說中共有四種符號：世俗的符號，其中包括社會習俗、禮貌談話、日常禮節等；愛的符號，主要指被愛者發放出來的表示未知世界的符號；感性的符號，即勾起不自覺回憶的符號，如小甜點、石路上的鵝卵石、羹匙與茶杯碰撞的聲音、餐巾紙等；最後是藝術的符號，即非物質的本質，獨立自治的、絕對的原始符號。普魯斯特在追尋逝去時間的過程中所要追尋的真理／真相就是這些符號的真理／真相，而追尋的方法就是闡釋、解釋、翻譯、破譯，即發現符號的意義。

---

[42] Gilles Deleuze, *Proust and Signs,* New York: G. Braziller, 1972, p.15.

[43] Ibid., p.16.

毋寧說，這裡所說的闡釋、解釋、翻譯、破譯就是要打開皺褶，展示被包裹、被折疊在闡釋對象之中的眾多未知世界，解釋或說明這些未知世界中隱藏的奧秘。從哲學內涵上看，一個符號的表現具有雙重功能：一個是糾葛或折疊，也就是使某事某物複雜化，另一個是解決糾葛或打開皺褶，也就是通過展示來說明事物的內在本質。中世紀和文藝復興時期的哲學就是以這種方法來解釋上帝的：上帝包含、折疊、綜合了他所創造的萬物，而在上帝身上體現的萬物又以個體的形式參與、捲入、演進、展開或「解釋」上帝，「萬物仍然固存於使萬物糾葛在一起的上帝身上，而上帝仍然被隱含在說明他的萬物之中。這是通過萬物得到說明的一個隱含的上帝」。[44] 糾葛、解釋、固存、隱含，這些既是內在性的範疇，又是表現（expression）的不同方面，因此，在一種邏輯關係中，內在性和表現性是相互揭示的。[45]

如果我們把褶子的這種內外相互包含、相互揭示的觀點應用到文學批評上來，應用到閱讀理論上來，那麼，其本質的互文性便昭然若揭了。按常規來理解，我們解讀文學作品就是要追尋作品的意義，正如我們闡釋某一符號就是要發現符號的意義一樣。從理論上說，對文學作品的解讀涉及讀者與作者的相遇，讀者與作者的相互包含、相互揭示。而這種相遇和包含不僅僅是二元的，不僅僅限於作者與讀者之間，而是多元的，涉及作者／讀者的社會、時代、閱歷、家庭背景、個人稟性、教育程度、生活習慣等多元因素的參與，

---

[44] Gilles Deleuze, *Expressionism in Philosophy: Spinoza,* New York: Zone Books, 1990, p.177,

[45] Gilles Deleuze, *Expressionism in Philosophy: Spinoza,* New York: Zone Books, 1990, p.175.

換言之，在作者／讀者的背後是一個龐雜的符號網絡或文化體系（如普魯斯特作品中的四種符號），因此，作者與讀者的相遇不僅是兩個個體之間的相遇，而是這兩個文化體系或網絡的相遇，這種相遇的結果無疑將產生比原文本更加深刻、更加複雜、更加多元化的一個互文本。

那麼，這樣一個互文本是不是作品的意義呢？或者，作品的意義就在於讀者與作者相遇而產生的第三個文本呢？從原來的互文性概念出發，回答應該是肯定的。但是，一旦我們走出克利斯蒂娃等人的互文語境，用德勒茲的「褶子」概念去深化文學文本的閱讀，我們就會得出不同的結論，而且是更加發人深思的結論。

如前所述，德勒茲所說的「褶子」或「超褶子」總是涉及一個外部因素。在《福柯》的附錄中，「超褶子」將是三種不同褶子綜合的產物：第一種是分子生物學的褶子，即遺傳語碼的發現；第二種是炭化矽的褶子，即第三代機器、控制論和資訊技術的出現；第三種是語言的褶子，即「語言內部一種新奇語言」的發現，在語言的限域記憶體內的一種非典型的、非指意的表現形式。如果說前兩種褶子涉及科學技術的發展，即利用技術生產新的生活和新的主體，抑或持不同政見的、政治上激進的主體，如哈拉威（Donna Haraway, 1944-）的「數碼機器人」和哈特（Michael Hardt, 1960）的「新野蠻人」，那麼，第三種褶子就對意義和真理／真相的探討至關重要了。[46]

---

[46] Adrian Parr（ed.）, *The Deleuze Dictionary*, Edinburgh: Edinburgh University Press, 2005, p.105.

那麼，這個語言的褶子，在「語言內部」發現的這種「新奇語言」究竟是什麼語言呢？在《斯賓諾莎：實踐哲學》中，德勒茲曾把褶子所涉及的內外「相遇」分為兩種：一種是兩個或更多的「相合」身體的相遇，使原有的關聯式結構得以保存和發展，從而使相遇的雙方或多方產生「好的」或「有用的」感覺，即增進身體活動能力的快感；另一種是兩個或更多的「不相合」身體的相遇，阻礙了原有身體結構的保存，甚或導致了它的解體，從而產生「壞的」或「悲慘的」感覺，致使身體的活動能力減退。「好的（相遇）就是一個身體直接將其關係與我們的關係合成起來……壞的（相遇）就是一個身體拆解我們的身體的關係，雖然仍然與我們的某些部分相結合，但並不與我們的本質相一致。」[47]根據不同相遇的關係和處境，身體將相合或不相合，相互支持或相互破壞。於是，通過內部與外部的相遇而產生的互文性就不是一種，而應該是兩種：即「好的」、「相合的」、「有用的」互文性和「壞的」、「不相合的」、「破壞性的」互文性。而當外部的力與內部的力相遇時，所產生的新的力恰恰是對原有的力的一種改造，一種挪用，一種顛覆。在這個意義上，通過相遇在「語言內部」發現的這種「新奇語言」或許就是令原語言（大民族語言）「口吃」的小民族語言，而讀者／作者的相遇產生的第三個文本，那個互文本，那個視立場而言可以是積極的或消極的文本間性，或許就是對大民族文學予以顛覆的小民族文學。[48]

---

[47] Gilles Deleuze, *Spinoza: Practical Philosophy,* San Francisco: City Lights Books, 1988, p.22.

[48] Deleuze and Guattari, *Kafka: Toward a Minor Literature*, trans. Dana Polan, Minneapolis and London: University of Minnesota Press, 1986.

從德勒茲的「褶子」思想的角度來看「互文性」，無疑把關於文學意義的本質主義探討轉換到對文學的現實功能的研究上來。文學的書寫不僅僅在於傳達某種思想，文學的閱讀也不僅僅是要讀出某個文本的意義或主題，而是要看到在「傳達思想」和「讀出主題」的過程中，生成的文本是否超越或鞏固、顛覆或強化了舊的文本，是否為未來的新文本鋪墊了新的「逃逸路線」。無論如何，在作家與讀者的相遇中產生的新文本必然會以某種方式不同程度地轉化為知識功能，在宗教、社會、政治、意識形態等方面發揮作用，而這恰恰是以往的文學批評所忽視的，而一旦把這種批評分析的方法從文學文本挪用到歷史文本上來，一種新的歷史詩學或元歷史批評方法便應運而生了。

七

海頓・懷特（Hayden White, 1928-）提出的元歷史批評方法或元歷史敘事理論在西方史學界和文學批評界產生了極大影響，不僅顛覆了「歷史即事實的重複」這一古老而頑固的史學錯誤，為當代史學的發展和史學觀的更新開闢了新路，而且在史學研究與文學批評之間看到了親和性和相同點，從而把二者結合起來，跨越了二者間被認為是不可逾越的學科界限，構成了一種空前的跨學科研究。可以說，在某種意義上，懷特的歷史敘事理論是文史哲三個學科綜合的一個宏大敘事，是融合整個人文學科在內的一種跨學科的互文性，作為典型的理論的逃逸，其影響和意義不容忽視。[49]

[49] 海頓・懷特（Hayden White）主要從事文學、史學、思想史等方面的跨學科研究，主要著作有 *The Emergence of Liberal Humanism: An Intellectual History of*

海頓・懷特不撰寫歷史，在嚴格意義上也不研究「真正的」歷史，他是把歷史修撰甚或歷史研究的方法作為研究對象，所從事的是歷史研究的研究，即元歷史研究。他的基本觀點是：歷史修撰就所涉及的史實性材料而言，與其他方式的寫作沒有什麼區別。[50]歷史修撰中最重要的不是內容，而是文本形式。而形式說到底就是語言，因此，歷史「是以敘事散文話語為形式的語言結構」。[51]如此看來，懷特的歷史研究方法是形式主義的。他的目的是要在不同的歷史敘事中找到共同的結構因素，包括不同歷史學家和歷史哲學家在不同的歷史思維中體現的相同特徵，以及他們撰寫的歷史著作可能包含的理想的敘事結構，以便「追溯變化，勾勒出所論時代的歷史想像的深層結構」。[52]

為了達到這一目的，懷特首先從歷史著作的概念化層面入手，詳盡地釐清了歷史修撰中的五個重要方面：(1)編年史；(2)故事；(3)情節編排模式；(4)論證模式；(5)意識形態含義的模式。

Western Europe, vol. I: *From the Italian Renaissance to the French Revolution*, New York: MaGrew-Hill, 1966; *The Uses of History: Essays in Intellectual and Social History*, Detroit: Wayne State University Press, 1968; *Metahistory: The Historical Imagination in Nineteenth-Century Europe*, Baltimore and London: The Johns Hopkins University Press, 1973; *Tropics of Discourse: Essays in Cultural Criticism*, Baltimore and London: The Johns Hopkins University Press, 1978; *The Content and Form: Narrative Discourse and Historical Representation*, Baltimore and London: The Johns Hopkins University Press, 1987; and *Figural Realism: Studies in the Mimesis Effect*, Baltimore and London: The Johns Hopkins University Press, 1999.

50 正如在尼采、海德格爾、巴塔耶、布朗肖等重要思想家的著作中，文學與哲學的界限已經被徹底打破。

51 White, *Metahistory: The Historical Imagination in Nineteenth-Century Europe*, Baltimore and London: The Johns Hopkins University Press, 1973, p.2.

52 Ibid..

這五個方面是任何一部歷史著作都不可或缺的要素，構成了懷特所說的「歷史場域」，其中包括未經加工的歷史記錄、各種歷史敘事，以及歷史著作與讀者之間的一種協作關係。嚴格說來，這五個要素是歷史書寫及其接受的五個階段。

「編年史」和「故事」並不是傳統意義上的「文類」或「體裁」，而是歷史修撰的最初步驟，都是歷史敘事中的原始成分，都是有待選擇和編排的「資料」。一個編年史是一個純粹羅列的事件的名單，它是開放的，因而無始無終，沒有高潮和低谷，但它並不是混亂無序的，而是按事件發生的年代順序排列的，是經過編年史家精心選擇的。這樣，經過這個選擇和編序的過程，事件就變成了「景觀」或「發生過程」，就有了可辨認的開頭、中間和結尾，然後通過具有「初始動機」、「終極動機」或「過渡性動機」的描寫，編年史中的事件就具有了意義，這就是「把編年史變成故事」的過程。而「編年史」與「故事」的區別也就在這個過程中體現出來了。

「故事」是指歷史學家所講的那種故事，具有可辨認的形式，追溯從社會和文化過程的開端到終止的序列事件的發展過程。但是，故事中的「事件」與編年史中的「事件」是有區別的：編年史中的事件是「在時間中」的事件，不是「發明」出來的，而是在現實世界中被「發現」的，因而不具有「敘事性」。換言之，編年史中的事件存在於作者、即歷史學家的意識之外，是可證實的已經構成了的事件，歷史學家要對這些事件進行選擇、排除、強調和歸類，從而將其變成一種特定類型的故事，也就是通過「發現」、「識別」、「揭示」或「解釋」而為編年史中掩藏的故事「編排情節」，這就是歷史學家把編年史變成故事或建構成歷史敘事的過程。如是理解，故事中的「事件」也就是歷史中的「故事」，在某種程度上不完全是歷史學家的「發現」，但也具有一定的「發明」性質，因而是「敘事性」的，而正是這種「敘事性」揭示和解釋了歷史中事件的意義、連貫性和歷史性本身。

那麼，歷史學家所講的那種故事是怎樣被「編排」或「組織」起來而成為完整的敘事性故事的呢？這要經過以下三個運作過程。

首先是「通過情節編排進行解釋」的過程，懷特將其定義為「通過識別所講故事的**種類**為故事提供意義」。而「情節編排則是把一系列事件編成一個故事，通過逐漸展開使其成為一個特殊種類的故事」。這個過程中的一個重要環節是識別故事的種類。懷特根據諾思羅普・弗萊（Northrop Frye, 1912-1991）的《批評的剖析》識別出四種「故事」形式，[53]也就是他所說的「情節編排模式」：即羅曼司、悲劇、喜劇和諷刺，不同的歷史學家必然會以某種原型或綜合的模式編造他的故事。如米什萊（Jules Michelet, 1798-1874）用浪漫模式、蘭克（Leopold von Ranke, 1795-1886）用喜劇模式、托克維爾（Alexis de Tocqueville, 1805-1859）用悲劇模式，而布克哈特（Jacob Christoph Burckhardt, 1818-1897）則用諷刺模式。「重要的是，每一部歷史，甚至最『共時的』或『結構的』歷史，都必將是

---

[53] 弗萊（Northrop Frye）的主要著作有：*Anatomy of Criticism*（1957）；*The Well-Tempered Critic*（1963）；*Northrop Frye on Culture and Literature*（1978）；*The Great Code*（1982）；*Words with Power*（1990）and *The Double Vision*（1991）. 關於弗萊的批評論著見 Jonathan Hart, *Northrop Frye: The Theoretical Imagination*（1994）; Alvin A. Lee and Robert D. Denham（eds.）, *The Legacy of Northrop Frye*（1994）; and Caterina Nella Cotrupi, *Northrop Frye and the Poetics of Process*（2000）; 完整的傳記見 John Ayre, *Northrop Frye: A Biography*（1989）.

以某種方式編排的。」這些情節編排模式也就是歷史的原型情節結構，歷史學家依據這些結構解釋歷史上真正發生的事件，並在這些「事件的渦流之後或之內看到一種正在進行的關聯式結構，或在差異中看到相同性的永恆輪迴」。[54]

第二個過程是「通過形式論證進行解釋」。這裡的「解釋」是就歷史上「發生的事」提出下列問題：「它的主旨是什麼？」「它的總體意義是什麼？」而「論證」則指的是「話語論證」。在這方面，懷特雖然沒有完全拋棄自然科學中使用的自然規律推理的論證方法（或三段論），但根據「歷史有別於科學」的觀點，通過借鑒史蒂芬・C.佩珀[55]（Stephen C. Pepper, 1891-1972）在《世界的假設》中分析的假設的世界類型，他把歷史分析中話語論證的形式分為四種：形式論的、有機論的、機械論的和語境論的，稱之為歷史分析的四種「範式」。形式論的解釋在於識別、標識、確定特定研究客體的特性，包括它的種屬和類別，其所屬領域所展示的現象的多樣性和客體的獨特性等。採用這種解釋模式的歷史學家有赫德爾（Johann Gottfried von Herder, 1744-1803）、卡萊爾（Thomas Carlyle, 1795-1881）、米什萊、尼布林（Reinhold Niebuhr, 1892-1971）、莫姆森（Hans Mommsen, 1930-）、特里維廉（George Macaulay Trevelyan, 1876-1962）和一些浪漫派歷史學家和敘事性歷史學家。他們都把歷史研究的多樣性、生動性和色彩當做歷史著作的主要目標。有機論

---

54 White, *Metahistory: The Historical Imagination in Nineteenth-Century Europe*, Baltimore and London: The Johns Hopkins University Press, 1973, pp.7-11.

55 Stephen C. Pepper, *World Hypotheses*, Berkeley and Los Augelese, 1966, p.142.

的解釋以「集成」和「還原」為特點，把在歷史中識別出來的特殊因素看做綜合過程的因素，「把個別實體看做各個過程的組成部分，這些組成部分在聚集成整體時便大於或在性質上不同於各個部分的總和」。[56]這種方法注重描寫整合過程，往往針對確定的目的或目標，並把充斥於個別過程和整個進程中的思想和原則作為所要達到的目的或目標的形象和預設，以此賦予歷史進程以意義。採用這種模式的歷史學家有蘭克、封・聚貝爾（Heinrich von Sybel, 1817-1895）、莫姆森、特賴奇克（Heinrich von Treitschke, 1834-1896）、斯塔布斯（William Stubbs, 1825-1901）、梅特蘭（Frederic Willian Maitland, 1850-1906）等。機械論的解釋注重因果關係的研究，因為這種因果關係決定著歷史進程的結果。按照這種解釋，歷史中的客體以部分對部分的關係形態存在，因此受控於相互作用的規律，理解這些規律，確定這些規律的特殊性，並用這些規律解釋「資料」，就是機械論歷史學家的主要任務。採用這種模式的歷史學家有巴克爾（Henry Thomas Buckle, 1821-1861）、泰恩（Hippolyte Adolphe Taine, 1828-1893）、馬克思（Karl Heinrich Marx, 1818-1883）和托克維爾。語境論模式則通過把事件置於它們所發生的「環境」當中來解釋事件。這涉及事件與周圍歷史空間的關係，與這個空間內其他事件的關係，以及在這個時間和空間的特定環境裡，歷史動作者與動因之間的互動關係，這就是採用這種方法的歷史學家 W. H.沃爾什（W.H.Walsh）和以賽亞・伯林[57]（Isaiah Berlin, 1909-1997）所說的

---

[56] Ibid..

[57] W. H. Walsh, *Introduction to the Philosophy of History*, London, 1961, pp.60-65; Isaiah Berlin, "The Concept of Scientific History", in *Philosophical Analysis and History*, Dray（ed.）, pp.40-51.

「類連結」。所謂「類連結」，是要找出所要解釋的客體與同一語境中的不同領域相連結的線索，追溯事件發生的外部自然或社會空間，確定事件發生的根源或判斷事件可能帶來的後果，從而把歷史中的全部事件和線索編織成一個意義鏈。有待說明的是，這四種解釋模式並不是相互孤立的，也不是可以隨意結合運用的；喜歡一種模式而不喜歡另一種，這是歷史學家就歷史知識的性質問題採取的特定立場所決定的，因此，屬於倫理的或意識形態的關懷。這就是懷特所說的第三個過程，「通過意識形態含義進行解釋」的過程。

所謂「意識形態」，懷特指的是在社會實踐中採取的立場，而按照這個立場行事就必須遵守一套規則：你要麼改造世界，要麼維持現狀。根據曼海姆（Karl Mannheim, 1893-1947）的《意識形態和烏托邦》，[58]懷特提出了四種基本的意識形態立場：無政府主義、保守主義、激進主義和自由主義。首先需要說明的是，在懷特那裡，這四種立場指的是一般的意識形態傾向，而不是特定政黨的標識。按懷特自己的解釋，「一般的意識形態傾向」包括「對把社會研究還原為科學的可能性以及對這種做法之可行性所持的不同態度；對人文學科所能教的課程所持的不同看法；對維護或改變社會現狀之

---

[58] 卡爾・曼海姆（Karl Mannheim, 1893－1947），經典社會學和知識社會學的創始人，主要著作有 *Ideology and Utopia*（London: Routledge and Kegan Paul, 1929）; *Man and Society in an Age of Reconstruction*（London: Routledge and Kegan Paul, 1935）; *Diagnosis of Our Time*（London: Routledge and Kegan Paul, 1943）; and *Freedom, Power and Democratic Planning*（London: Routledge and Kegan Paul, 1959）. 主要研究文獻見 Remmling, Gunter W., *The Sociology of Karl Mannheim*(London: Routledge and Kegan Paul, 1975）; Simonds, A. P., Karl *Mannheim's Sociology of Knowledge*（Oxford: Clarendon Press, 1978）; and Wolff, Kurt H., *From Karl Mannheim*（London: Oxford University Press, 1971）.

可行性所持的不同概念；對改變社會現狀所採取的方向和促成這種變化所用的手段的不同構想；最後，還代表著不同的時間取向（把過去、現在或將來看做理想社會範式的時間取向）。」[59]換言之，歷史學家在選擇特定的敘述形式時就已經有了意識形態的取向，因此，他給予歷史的特定闡釋也必定攜帶著特定的意識形態含義。比如，就社會變化的問題，保守派不贊成有計劃地改變社會現狀的做法，而自由派、激進派和無政府主義者則肯定持相反的態度。即使在後三者中，對同一個問題的看法也不盡相同。自由派提倡對社會進行機械的調節；激進派提倡依據新的基礎重建社會；而無政府主義者則旨在廢除社會，以普遍信奉「人性」的「群體」取代之。然而，無論哪種意識形態傾向，就其所要實現的烏托邦的時間定位來看，最終都可分為兩種：一種是超越社會，另一種是順應社會，即便政治傾向不甚明確的歷史學家和歷史哲學家（如布克哈特和尼采）也都難以避免這兩種基本傾向，至少可以在情節編排（實際上是審美觀照）和話語論證（實際上是認知運作）上反映出來。

至此，懷特已經論證了歷史敘事中的「情節編排模式」、「論證模式」和「意識形態含義模式」，並據其各自的「四元組合」找到了它們相互間結構的親和力。現用樹圖表示如下：

---

[59] White, *Metahistory: The Historical Imagination in Nineteenth-Century Europe*, Baltimore and London: The Johns Hopkins University Press, 1973, pp.22-29.

情節編排模式	論證模式	意識形態含義模式
浪漫的	形式論的	無政府主義的
悲劇的	機械論的	激進派的
喜劇的	有機論的	保守派的
諷刺的	語境論的	自由派的*

* 見 White, *Metahistory: The Historical Imagination in Nineteenth-Century Europe*, Baltimore and London: The Johns Hopkins University Press, 1973, p. 29.

這意味著，任何一個模式中的任何一個因素並不是與其他模式的任何因素任意相容的。這些因素中有些是相互矛盾的，有些甚至是相互排斥的。但偉大的歷史學家都能夠利用這些因素之間的辯證張力，在各個矛盾或對抗的因素之間尋找審美的平衡，給他的著作以總體的連貫性和一致性，在歷史敘事中給「真正發生的事件」以詩意的解釋和再現，這也正是他們及其著作能千古流傳的主要原因。懷特進而從傳統詩學和現代語言理論的角度分析了這些歷史學家在解釋歷史事件的過程中所採用的概念策略，這就是他認為能為特定歷史時期內歷史想像的深層結構提供語言和詩學基礎的轉義理論。

在《話語的轉義》中，他首先追溯了「轉義」這個概念的詞源：「轉義（tropic）一詞派生於 *tropikos, tropos*，在古希臘文中意思是『轉動』，在古希臘通用語（Koiné）中意思是『方法』或『方式』。它通過 *tropus* 進入現代印歐語系。在古拉丁語中，*tropus* 意思是『隱喻』或『比喻』，在晚期拉丁語中，尤其是在用於音樂理論時，意思是『調子』或『拍子』。所有這些意思後來都沉積在早期英語的 *trope*（轉義）一詞中。」與「轉義」直接相關的是「轉義行為」：「是**從**

關於事物如何相互關聯的一種觀念**向**另一種觀念的運動，是事物之間的一種關聯，從而使事物得以用一種語言表達，同時又考慮到用其他語言表達的可能性。」[60]按照傳統詩學和現代語言學理論，懷特識別出四種主要轉義：隱喻、換喻、提喻和反諷。它們的主要功能是間接或比喻地描寫作為客體的經驗內容：在字面意義的層面上產生不同的意義還原或綜合；在比喻的層面上為抵制清晰再現的內容提供深層的啟示。而從性質上說，這四種轉義分別起到不同的作用：隱喻是再現的，強調事物的同一性；換喻是還原的，強調事物的外在性；提喻是綜合的，強調事物的內在性；而反諷是否定的，在肯定的層面上證實被否定的東西，或相反。就描寫功能而言，隱喻表明兩個客體之間具有許多明顯差異，但卻具有一個重要的共性；換喻以隱含的方式比較兩個不同客體，通過二者間相互還原的關係形態解釋現象之間的差異；提喻從事物的微觀與宏觀角度解釋一個整體內的兩個部分，把兩個現象的外在關係解作具有共性的內在關係；反諷則是辯證的、元分類的、自覺的，它的基本策略是詞語誤用，即用明顯荒唐的比喻激發對事物性質或描寫本身的不充足性的思考。前三種是語言自身提供的運作範式，後一種則是語言為思維方式提供的一種範式。前三種通過語言作用於意識，意識可以根據這些範式預設認知上有問題的經驗領域，以便對它們加以分析和解釋，這就是說，它們為思想提供了可供選擇的解釋範式。而反諷由於是自覺的，已經成為一種成熟的世界觀，因此也是跨意識形態的。這四種轉義不但是詩歌和語言理論的基礎，也是任何一種歷

[60] White, *Tropics of Discourse: Essays in Cultural Criticism*, Baltimore and London: The Johns Hopkins University Press, 1978, pp.2-3.

史思維方式的基礎，因此是洞察某一特定時期歷史想像之深層結構的有效工具。如果在一個特定話語傳統中（如 19 世紀歐洲的歷史）運作的話，那就可以通過探討這四種轉義，「從對世界的隱喻理解，經過換喻的和提喻的理解，最終對一切知識的不可還原的相對主義達到反諷的理解」。[61]

與轉義直接相關的另一個範疇是「話語」：按懷特的定義，「話語」是一個文類，在形式上有別於邏輯論證，又不同於純粹的虛構。與轉義一樣，話語最重要的任務是贏得說話的權利，同時相信事物是完全可以用其他方式表達的。就話語與轉義的關係而言，懷特認為轉義是話語的靈魂，沒有轉義的行為和機制，話語就不能發揮作用，就不能達到目的。話語的主要特點在於它具有一種辯證的雙重性。從詞源上說，其拉丁語詞根（discurrere）就是「前後運動」或「往返運動」的意思。從這種辯證的運動概念，懷特首先看到話語的前邏輯性，即用話語標識出一個經驗領域，以供後來進行邏輯分析和話語的反邏輯性，即解構這個經驗領域裡已經僵化的概念，從而促進新的認識。其次，這種辯證的運動也說明話語本質上起到一種協調作用：話語既關注闡釋活動本身，同時又關注構成話語主題的客體；既超越對現實的各種對抗性闡釋，又在這些闡釋之間進行仲裁；因此，話語既批評自我又批評別人，既是闡釋的，又是前闡釋的。這決定了話語分析的三個步驟：為了分析而對辨認出來的「資料」加以描寫；對所描寫的題材進行論證或敘述；對前面的描寫和

[61] White, *Metahistory: The Historical Imagination in Nineteenth-Century Europe*, Baltimore and London: The Johns Hopkins University Press, 1973, pp.31-38.

論證加以辯證的排列。這就是說，話語在贏得自身說話權利的過程中經歷了人類認知意識的整個發展過程：話語中作者敘述的「我」從對經驗領域的隱喻描寫，通過對話語諸因素進行換喻的建構，轉而對這些因素的表面屬性和假定的內在關係進行提喻的再現，最後對所發現的任何對比或對抗因素進行反諷的闡釋。在這個意義上，話語就是轉義，它們都反映了人類意識發展的全過程。

懷特由此在歷史修撰中發現了四種「解釋」觀念：研究特殊規律的解釋、語境論的解釋、有機論的解釋和機械論的解釋。特定歷史學家之所以喜歡特定的解釋方式，是由他所選擇或講述的特種故事、敘事模式、情節編排結構決定的。如果說歷史學家藉以闡釋其材料的方式都具有意識形態或道德含義的話，那麼，他們在形式上就只有兩個選擇：選擇情節結構和選擇解釋範式。而如果情節結構指歷史話語的表面現象、解釋範式指意義生產系統的話，那麼，我們就在歷史與文學（和神話）之間、甚或在歷史話語與文學批評之間看到了共性。歷史，無論是描寫一個環境，分析一個歷史進程，還是講一個故事，它都是一種話語形式，都具有敘事性。作為敘事，歷史與文學和神話一樣都具有「虛構性」，因此必須接受「真實性」標準的檢驗，即賦予「真實事件」以意義的能力。作為敘事，歷史並不排除關於過去、人生和社會性質等問題的虛假意識和信仰，這是文學通過「想像」向意識展示的內容，因此，歷史和文學都不同程度地參與了對意識形態問題的「想像的」解決。作為敘事，歷史使用了「想像」話語中常見的結構和過程，只不過它講述的是「真實事件」，而不是想像的、發明的事件或建構的事件，這意味著歷史與神話、史詩、羅曼司、悲劇、喜劇等虛構形式採取了完全相同的形式結構。[62]在這個意義上，歷史也是寓言，正如馬克思在《路易・波拿巴的霧月十八日》中以笑劇形式「重演」了 1789 年的那場悲劇一樣。

正是由於歷史使用了虛構形式（純文學形式）的意義生產結構，歷史以及關於歷史書寫的理論才與以語言、言語、文本性為指向的現代文學理論密切聯繫起來。這也是懷特的歷史詩學之所以引起文學批評家和理論家的廣泛注意、他的《元歷史》等主要著述成為英美大學英文系和歷史系之必讀書的原因之一。首先，懷特對歷史修撰和歷史研究的研究是以文學和文學理論的特定模式和概念為基礎的。他看到了歷史著作中不可避免的詩歌性質，這不僅把文學看做一種發明，一種製造，屬於一個虛構想像的世界，而且還把歷史看做一種具有相同敘事性的話語模式，因為個別的歷史話語必然要對它處理的材料進行敘事性闡釋。在這個意義上，懷特的歷史批評代表了形式主義文學批評向歷史研究領域的移植。其次，懷特看到了情節編排的意識形態維度，對世界的描述，無論是分析、敘述、解釋還是闡釋，都必定帶有倫理的、哲學的和意識形態的含義，而且，這一洞見在懷特這裡已經與對敘事和修辭技巧的分析融合在一起了，而且達到了一定的形式化和技術化，這對 20 世紀 70 年代以來的讀者接受理論和新歷史主義文學批評發生了很大影響。最後，懷特從歷史研究的角度涉及如何捕捉過去的問題，這也是後結構主義之後的文學批評家和理論家的熱切關懷。當然，懷特探討的

---

62 White, "The Question of Narrative in Contemporary Historical Theory", in *History and Theory*, vol. 23, no.1, 1984, pp.1-33；「Interpretation in History」, *New Literary History*, vol. 4, no. 2, Winter 1972, pp.2281-2314.

主要是歷史話語，提倡訴諸歷史意識重建歷史與偉大的詩歌、科學和哲學關懷的聯繫，同時也注重借鑒文學批評家的理論洞見，這不僅由於現代文學理論對於理解有關歷史思想、研究和撰寫的問題至關重要，還因為「現代文學理論在許多方面是出於理解文學現代主義，確定其作為一場文化運動的歷史特殊性和意義，開展一種適於研究客體的批評實踐的需要而被建構的」，此外，「還由於一個根本原因，即現代文學理論有必要成為關於歷史、歷史意識、歷史話語和歷史書寫的一門理論」。[63]

---

[63] 海頓・懷特：《「形象描寫逝去時代的性質」：文學理論和歷史書寫》：《後現代歷史敘事學》，陳永國、張萬娟譯，中國社會科學出版社，2003 年，第 292－323 頁。

第3章

德里達：作為批評策略的解構主義

在回答什麼是解構這個問題的過程中，德里達將用肯定作為描述解構的方式……解構的一個重要方面始終是介入。德里達在訪談中將其描述為「對待結構主義的一種態度」。更重要的是，它試圖質疑結構主義內部流行的「語言就是一切」的主張。在闡述這一立場時，德里達反覆使用「質疑」一詞。實際上，他把解構的部分特殊性看做是「對語言學、語言和**邏各斯中心主義**的權威的質疑」。這一立場涉及三個基本因素。首先，一種批評形式得以開拓出來。質疑就是拒絕接受。未被接受的、因此而受到質疑的，是占統治地位的某種語言觀，以及傳統上語言與概念的相互作用（被說成是「邏各斯中心主義」的一種相互作用）。其次，與傳統批評不同的是，這裡拒絕在所質疑的對象與質疑者的立場之間設定傳統的距離。一個不同的空間開拓出來了。其意義在於隱秘地承認沒有外部，因此，所質疑的構成傳統的語言和術語便成了爭論和發明的場所。最後，這個場所的不可消解性構成了解構的部分定義。在這個過程中，作為定義的重要屬性得到了改造。定義成了被定義的場所，而不是對一個概念的本質的陳述。場所因此成了活動的地點，而不是某一專案的終結——由已經確定的和已經給定的定義所帶來的終結。定義一旦與活動而非終結聯繫起來，哲學探究的另一個背景就確定下來了。德里達說這個場所就在他所描寫的「封閉」與「終結」之間。

——安德魯・本傑明（Andrew Benjamin），《解構》

一

法國著名哲學家雅克•德里達於 1930 年 7 月 15 日生於阿爾及爾，即當時法屬殖民地阿爾及利亞的首都。由於出生在一個已經同化了的西班牙裔猶太人的家庭裡，他從小就飽經死亡的威脅和種族歧視之苦。他出生前，他 10 個月大的哥哥死於襁褓之中，大約 10 年後，一個弟弟又死於疾病。所以每當患病時，他都能從母親的焦慮中看到生命的脆弱，從而在自己內心形成了早熟的死亡意識。10 歲時，他迫於種族歧視而對維希政權深表懷疑。他曾兩次遭到當地法語學校的拒絕：一次是因為這所學校只給猶太人的孩子留有 7%的名額，德里達去報名時，一個老師竟然對他說法國文化不是為小猶太佬創造的；另一次是由於那所學校本來就是一個反猶太學校，拒絕招收他。

1949 年，他離開阿爾及爾到法國接受中學教育（secondary education），曾兩次入法國高師都未成功，據說，一次是因為考試不合格，另一次因為未答完卷。也許正是因為早年生活中的這些被拒絕才導致了他成名後的一些拒絕。據說，他在 1979 年之前一直不公開露面（除講座外），始終拒絕任何形式的媒體宣傳，拒絕任何記者的採訪。當以《德里達》（2002）為題的一部紀錄片首映時，《紐約時報》

的記者想進行電話採訪，但只提了兩個問題，德里達就掛斷了電話，在此之前，他已經拒絕了一個記者，並曾四次拒絕拍這部紀錄片。

1952 年，他終於被巴黎高師錄取，攻讀哲學，1956 年畢業。他的老師中有蜜雪兒・福柯和路易・阿爾都塞（Louis Althusser, 1918-1990）。在此期間，他遇到了精神分析學家瑪格麗特・奧庫圖里埃，1957 年兩人結婚，共同生活了 36 年（有幾則消息說，他曾經和一個叫西爾維安・阿加辛基的女人有過一段婚姻，生了一個兒子，後來這個女人嫁給了法國前社會主義黨領袖利奧奈爾・喬斯潘）。在學習期間，他的主攻對象是胡塞爾（E.Edmund Husserl, 1859-1938）和海德格爾（Martin Heidegger, 1889-1976），曾去比利時的盧灣胡塞爾檔案館從事研究，然後通過了法國第二教育考試，獲得了法國公務員的身分和終身教職的資格。由於成績顯著，1956 年，他獲得一筆哈佛獎學金。1957-1959 年，德里達自己請求隨法國軍隊到阿爾及利亞服役（當時這個國家正爆發獨立戰爭），教隨軍子弟法語和英語。1960 年回法國後在索邦（巴黎大學文理學院）教授哲學。1964 年轉到法國高師，任教至 1984 年，此後便一直往返於法國和美國之間。

德里達 1966 年在美國約翰・霍普金斯大學召開的題為「批評的語言與人文學科」大會上宣讀了題為《人文學科話語中的結構、符號和嬉戲》的論文，對自柏拉圖以來的西方形而上學提出種種質疑，開創了一種新的批評方法。[1]接著，他於 1967 年發表了三部奠

[1] Derrida, "Structure, Sign, and Play in the Discourse of the Human Sciences", in *Writing and Difference*, trans. Alan Bass, Chicago: University of Chicago Press, 1978, pp.278-293.

基之作：《言語與現象》、《書寫與差異》和《文字學》，創立了解構主義，從此成為 20 世紀哲學話語的中心人物，也開始了他作為著名哲學家和思想家的講學生涯。他一生共發表著作 45 部，被翻譯成 22 種語言，在過去的 17 年中雜誌文章引用率達 14,000 餘次，美國、英國和加拿大有 500 多篇博士論文以他的思想和理論為主題，到 1990 年，他的名字出現在 54 部專著的標題之中。[2]他的「國家論文」（博士論文）答辯一推再推，直到 1980 年（50 歲），他才同意並成功地通過了答辯（英文題目是：*The Time of a Thesis: Punctuations*），同年出任巴黎社會科學高等研究院研究主任，1986 年被聘為加利福尼亞大學厄灣分校人文學院教授。1990 年開始，該校就為他建立了目前世界上最大的德里達檔案館。1992 年，英國劍橋大學授予他名譽博士學位，曾在劍橋教授中引起軒然大波，最後以 336:204 票通過。[3]此後，他曾先後被幾所著名大學授予名譽學位，包括哥倫比亞大學、新社會研究院、埃塞克斯大學、盧灣大學、威廉斯學院。他是美國藝術和科學院院士，獲得了 2001 年阿多諾獎。有關他的生活與寫作的一部新聞片於 2002 年發行。2003 年，德里達被診斷患惡性胰腺癌，從此講學和教學活動逐漸減少，2004 年 10 月 8 日晚在「巴黎人醫院」與世長辭。

為悼念另一位法國哲學家吉爾・德勒茲的逝世，德里達曾寫過一篇題為《我將不得不獨自徘徊》的小文。[4]這個題目頗有一點傷

[2] 這些資料是德里達逝世時各種媒體統計的，不包括後來越來越多的引用和評論。

[3] Conradi, Peter, "France's radical chic philosopher Derrida dies at 74", in *The Sunday Times-World*, October 10, 2004.

[4] Derrida, "I'll Have to Wonder All Alone", trans. David Kammerman, http://evans-experientialism. freewebspace.com.

感，但傷感之餘也有這樣一個暗示：20 世紀 80 年代以來，法國著名哲學家相繼去世：巴特死於 1980 年，拉康死於 1981 年，福柯死於 1984 年，德勒茲死於 1995 年。在這些思想家中，福柯是他的老師，相識最早，但以「我思與瘋癲史」為題的一次講座（聽眾中有福柯；後集於《書寫與差異》）使師徒二人產生了嚴重分歧，從此再未完全恢復過來。[5]然後就是 60 年代一同在法國左派雜誌《泰凱爾》上共事和撰寫文章的羅蘭・巴特。當德里達於 1966 年在美國霍普金斯大學宣講那篇開創解構主義狂潮的文章時，他第一次見到精神分析學大師雅克・拉康〔同去參加會議的還有讓・希波利特（Jean Hyppolite, 1907-1968）和巴特〕。[6]但與他交情最厚的，他給予評價最高的也許就是德勒茲了（「他給這個世紀的哲學留下了深刻的烙印」），在這方面，他和他的老師是一致的（福柯稱德勒茲是「這個世紀的哲學家」）。[7]也許正是因為這一點，他這篇文章的標題才體現了發自內心的孤獨感：一個與你有共同的愛好（哲學和思考），有共同的「敵人」（西方的形而上學傳統），不經常見面卻又能聽到對方粗獷的笑聲的人，而當那笑聲再也不能真切地響在你耳邊的時候，你怎能不感到傷感和孤獨呢？所有這些人的死，「從巴

5　Derrida, "Cogito and the History of Madness"，原講稿發表於 1963 年；後來重印於 *Writing and Difference*（1978）。

6　讓・希波利特（Jean Hyppolite, 1907－1968）：法國哲學家，專門研究德國哲學，尤其是黑格爾和馬克思；是黑格爾的《精神現象學》的第一個法文譯者，曾在索邦和法國高師任教，出任過巴黎社會科學高等研究院研究主任，對福柯和拉康發生很大影響。

7　Foucault, Michel, "Theatrum philosophicum", in *Language, Counter-Memory, Practice*, trans. Donald F. Bouchard and Sherry Simon, Ithaca: Cornell University Press, 1977, p.165.

特到阿爾都塞，從福柯到德勒茲」，每一個人的死都是「獨特的，因而是不同尋常的」。[8]

他和德勒茲早就相識了。那是 1955 年的夏天，在索邦大學的院子裡，也就是德里達參加第二教育考試而沒有成功的那一次，德勒茲曾以長者的身分、友好但略帶諷刺的口吻低聲向他致以「我最好的祝願，我全部最好的祝願。」[9]此後，兩人的交往給德里達留下了無法磨滅的印象。他們曾一起參加尼采的學術報告會（1972 年）；曾一起參加論斯賓諾莎（Benedictus de Spinoza, 1632-1677）的博士論文答辯會；曾計畫就哲學是不是「創造概念」和哲學的內容進行一次公開的即席談話（但「等待得太久」，最終未能實現，這使德里達感到非常遺憾）。[10]然而，他們在哲學興趣上的最大共同點之一卻是卡爾・馬克思。當德里達於 1992-1993 年撰寫《馬克思的幽靈》（1994）時，他發現德勒茲當時也在考慮相同的問題：政治哲學必須要分析資本主義及其發展，「我們最感興趣的是把資本主義作為一種內在體制來分析，這個內在體制不斷縮小它的界限，然後卻又總能以更大的規模擴大這些界限，因為這個界限就是資本自身」。[11]

然而，在他們各自所分析和解構的哲學家名單上，共同出現的名字不僅有馬克思，還有黑格爾（Georg Wilhelm Friedrich Hegel, 1770-1831）、康德、尼采、海德格爾、索緒爾、佛洛伊德（Sigmund

---

[8] Derrida, "I'll Have to Wonder All Alone", trans. David Kammerman, http://evans-experientialism. freewebspace.com.

[9] Ibid..

[10] Ibid..

[11] Ibid..

Freud, 1856-1939）；他們共同關注的文學家有培根（Francis Bacon, 1561-1626）、梅爾維爾（Herman Melville, 1819-1891）、馬拉美（Stéphane Mallarmé, 1842-1898）、喬伊絲、貝克特（Samuel Beckett, 1906-1989）、卡夫卡（Franz Kafka, 1883-1924）、阿爾托（Antonin Artaud, 1896-1948）和布朗肖（Maurice Blanchot，1907-2003）；他們共同探討的主要話題是差異和同一性、過程和生成、機器和身體、友誼和倫理、界限和越界、轉移和佔用，當然還有死亡。只不過德勒茲關注的對象比較具體，是哲學概念和資本主義，而德里達關注的焦點是語言，是文本，「除了文本，別無其他」。[12]

在《給一個日本朋友的信》中，[13]他談到他的「解構」（deconstruction）是從「翻譯和重新佔用」（translate and re-appropriate）海德格爾的「Destruktion」開始的，而他的哲學生涯則開始於對胡塞爾的現象學的研究（最早的一篇論文後來以《胡塞爾的〈現象學〉中的起源問題》為題發表）。1962 年，他親手翻譯了胡塞爾的《幾何學基礎》；他為法譯本撰寫的前言題為「幾何學的起源」，據說當時就超過了原文的思想深度。[14]他在 1966 年宣讀的那篇文章「解構」了柏拉圖以來的西方形而上學，所「解構」的概念或術語包括存在、本質、實質、真理、形式、開端、終結、目的、意識、人和上帝，為後來卷帙浩繁的著述開列了「解構」對象的清單；而於 1967 年發表的

12 Derrida, *Of Grammatology*, trans. and preface by G. C. Spivak, London: The John Hopkins University Press, 1976, p.158.

13 Derrida, "Letter to a Japanese Friend", in *Derrida and Difference*, Wood and Bemasconi（ed.）, Warwick: Parousia Press, 1985.

14 Derrida, *Edmund Husserl's Origin of Geometry: An Introduction*, trans. with a preface and afterword, by John P.Leavey, Jr., Lincoln: University of Nebraska Press, 1989.

那三部奠基性著作除涉及哲學和文學外，還有語言學、人類學和精神分析學，所分析的人物主要有盧梭（Jean-Jacques Rousseau, 1712-1778）、索緒爾、胡塞爾、列維納斯（Emmanuel Levinas, 1906-1995）、海德格爾、黑格爾、福柯、笛卡兒（René Descartes, 1596-1650）、列維－斯特勞斯和佛洛伊德。

從詞源上說，德里達的「解構」的確源自海德格爾在《存在與時間》中用的 Destruktion，而海德格爾的 Destruktion 又是從尼采那裡販來的，英文意思是 demolition，「拆毀，毀壞」的意思。但德里達和海德格爾顯然沒有尼采那麼徹底，並不想「拆毀」西方哲學傳統。他們的共同興趣在於「翻新哲學」（innovation）和「重新闡釋傳統」。海德格爾所重新闡釋的傳統是尼采、黑格爾、康德、笛卡兒、阿奎那（Thomas Aquinas,約西元 1225-1274）、亞里斯多德（Αϱιστοτλη, 公元前 384 年至公元前 322）、柏拉圖（Πλτων, 約前 427 年至前 347 年）和巴門尼德（Παϱμενίδης 或 Ελεάτης，約公元前 515 年至前 5 世紀中葉）；而德里達則從海德格爾開始，然後逐個擊破。[15]

海德格爾的 Destruktion 是基於「哲學的終結」的理念提出來的，而「哲學的終結」指的是根植於形而上學的哲學，也就是反映了西方精神特質的各種意識形態：一種哲學的「終結」意味著一種意識形態的「終結」，但這種意識形態的「終結」最終意味著被另一種意識形態所取代。所以，在海德格爾那裡，Destruktion 實際上

[15] Derrida, *Of Grammatology*, and "Structure, Sign, and Play in the Discourse of the Human Sciences", trans. and preface by G. C. Spivak, London: The John Hopkins University Press, 1976.

是對歷史進行探討的歷史。存在，即個人在世界中的存在，往往由於普通的日常生活而根據它所知的世界和它所繼承的傳統來闡釋自身。海德格爾稱這種狀況為墮落（Fallenness），而墮入這種狀況的人則是普通大眾。任何想要真正生活的人都必須逃避普通日常生活的一般性，沉思自己的死亡（即非存在或虛無），這種沉思是通過「煩」（angst）完成的，而「煩」（憂慮）就是由於恐懼死亡引起的一種普遍痛苦，是知識分子實踐的那種 Destruktion。如此說來，Destruktion 就是對當下日常生活世界的否定分析與對歷史的肯定分析的一種結合，後者是試圖通過質疑權威而獲得權威性的一種分析。在具體操作中意味著為追溯歷史而把一個詞切分成各個組成部分。

如此看來，海德格爾的 Destruktion 就不是否定的。德裏達曾經說他的 deconstruction（「解構」）與海德格爾的 Destruktion 不是一回事。但他承認他的「解構」也不是「否定的」，不是破壞性的，不是為了揭示內在本質而消解、轉移或抽取各個組成因素。它就本質，就在場，實際上也就內部／外部、本質／表像的圖式提出問題。他所提出的首要問題就是：既然哲學已經「終結」，那「言說的主體」還有什麼好說的呢？如果不用一種理性的語言說話，他還能用別的什麼語言呢？理性是絕對的，只能用理性的語言加以質詢。這就是說，我們都深陷語言的牢籠，都必須用語言解構語言，用哲學話語解構哲學話語，不用語言就無法達到解構語言的目的。而哲學語言（如同任何文本一樣）必然固存某種模糊性，某種雙重性，某種不確定性，它們必然存在於不同哲學家和藝術家的文本之中，破壞了作者本欲強加於文本之上的任何穩定意義，產生了意義的不確定性。在批判哲學傳統的時候，分析者或解構者扮演的是「雙重間諜」的角色——用理性的語言給理性設置陷阱，提出理性所不能解答的問題，揭示明顯合理的立場中存在的內在矛盾，用無法辯解的經驗立場抵制理性（邏各斯）的在場，進而消解西方的在場形而上學，也就是自柏拉圖以來始終占上風的邏各斯（理性）中心主義和法勒斯（父權制）中心主義。

在海德格爾看來，西方形而上學注重的是此在或現象，而沒有注意到此在或現象賴以產生的條件。換言之，在場受到了重視，而使在場得以在場的東西（不在場的東西）卻被忽視了。這些「重視」和「忽視」在德里達那裡變成了等級制的二元對立：如自然與文明、善與惡、言語與文字、靈魂與肉體、意識與無意識、簡單與複雜、本質與偶然、純潔與不純潔等。這些二元對立關係中的兩項從來都不是同時出現的，不是面對面的，它們之間總有一個是不在場的，而且，它們之間的等級關係是一種「暴力的等級」。比如「自然」與「文明」的關係：原初的「自然」即使存在，那必定是在「文明」出現之前，是在缺失「文明」的情況下，是我們渴望或幻想的一個神話和烏托邦。而真正的「自然」總是被「文明」污染了的，被「文明」施加了暴力的，而一旦被污染或被施以暴力，純粹本真的自然就不存在了。但習慣上，我們總是把「自然」放在「文明」之前，就像我們習慣把「善」放在「惡」之前一樣，這就是西方形而上學傳統人為地建立的以等級制為基礎的「中心」論。

那麼，「善」和「惡」的關係究竟是怎樣的呢？無神論者常常向基督教提出的非常具有挑戰性但卻從未得出正確解答的一個問題是：「如果上帝是善的，為什麼還有惡？」接著的一系列問題是：

「既然上帝提倡博愛，那為什麼還有恨？」「既然要愛鄰居，甚至愛你的敵人，那麼，在救贖的問題上，上帝為什麼還要有『選擇』？要屬於某個民族，而不屬於所有民族呢？」「既然上帝是全能的，人又是怎樣獲得自由意志的？」彌爾頓於 1667 年發表的《失樂園》中以史詩的形式客觀地回答了這些問題：善源自上帝，代表著原初的完美，而後，惡出現了，污染了善，破壞了善原有的統一。但彌爾頓筆下的撒旦是怎麼墮落的呢？夏娃又是怎麼墮落的呢？既然上帝是全能的，他又怎能讓撒旦和夏娃違背他的意志呢？[16]萊布尼茨早在 1710 年就似乎為德里達的「解構」奠定了基礎，他認為，善和惡是不能分離的，因為善惡一旦分開就都失去了意義。自由是善的，但包括作惡的自由；利他主義是善的，但只有在自私是另一種選擇的情況下才能說利他主義是善的。這是從日常生活的角度來看待這個問題的。而從德里達的解構觀點來看，善與惡對立中的等級制是由暴力確立的，惡是對善的補充，因為沒有惡就沒有善，因為源自上帝的善中本身就有惡的預設，因為只有在與惡進行鬥爭的時候，才會有善行和德行，「德」與「善」的任何考驗都必須有「缺德」和「邪惡」作為它們的反面，因此，只有善而沒有惡的原初世界只能是一個烏托邦。按照這種理解，惡既是對善的「增補」，又是對善的「替代」，而它們之間以善為核心的等級制也就不存在了。

「言語」和「文字」能更充分地說明德里達對這種中心論的解構。「言語」指的是口頭言說（德里達稱之為「語音中心主義」，是「邏各斯中心主義」的一個典型特徵），它是純潔的，接近原初的

---

[16] Selden, Raman and Widdowson, Peter, *A Reader's Guide to Contemporary Literary Theory*, University Press of Kentucky, 1994.

思想，有完全的在場，不隔的在場，是演說家的靈魂；而文字是書面的；口頭言說一落實到書面上就似乎由於其物質性而容易受到污染；它留下了痕跡，可以重複（不斷地印刷），可以闡釋、再闡釋，而且在書面文字中，說話者總是不在場的。所以，柏拉圖、盧梭、索緒爾和列維－斯特勞斯總是高揚口頭言說，貶低書面文字。口頭言說是精神活動的直接寫照，而書面文字則是已經存在的語音的符號，也就是口頭言說的符號，而作為口頭言說的符號，它是二度派生的，離原初的思想有雙倍的距離。德里達堅決反對這種等級劃分。他認為關於書面文字的分析，它的派生性和作為符號的指涉性，都適用於口頭言說：如果書面文字是語音的符號，那它就是符號的符號，而口頭言說也是符號的符號，即「物的符號」。如果說書面文字是口頭言說的「增補」，那麼，口頭言說也是一種「增補」，即作為對「真實世界」的一種「增補」；況且，書面文字不僅僅是對口頭言說的「增補」，而且是對它的「替代」，因為言說一旦寫成了文字就被文字替代了。因此，書面文字不應隸屬於口頭言說，這種隸屬關係不過是歷史的偏見而已，應該顛倒過來。

二

顛倒現存的二元對立系統是解構的第一個策略，也是最重要的策略，但不是最終目的。實現這一步驟的關鍵在於「延異」——這是德里達早期解構思想中的一個重要概念。[17]所謂「延異」是法語

[17] Derrida, "Différance", in *Margins of Philosophy*, trans. Alan Bass, Chicago: University of Chicago Press, 1982, pp.3-27.

中的一個詞，包含兩個意思：différer 既有「差異」(differ) 又有「推延」(defer) 的意思。「差異」是一個空間概念，一個差異體系是由無數個從空間中分隔出來的符號所構成的；「推延」是一個時間概念，指能指對「在場」的無限制的推遲，也就是能指的無限生成。按照德里達的解釋，這種空間的差異和時間的推延是「原書寫」(archi-écriture；arche-writing) 中典型的原始分裂，即文字（或書寫）在所要表達的內容與實際表達的內容之間造成的分裂。文字的書寫是一種空間重複，在這種重複中，文字由於書寫而與自身形成了差異（分裂），這是由於不在場造成的——我們書寫是由於說話對象或交流對象的不在場，或由於記憶力不好（記憶的缺場）。一切文字，一切書寫，都可以在言說對象或演說者不在場的情況下發生作用。另一方面，時間的推延是文字的特徵，它強調某一特定文本的意義從來就不是完全在場的，而總是取決於一個幻想的無限推延的未來，因此，無論是對於作者還是對於讀者，文本的意義總是不確定的，總是被延宕的。這就是說，意義不是固定不變的，不是作者在寫作時就已經確定下來而不再變更的；它總是處於不斷變化的過程之中，而在過去發生變化的意義只能在未來才能領略得到；又由於那個未來也屬於同一個不斷變化的過程，所以它能否成為現在（在場）也是不確定的。[18]

這種不確定性標誌著德里達整個哲學和文學批評的重點，是他破解二元論的重要工具，也標誌著貫穿他整個哲學生涯的一致性和統一性。在《文字學》、《播撒》、《書寫與差異》、《立場》和《喪鐘》

---

[18] Derrida, *Of Grammatology*, trans. and preface by G. C. Spivak, London: The John Hopkins University Press, 1976.

等重要著作中，他始終從「原書寫」的立場出發，迫使讀者重新思考「言語」與「文字」的關係，同時把「書」（book）與「文本」（text）對立起來，也迫使讀者對「書」和「文本」予以重新評價。概括地說，「書」是一個總體概念，一個有意義的整體，是指涉「真實世界」的「充滿了意義的無數卷本」。而文本是「片斷的、局部的」，它能夠生產意義，但沒有確定的意義；它留下的不是擺在書架上的一本本的書，而是不斷延異的縷縷「蹤跡」；它是異質的、不統一的、不透明的、由差異構成的。文本代替不了書，但開始於「書的終結」；文本不模仿真實世界，不反映真實世界，但卻反映了「書的不可能性」，「失去的確定性」和「意義的嬉戲」。[19]因為人對世界的感知並不是原始的，原始的純粹的感知並不存在；世界是一個結構，是一個關係系統，因此，寫作的主體（以及閱讀的主體）在寫作時也是不同層次之間的關係系統，他所表達的思想和感情並不完全是他自己的，他所用的言語也不是作者和接受者所特有的，而是「偷來的」（阿爾托語）、開放的、是「一連串意義的嬉戲」，因此，文本的意義並不取決於作者的意圖，聽者和讀者所接受的意義並不完全是說話者和作者所要表達的意義，當然，說話者和作者言不由衷的現象，聽者和讀者誤解和誤讀的現象，就更常見了。

文本意義的不確定性並不是多義性，多義性指各種意義聚合在一個整體內，各個意義都已經是固定了的總體的組成部分，只在那裡等待著人們去拿取。不確定性是意義的播撒，它不聚合在一個整體內，而是分散的片斷；它沒有固定的數量，而只是無窮地生產和

[19] Ibid..

替代；它不受作者的控制，與作者意圖沒有什麼關係，但又不是對作者意圖的否定，相反卻肯定不定數量的意義的生產。不確定性分別體現在語義和句法兩個層次上。在語義的層次上，不確定性體現為意義的一種可轉換性（法語的 hôte 具有英語的「主人」和「客人」兩個相反的意思；pas 既可以是「不」，也可以是「步伐」；répétition 既是「重複」，又是「排練」；同樣，représentation 既是「再現」又是「表演」，等等）。在句法的層次上，不確定性體現為一種歧義性（如，洛特雷阿蒙（Comte de Lautréamont，1846－1870）的 *Chants de Maldoror* 中「plus」的用法：Au réveil mon rasor，se frayant un passage à travers le cou，prouvera que rien n'était，en effet，plus reel.[20]英譯文是：「On waking，my razor，making its way across my neck，will prove that nothing was more real」or「that nothing was real any longer.」譯成中文則是：「醒來時，我的刮臉刀，在沿著它的路線跨過我的脖頸時，將證明沒有什麼比這更真實的了」或「一切都不再真實了」)。這兩個層次上的不確定性都是要顛覆詞和句的根本所指，也就是顛覆詞和句子指意的穩定性；顛覆西方文學批評中以二元對立為基礎的分析傳統，無論是形式批評還是內容批評，從而使讀者看到現代藝術生產意義而不反映現實的事實。

然而，這種不確定性指的並不是介乎二者之間的東西，也不是非此即彼的東西。「它非真非偽」：彷彿鬼魂，既不是真實的存在，但又不是不存在；彷彿藥物，「既不治療，也不毒害」；彷彿增補，「既不多，也不少」；彷彿處女膜，「既不是圓房，也不是貞潔」；

---

[20] Derrida, *Dissemination,* trans. Barbara Johnson, Chicago: University of Chicago Press, 1981, p.50.

彷彿字元，「既不是能指，也不是所指」；彷彿間隔（spacing），「既不是空間，也不是時間」。然而，它又不是「謎一樣的含混，詩一樣的神秘」。[21]它是可分析的，在分析中，它為可能性提供不可能性的語境，為確定性提供不確定性的基礎，為理解提供不可理解的背景。在德里達後期論確定性或決策的著作中（《死亡的禮物》[1995]，《解構與正義的可能性》[1992]，《告別伊曼努爾・列維納斯》[1999]和《友誼的政治》[1997]），不確定性（undecidability）恰恰發生於決策（decision）的時刻，而決策的時刻也可能是瘋癲的時刻，因為每一個決策都跨越先前為這個決策所做的一切準備，跨越刻意的推理，跨越自治的主體對所論問題的所有反思，這樣，一種內在決定就必然喚起主體所無法控制的外在因素。因此，一切決策都是一種倫理選擇，都是推延、拖延和猶豫不決，也正因如此，人們才稱「延異」是「猶豫的哲學」。然而，這種「猶豫」恰恰是責任感的體現。真正的責任感一方面要考慮「完全他者」（wholly Other）的要求，另一方面還要考慮自身群體的比較普遍的要求。這勢必造成一種左右為難的困境（aporia）——滿足了特定他者的要求就等於疏遠了其他他者和自身群體。因此，左右逢源的決策是沒有的，完全合理的決策也是沒有的，因為一切決策都固有一種不確定性。「在為一個決策做理論準備的時候，不管你多麼小心謹慎，決策的瞬間，如果真有決策的話，都必然是外在於知識積累的。不然就不會有什麼責任感。在這個意義上，不僅接受決策的人並非對一切都知情……而且，決策——如果真有決策的話，也必然趨向於一個未

---

[21] Derrida, *Positions*, trans. and annotated by Alan Bass, Chicago: University of Chicago, 1981, p.59.

知的未來，一個不可能預測的未來。」[22]這樣，一個決策在時間的鏈條上就只能是一個孤立的當下，因為一個決策必然不同於先前的準備，又總是能打破未來的預測。

決策的這個時間悖論決定著對他者的責任感的悖論——負責任的行為意味著對一個特定的人（他者）或事業負責，但同時也意味著對所有人（普遍他者）和集體的事業負責。德里達以亞伯拉罕欲殺子燔祭為例說明責任感的悖論。在《創世記》中，上帝要考驗亞伯拉罕，拿他的獨生兒子以撒做燔祭，亞伯拉罕準備好一切燔祭之物，帶著以撒來到指定的山上，但在準備行燔祭之前一直沒有告訴兒子。就在他舉起刀要殺兒子的瞬間，天使制止了他，用公羊代替了以撒（《創世記》22：1-14）。在德里達看來，亞伯拉罕一方面對上帝負有道德責任，另一方面又對兒子負有倫理責任，在對上帝盡忠的同時，他似乎沒有做到對兒子的盡職，因此，拿兒子燔祭的行為同時既是最道德的，又是最不道德的；是最負責任的，同時又是最不負責任的。此外，他的燔祭之舉究竟在多大程度上是出於誠意的，在多大程度上是出於無奈的，這是雙重的模棱兩可，雙重的不確定性，當然也是解構主義的一個限定性特點。但德里達的用意在於說明：我們對特定個體（上帝）的責任感只有在對其他他者（以撒）沒有責任感的情況下才有可能。在追求某一特定事業而非其他事業，從事某一特定職業而非其他職業，在與家人一起享受天倫之樂而不去工作的時候，我們必然要為了某一他者而忽視其他他者：「我只有在對所有其他他者，對倫理的和政治的普遍性不負責任的

[22] Derrida, "Nietzsche and the Machine", in *Journal of Nietzsche Studies* 7（1994）, pp.7-66.

時候，才能對某一個人（也就是某一個他者）負責。而且我永遠無法證明這種犧牲的合理性；……把我維繫於這個或那個他者的東西是永遠無法證明的。」[23]

在德里達看來，這是每一個人都必然面對的生存困境。佛教為走出這個生存困境提供了一條出路：超然世外，同時又對所有世人施以同樣的憐憫，但這似乎是一個難以實現的理想。而且施與憐憫、同情與負責任嚴格說來並不是一回事。這樣一種困境是德里達在後期著作中經常討論的話題。在《喪鐘》、《紀念保羅．德曼》、《精神：他者的發明》和以《困境》為題的一本小書中，他都談到人面對的一種「雙重束縛」（double bind），人在生活中對不可能性的一種困境式體驗（這也是他在《精神：他者的發明》中給「解構」下的定義），對「作為不可能性之狀況的可能性」的體驗，以及在「雙重的矛盾需要」中對「單一職責」的選擇。這種「單一職責」是一種有責任心的決定，而一種有責任心的決定必須遵循「不虧欠任何人任何東西」的法則：「**一種職責不虧欠任何東西，它為了成為一種職責而必須不虧欠任何東西**，一種職責沒有需要償還的債務，因而一種沒有債務的職責也是沒有責任的職責。」[24]一方面，對某人負責任不是向他／她還債，不是因為虧欠了他／她什麼；另一方面，履行不是償還債務的職責本來就沒有什麼責任的。那麼，既不是為了償還債務，又不是為了履行責任，這種職責究竟是什麼呢？

---

23 Derrida, *The Gift of Death*, trans. David Wills, Chicago: University of Chicago Press, 1995, p.70.

24 Derrida, *Aporia: dying-awaiting (one another at) the "limiting of truth"*, trans. Thomas Dutoit, Stanford University Press, 1993. 中文見金惠敏主編《差異》，第 2 輯，第 61 頁。

德里達似乎想要說明，人與人（或與神）之間是一種責任關係，但這種責任是單一的職責、純粹的職責、絕對的職責、不摻雜任何雜念的職責。亞伯拉罕在執行上帝的意志時履行了對上帝的單一職責，作出了一個有責任心的決定，因為這其中蘊涵著救世的原則，揭示了普遍生存的一種救世結構：渴望著宣佈到來但永遠不到來的一個救世主（貝克特筆下的戈多）。我們都處於一種類似的與他者的關係之中，我們至親至愛的人（我們的「上帝」）也會把這種「單一職責」強加給我們，讓我們作出一種不帶任何虧欠而又有責任心的決定。然而，亞伯拉罕似乎沒有完全做到這一點，因為在準備燔祭的整個過程中，他對兒子保持沉默，甚至撒了謊：「神必自己預備作燔祭的羊羔。」這沉默和謊言說明他內心還是感覺到了一種倫理的虧欠，但他還是出於對上帝的責任感而選擇了「單一職責」。

三

也許正是出於這種有責任心的「單一職責」，德里達才不參與傳統的政黨選舉；反對美國的越南戰爭（發表《人的終結》一文，後載於《哲學的邊緣》）；積極支持南非反對種族隔離的鬥爭；參與移民爭取選舉權的運動；支持法國社會主義黨；並在「911」後支持美國政府，但反對 2003 年的伊拉克戰爭。然而，這些明顯具有政治傾向的例子真的能說明他鮮明的政治傾向嗎？他又是怎樣對待保羅·德曼和海德格爾的納粹主義傾向的呢？1983 年，保羅·德曼逝世後，德里達以「紀念保羅·德曼」為題在耶魯大學做了系列講座（1986 年又作為厄灣大學韋勒克講座，最後於 1989 年成書），反思了這位朋友年輕時明顯的納粹傾向，同時也傾訴了失去一位摯友的痛苦，而最重要的是，他用解構主義方法分析了德曼的170 篇明顯支持納粹的反猶文章，試圖證明德曼實際上並不是反猶太分子。1987 年，當維克多・法里阿斯（Victor Farias）揭露海德格爾從事納粹活動的著作引起軒然大波，輿論界要求對「海德格爾事件」作出政治解釋時，德里達寫了《論精神》一文，追溯了「精神」一詞在海德格爾著作中的變化，以及海德格爾哲學研究中的三個恒定主題：人與動物的區別、技術和作為哲學本質模式的質疑，以及納粹主義，但卻隻字未談海德格爾的「納粹主義」。為什麼呢？是因為友誼和影響嗎？是因為他對保羅・德曼和海德格爾負有「單一職責」嗎？為了這個「單一職責」就忽視和放棄了作為集體他者或其他他者的猶太同胞了嗎？

這樣一種選擇，一方面反映了作為哲學家的德里達也和別人一樣，在日常生活和學術生涯中仍然擺脫不了那種分裂自身、既要保持自身同時又必然與自身相矛盾的「困境」。在生活中，他曾極力拒絕名譽和頭銜，但還是不斷接受這些名譽和頭銜；他曾多次拒絕採訪，但最終還是接受了 BBC 和《紐約時報》等記者的採訪，還是拍了記錄他生活和寫作的紀錄片；他不願披露自己的生活，但最終人們還是知道了他願意吃香蕉麵包、愛聽自由爵士樂、喜歡看《教父》（看過 10 遍以上），但不知道情景喜劇是什麼；懷念年輕時烏黑濃密的靚發，同時又以 40 歲以後就稀疏的白髮為自豪。另一方面，作為哲學家的德里達始終沒有忘記哲學的政治、倫理和人文關懷。20 世紀 90 年代以後，他一直苦苦思索的是一種「困境學」（Aporetology）或「困境術」（Aporetography）。我們只要羅列出他不厭其煩地談論的一些名詞就可以看出他的主要哲學關懷：事件，決定，責任，倫理，政治；疆界，界限，非通道，死胡同，不可跨越性，不可滲透性，不可能性；跨越，疏通，通道，忍耐，置換，越界，翻譯，超驗；領土，地域，國家，民族，文化，語言；最後還有鼓膜，邊緣，層次，雙重束縛和關於步伐、步態、位移或替代的一種運動學。這與他前期探討語言和文本問題時涉及的「藥物」、「處女膜」、「真理的界限」、「生與死的界限」等問題構成了連續。人似乎就生活在一種將要跨越而尚未跨越但不被僭越的界限上，在可能的**和／或**不可能的通達之間：**和／或**之間的斜杠是一條單一界限，是連接的、斷裂的，也是不可確定的。它在國家、文化、語言、宗教之間；在不同的知識學科之間；也在概念和思想之間。生與死之間只不過隔著一條斜線、一道界限，一旦跨越了它，就到達了彼岸，所以海德格爾才說「人一生下來就老得足以死去了」，也就是他所說的「向死而生」。

基於這種思考，德里達的後期研究似乎從前期的語言和文本問題轉向了與生活密切相關的問題，如責任、救贖、友誼、好客、禮物、死亡、哀悼和寬容／寬恕等問題。如上述的責任問題一樣，所有這些問題都是人在生活中面對的困境，都是必須要解決的不可能解決的問題。比如，你要殷勤好客，你就必須首先成為主人（家庭或國家的主人），必須有接待的能力；其次，你還要對客人擁有控制力，劃定界限，甚至選擇哪些客人該來，哪些不該來。如果從政治經濟學考慮，對客人的控制力表現為經濟和政治實力，界限表現為國家疆界（或戶與戶、地產與地產之間的柵欄），而對客人的選擇則體現為對移民的選擇和審查。換言之，好客也有一定的限度，因此是有條件的好客。與此相對應的是無條件的好客，或不可能的好客，即對客人不加任何限制，無論是政治的、經濟的還是倫理的。無條件的好客是真正的好客，因此，有條件的好客就不是真正的好客。禮物也同樣。真正的禮物要求送禮者和受禮者是絕對分離的，相互間沒有任何承諾或義務：一旦受禮者在接受禮物時說了一聲「謝謝」，禮物的真實意義就不存在了，因為這聲簡單的「謝謝」表明接受者是用一種獨特的方式回敬對方，對方也因此知道他的禮物被接受，而且得到了回報，於是禮物就變成了等價交換。所以，真正的禮物應該是在送禮者不作為善舉和對方不知情而接受的情況下進行的。這似乎又是解構遇到的一個困境。

那麼，德里達是不是在這種「困境」中寬容／寬恕了保羅・德曼和海德格爾了呢？是否寬容／寬恕（給你造成傷害或痛苦的）一個人？這涉及一個矛盾前提，如果你寬恕了可寬恕的人或事，那一定是經過了精密的推理，因此不是真正的寬恕。如果你寬恕了不可饒恕的人或事，即寬恕了僭越和致命的罪過，那這種寬恕就是瘋狂的、無意識的，因為任何政治的和司法的精密推理都無法證明這種寬恕的合理性，因此是真正的寬恕。真正的寬恕是絕對的寬恕，它涉及兩個個體：自我和他者，受害者和施害者；絕對寬恕只在這兩者之間進行，不必要求施害者進行道歉或懺悔，也不需要第三者的調停，因為一旦有第三者的介入，就又涉及敵意、和解和賠償等事宜，這樣，純粹的寬恕就被污染了，就彷彿夏洛特對安東尼的寬恕，或波西亞對夏洛特的寬恕。然而，絕對寬恕又是不可能的，因為一旦自我瞭解了他者的動機，哪怕是一點點的動機，真正的和解和寬恕便不可能發生。因此，在德曼和海德格爾的納粹問題上，德里達也許真的陷入了解構的「困境」：在不可能性的狀況中尋找可能性；在不可能的寬恕與可能的寬恕之間隔著一道打不開的門，一條不可逾越的界限，一個不可滲透的死胡同，然而，理解和責任感恰恰是在寬恕與不寬恕的搖擺之間產生的。「為了負責任和真正具有決定性，一個決定不應該僅僅實施可確定的或決定性的知識……而有必要讓決定和使這個決定得以實施的責任感干擾任何可表現的確定性，同時保持與這種干擾和所干擾之事物的一種可表現的關係。」[25]

四

德里達對延異的闡釋和「界定」主要見於 1968 年 1 月 27 日他在法國哲學協會宣讀的一篇論文，名為《延異》，幾經轉載後於 1972 年集於《哲學的邊緣》。[26]文章開篇，德里達開宗明義，說明他要論述的只是一個字母，即拼音文字字母表上的第一個字母 a。這個「啞音的諷刺，聽不見的錯置，字義的更改」和「沉默的拼寫錯誤」是「在關於書寫的書寫和書寫內部的書寫過程中」進入了 différence（差異）一詞的書寫之中的，使之變成了 différance（延異）。這看起來是個平常的「拼寫錯誤」，因為據事實而論，人們常常會在寫作中拼錯某個字母，將其塗掉、改正，彷彿什麼都未發生一樣。但

25 Derrida, *Aporia: dying-awaiting (one another at) the "limiting of truth"*, trans. Thomas Dutoit, Stanford University Press, 1993. 中文見金惠敏主編《差異》，第 2 輯，第 61 頁。

26 Derrida, "Différance", in *Critical Theory Since 1965*, Hazard Adams and Leroy Seale, University Press of Florida, 1986, pp.120-136.

德里達的興趣並不在於證實這樣一個拼寫錯誤的合理性，或為其做某種辯解，而在於它的「遊戲」。[27]

a 替換 e 標誌著書寫符號的差異：兩個表音符號、兩個母音字母、純粹書寫與符號之間的差異；它可看、可寫但不可聽，因為無從在言語中辨別出發音相同但書寫不同的符號，因為替換者和被替換者都是啞音標志。德里達用了一個隱喻，喻之為「一座沉默緘言的豐碑」，一座金字塔：一是因為大寫的字母 A 形似金字塔，又因為黑格爾曾把全部符號比作埃及金字塔。於是就有了啞音 a 的特性：沉默、隱秘、不顯。於是就有了墳墓的意象：「延異」在這個墳墓中生產的是**死亡的經濟**。[28]德里達繼而補充說墳墓前必有的那塊石頭距宣佈那位暴君之死已為期不遠了：依英譯者注，這位暴君指黑格爾講述的《安提戈涅》故事中的克瑞翁（《精神現象學》），而依筆者看來，這無異於指作為哲學家的黑格爾——如果啞音 a 標誌著「哲學君主」黑格爾的死亡，那麼，隨之而去的自然就是以黑格爾為代表的「語言中心主義」或「邏各斯中心主義」的西方哲學傳統。a 對 e 的替換無疑帶有替換者對傳統的叛逆暗示。[29]

由此，德里達開始了他要「界定」「延異」的準備工作。而這準備工作與其說是對範疇概念的闡述界說，毋寧說是德里達解構策略的全面展示。正如西方理論界所正確認為的，對於「解構」的界

---

[27] 「遊戲」的原文是 play，德里達對該詞的使用似有「遊戲」和「作用」兩層意思。

[28] Derrida, "Différance", in *Critical Theory Since 1965*, Hazard Adams and Leroy Seale, University Press of Florida, 1986, p.120.

[29] 無獨有偶，英國著名小說家詹姆斯・喬伊絲曾在他的《芬尼根守靈》中多次把 hesit**a**ncy 寫成 hesit**e**ncy，不是 a 對 e 替換，而非相反。美國小說家威廉・福克納也曾在他的姓氏上做過這種字母遊戲，在 Falkner 上加了個 u，變成 Faulker。後者則明確表示對家庭傳統的背叛。

定，最好是先說它不是什麼，然後再說它是什麼，這正是德里達在該文中的做法。他首先以全文的一半篇幅進行一系列否定，然後才提出「何為延異？」這個嚴肅問題，繼而在文章的後半部分進行了一系列的肯定性闡述，最後對「延異」的「意義」加以「界定」（儘管仍然是從反面「界定」的）。順便提及，這一極具解構特點的論說結構在方法論上澄清了對德里達解構思想的一個嚴重誤讀，即解構便是破壞、便是摧毀、便是打倒一切的說法。在德里達這裡，否定之後有肯定，解構中孕育著重建；否定和解構並不意味著完結，肯定和重建也不意味著開始；事物永遠處於一種無始無終的運動過程之中。

德里達的否定首先從認識論開始。如上所述，用來替換 e 的 a 被比作沉默的墳墓，而且是「甚至不能使之產生共鳴的一座墳墓」。[30]這裡，「墳墓」這個意象的指涉物又從前述所指移至德里達正在做講演的會堂或講廳：他無法用言語直截了當地清晰地表達 a 和 e 之間的差異；因而無法與在場的聽眾達到交流的「共鳴」。a 和 e 之間的差異是「沉默的、聽不見的」，「純粹嚴格的語音書寫是沒有的」，因此，「純粹的語音的音（phonetic phone）也是沒有的」。[31]另一方面，a 和 e 之間的差異表示「一種看不見的關係」，標誌著兩個景觀之間不甚明顯的關係，抑或是由於「differ（ ）nce」一詞中空當只能是或 a 或 e 二者不能同時佔據的緣故（德里達在此並不詳盡）。無論如何，「聽不見」和「看不見」這兩個特性說明 a

30 Derrida, "Différance", in *Critical Theory Since 1965*, Hazard Adams and Leroy Seale, University Press of Florida, 1986, p.121.

31 Ibid..

和 e 之間的差異**不是可感知的**，因此不是感性認識上的差異。而在傳統認識論中，感性認識是理性認識的基礎，滲透著理性認識的因素，是人類認識上升到理性階段的必要條件。因此，對感性認識的否定也意味著對理性認識的否定。可以說，德里達在此所否定的或所動搖的正是作為傳統認識論之重要基石的感性認識和理性認識的二元對立。

a 和 e 之間的差異不是感性和理性所能認識的。這無異於說 différance（延異）中的 a 是「不能去蔽的」。我動用「去蔽」一詞（而非「揭示」），[32]是因為德里達下面要討論的是海德格爾哲學的存在問題。「人們所能去蔽的只能是在特定時刻呈現、顯現的東西，作為此在而被顯現、被呈現的東西，真實的存在者－此在，真實的此在或此在的在場」。而延異「從來就未被給予此在」。任何對它加以揭示的企圖都將證明它「作為消失而正在消失」。它所冒的顯現之險就是消失，而不是現象學意義上的顯現——延異「既沒有實存也沒有本質」，[33]它並非來自存在的範疇，無論是在場的還是缺場的。這並不是說延異真的一無是處、一無用處。延異本身不屬於任何存在的範疇，但它使此在成為此在；它本身沒有本真或不具顯性，但它卻能夠使現象顯現。這看起來頗似消極神學中的隱蔽的上帝，他退隱到他所創造的世界的帷幕之後，成為構成一切智慧的不可知的和不知的終極體現。這種消極神學實則是改頭換面的本體論神學，即把在場的哲學變成了超在場的哲學。德里達無意於讓他的

[32] 英譯為 expose。

[33] Derrida, "Différance", in *Critical Theory Since 1965*, Hazard Adams and Leroy Seale, University Press of Florida, 1986, p.122.

延異重蹈本體論哲學或消極神學或本體論神學的覆轍，當然也無意於讓延異成為隱蔽的上帝。相反，他明確地指出，延異「作為本體論神學－哲學，即生產其體系和歷史的那個空間的敞開，它包括本體論神學，刻寫它、超越它而永不回歸」。[34]這顯然是對本體論哲學和本體論神學的一種拒絕和拋棄。

德里達的這種拒絕和拋棄旋即體現在他所用的策略上。他明確指出不想按線性的邏輯推理，根據原理、假設、公理或定義來進行哲學探討。「在對延異的描述中一切都是策略的和冒險的」。[35]這不僅因為在書寫的領域外並不存在一個（消極神學中）主宰一切的隱蔽的上帝，還因為他所用的策略並沒有一個終極指歸，不趨於任何終極目的。遊戲的概念超越了哲理邏輯和經驗邏輯的二元對立，「在哲學的前夕和哲學之外宣告偶然性和必然性在永無止境的思想中的統一」。[36]這無疑是對黑格爾哲學體系的又一次強有力的震撼——或只必然、或只偶然、完全割裂、絕對對立的另一個二元對抗在此被消解了。德里達也似乎在這種消解中悟出了一點自省的道理，即作為遊戲規則，延異的主題討論和策略「總有一天將被取代，即便不是自身的轉移，至少會自行陷入它將永遠不曾控制過的一條鏈環之中」。[37]

---

[34] Ibid..

[35] Derrida, "Différance", in *Critical Theory Since 1965*, Hazard Adams and Leroy Seale, University Press of Florida, 1986, p.122.

[36] Ibid.，p.123.

[37] Ibid..

德里達似乎仍未完成理論上和策略上的準備。「延異既不是一個詞也不是一個概念。」[38]但他還是要對它進行「簡單和大概的語義分析」，因為，這似乎有助於「界定」延異的「意義」。按照德里達的詞源學探討，différance（延異）源自法語動詞 differer（英譯為 differ / defer「區別於／延宕」），differer 源自拉丁語 differre（英譯為 differ / defer），而 differre 又源自希臘語 diapherein（英譯為 differ）。由此不難看出我們的中文對譯緣何而來（目前至少已有四種譯法：「歧異」、「分延」、「異延」和「延異」）。[39]德里達告訴我們，拉丁語詞根和法語詞根中有一種意思是希臘語詞根所沒有的，而這對我們意關重大。這個意思就是「拖延、考慮、對意味著一項經濟運作的時間和各種力量的思考、迂迴、延宕、轉播、保留、表現——我將用我從未用過的、但卻能刻寫在這條鏈環裡的一個詞來概括這些概念：這就是 temporization」。[40]那麼什麼是 temporization 呢？《朗文現代英語詞典》對該詞的解釋是：「為贏得時間而進行的拖延或避免作出決定。」[41]德里達指出，differer 的一個意思就是「拖延，採取補救的辦法，把一種迂迴作為時間和拖延的仲介，有意或無意地中止欲望或意志的完成或達成，並同樣以廢除或緩和其自身效果的方式實現這個中止」。[42]拖延是一種應急措施，是在時

---

[38] Ibid..

[39] 在這四種譯法中，筆者以為「延異」比較適合 différance 的原意，即「差異」和「延宕」這兩層意思。

[40] Derrida, "Différance", in *Critical Theory Since 1965*, Hazard Adams and Leroy Seale, University Press of Florida, 1986, p.123.

[41] 此釋義根據動詞 temporize 的英文釋義所做。它是：to delay or avoid making a decision in order to gain time.

[42] Ibid..

間上和空間上藉以迂迴的手段，其目的是為了阻止欲望或意志的實現，但在這個過程中，它也要消解或淡化自身。德里達說這種「拖延」也就是「生成時間的空間（temporalization）」[43]和「生成空間的時間（spacing）」，[44]用形而上學或超驗現象學的話說就是時空的「源始構成」。

但是，問題並非如此簡單。如果我們耐心研究一下動詞 differer 的派生轉換過程，我們發現：

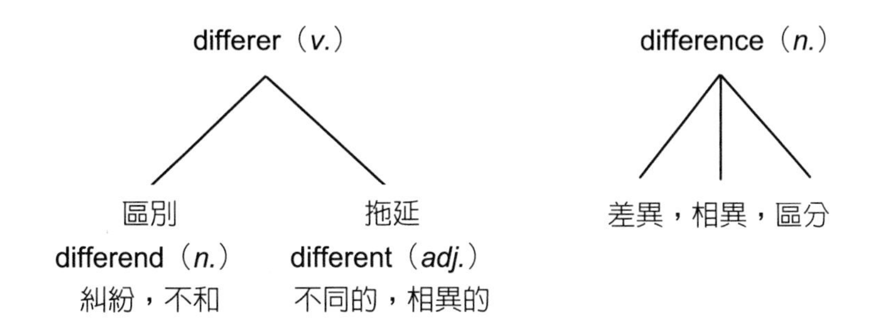

簡單說，動詞 differer 在轉換為名詞 différence 的過程中原有的一些詞義丟失了（「糾紛、不和」和「拖延」）。為彌補丟失的詞義，德里達用 a 替換 e，因為 a 直接源於 differer 的現在分詞 differant。按照語法學家的解釋，現在分詞表示動作正在進行中，是事物進行

---

[43] 國內有人把 temporalization 誤讀成 temporization，因此將其解作「延宕」。temporalization 源自動詞 temporalize，意即：「把……置於時間關係之中；在時間關係中確定。」參見陸谷孫主編的《英漢大詞典》。

[44] 根據英譯，德里達的 temporalization 指 the becoming-time of space（生成時間的空間），spacing 指 the becoming-space of time（生成空間的時間），而二者又都歸屬於 temporalization，即包括「差異」、「延宕」等一系列相近概念在內的一個概念。

的過程，而不是名詞所表示的結果或某種目的的完成或實現。這樣，a 一方面使我們先於名詞（結果）而接近原型 differer（動作），而既然 differant 表示正在進行中的動作，那就名正言順地具有了原型所應具有的全部詞義。另一方面，a 在動詞原型與名詞之間搭起了一架橋樑，按德里達的看法，原型的全部詞義通過這架橋樑進入了名詞，從而找回了轉換過程中丟失的詞義。此外，正因為 différance 以 a **接近**而非**成為**原型和原型的「主動內核」，因而使原型表指的主動意義中性化；換言之，différance（延異）既不是主動的，也不是被動的，而是介乎於二者之間的「中間語態」。對此，德里達引法語中的詞尾-ance 以為證明：mouv**ance** 已不再表示運動，無論是自身運動還是受外力的運動；reson**ance** 已不再表示「鳴響」的動作。「這個具有明確的非及物性質的中間語態也許正是哲學在其端倪分發給主動語態和被動語態的東西，並因此而以這種壓抑的方式構成了自身」。[45]哲學又一次以暴君的身分出現（壓迫者，分配者），它所壓迫和分配的對象是主動和被動兩種語態，使用的武器則是非及物的「中間語態」。德里達精心營造的 différance（延異）正是這樣一種中間語態，他的「以其人之道還治其人之身」的用意便昭然若揭了。

---

[45] Derrida, "Différance", in *Critical Theory Since 1965*, Hazard Adams and Leroy Seale, University Press of Florida, 1986, p.124.

五

那麼，表示「生成時間的空間」的延異和表示「生成空間的時間」的延異又是如何結合的呢？德里達首先對符號學提出質疑。在符號學中，符號指涉事物本身（意義或所指）。符號代表缺場的此在，代替了此在，成了「被推遲了的在場」。德里達認為這種符號結構的前提是，「推遲在場的符號只有在以它所推遲的在場為基礎、趨向它旨在重新利用的被推遲的在場時才是可以理解的」。這樣，「符號對事物本身的替代便是**第二性的和暫時性的**：謂之第二性是由於符號得以派生的那個源始的和現已丟失了的在場；謂之暫時性關涉符號在此意義上向這個終極的缺失的在場的仲介運動」。[46] 如果把符號的這兩種特性與「源始的」延異（實際上我們不能稱延異為「源始的」或「本原的」）對立起來，便得出如下結論：(1) 延異不屬於符號概念範疇；(2) 於是對在場及其相對項缺場的權威性提出質疑。這種質疑的真旨所在，如「在場」和「缺場」這兩個術語所示，是「在存在者或存在性的範疇內構成普遍在場或缺場的存在之意義的極限」。[47]人類由於居於某種語言和某種思想體系之中而一直受到這個極限的束縛。德里達在此承認，這勢必又使我們回到海德格爾的存在哲學上來。海德格爾認為人類居留於語言之中；語言是「人之存在的居所」；人（存在者）之所以能說話，是

[46] Derrida, "Différance", in *Critical Theory Since 1965*, Hazard Adams and Leroy Seale, University Press of Florida, 1986, p.124.

[47] Ibid..

因為能傾聽著語言；而人之所以能傾聽語言，是因為人隸屬於語言。這也許就是德里達所說在他的「差異」與海德格爾的「超驗語言」之間所存在的「一種嚴格的即便不是徹底和不可簡約的必然的溝通」。[48]

但這還是沒有回答上述提出的問題：「生成時間的空間」的延異與「生成空間的時間」的延異是如何結合的？德里達建議我們追根溯源，把上述符號問題溯至符號學的宗師索緒爾那裡。作為索緒爾符號語言學之基礎的是符號的任意性和差異性：「任意和差別是兩個相關聯的特性。」[49]其中作為指意條件的差異原則影響到符號的整體性，那就是既作為所指又作為能指的符號。所指是概念，能指是形象。每個概念都被刻寫在一個符號系統內或一條指意鏈上，通過差異原則而置於與其他概念的關係當中，這就是概念生成的過程。在引用了索緒爾的一段「經典引語」之後，[50]德里達指出，「所指概念從來不是自身獨立顯現的，從未呈現為只指其自身的充足在場」。所以，德里達否定說，延異作為這樣一種差異作用（遊戲）就「不是一個概念，不是一個詞」，不是「由概念和語音材料構成

48 見約瑟夫·科克爾曼斯著《海德格爾的存在與時間》，陳小文等譯，商務印書館，1996年，第108－112頁。關於人與語言的關係，見海德格爾《詩·語言·思》，文化藝術出版社，1991年，第187－188頁；比梅爾著《海德格爾》，商務印書館，1996年，第135－154頁。

49 索緒爾：《普通語言學教程》，商務印書館，1996年，第164頁。

50 見索緒爾《教程》第164－167頁。德里達的引文是：「如果價值的概念部分只是由它與語言中其他要素的關係和差別構成，那麼對它的物質部分同樣也可以這樣說……綜上所述，我們可以看到，語言中只有差異。此外，差別一般要有積極的要素才能在這些要素間建立，但是在語言裡卻只有**沒有積極要素**的差別。就拿所指或能指來說，語言不可能有先於語言系統而存在的觀念或聲音，而只有由這個系統發出的概念差別和聲音差別。一個符號所包含的觀念或聲音物質不如圍繞著它的符號所包含的那麼重要。」

的自我指涉的統一體」。[51]如索緒爾所說，在語言中，在一種語言系統中，只有差異。這些差異在語言中、在言語中、在語言和言語之間的交換中發生作用（遊戲）。而且，這些差異本身就是差異作用的結果。換言之，延異是**在作用中**的運動，生產著作為差異結果的差異。德里達進而解釋說，這不等於說生產這些差異的延異先於這些差異而存在，不是說它是一個純粹的、未加改變的、適中的此在。而毋寧說延異是處於運動之中的生產過程，它本身作為一個差異（德里達在這裡用單數）發生作用（遊戲），作用的結果則是更多的差異（德里達在這裡用複數）的產生。又由於延異是不斷如是運動的生產過程，所以作為一項差異的結果而產生的多項差異必將繼續產生更多的差異，[52]它運動不止以致無窮。在這個生成過程中，果即因，因即果，因此無因果可言。正是由於這種不斷運動、不斷生成的性質，德里達才說延異是非圓滿的（因為運動永無終點）、非純粹的（因為生產出的差異並非是源始的）、被結構的（因為它被置於一條生產鏈上），又是始終在進行區別的（所以才不斷生產出差異）差異之源，而這個「源」自然不是傳統哲學的「本原」，因為它本來是無源之源。[53]

「語言或任何符號、任何普通的指涉系統藉以歷史地構成一個差異網的運動，我們將稱為延異。」[54]如果說這是德里達為延異下

[51] Derrida, "Différance", in *Critical Theory Since 1965*, Hazard Adams and Leroy Seale, University Press of Florida, 1986, p.125.

[52] Ibid..

[53] Derrida, "Différance", in *Critical Theory Since 1965*, Hazard Adams and Leroy Seale, University Press of Florida, 1986, p.126.

[54] Ibid..

的「定義」的話，那麼，我們就必須對其中一些概念及其含義進行新的解釋，即要超越它們寓於其中的形而上學的語言來解釋，否則就勢必要根據古老的二元對立來曲解延異。德里達提出了一些非同義的替換詞語，可視不同語境而替換延異：如保留、原書寫、原蹤跡、間隔、補充等。這些術語都指書寫而言，它們本身都刻寫著延異的印記，散見於德里達的其他重要著作之中。那麼為什麼可以用這些術語替換延異呢？德里達的回答是：

> ……正是由於延異，所以指意運動才只能在下面情況下成為可能：每個所謂的在場的因素，每個於在場顯現的因素，都與它自身之外的事物相關聯，據此，在自身內部保留過去因素的印記，並已經讓自身被它與未來因素關聯的印記所污染，這個蹤跡與所謂過去和所謂將來同時聯繫著，而且正是由於憑藉著與並非所是的這種關係構成了所謂現在：它是絕對的非所是，甚至不是作為已經改造過的現在的過去或將來。[55]

這段頗為費解的話是指延異作為不斷運動的差異的生產過程在時間上的運作。這裡的「在場」實際上並非在場，它只是個蹤跡；它與作為絕對非所是的過去和現在都保持著聯繫，因而才構成了它的所謂所是，即現在。換言之，現在的時間的本質在於它置身於與過去、與現在的印記的關係之中，因此，現在若要成為現在，就必

[55] Ibid., pp.126-127.

須與非現在的東西保持一定的距離，在時間概念上叫做「間隔」，而這個「間隔」在構成現在的過程中又不斷地在內部分化自身，因此也在分化現在以及與現在相關聯的一切事物。與前述生產差異的差異一樣，「間隔」在形成過程中分化，也在分化過程中形成，所以，它所構成的現在是「源始的」，非純粹的，是保留的（過去）和延伸的（將來）蹤跡的綜合物，是生成空間的時間或生成時間的空間，因此可稱為「原書寫」、「原蹤跡」、或「延異」，而不能用「區分」（differentiation）加以簡單概括。

至此，德里達似乎解決了延異如何生產差異的問題。但是，是什麼造成的差異？誰造成的差異？究竟何為「延異」？在回答這些問題之前，德里達對如何回答問題的方法和角度進行了審慎的思考。這些問題本身意味著主體的存在（「什麼」、「誰」），意味著延異是「衍生於」、「發生於」或「受控於」一個在場的存在者，它可以是一事物、一形式、一狀態、一力量，甚或是作為主體的一個在場的存在者，這樣就又會使我們回到我們已擺脫的、或已消解了的主體概念上去。怎樣才能避免這種復辟呢？姑且看一看索緒爾關於符號差異的討論。「語言不是說話者的一種功能」。[56]而若要讓所說的話（言語）為人所理解又必須有語言，這就意味著說話者**成了語言的一種功能**，因為說話者在說話時遵循的是「作為差異系統的語言的規則系統」，[57]換言之，延異的差異原則促成了言語，主體變成了說話的主體。進而推知，如果我們嚴格地堅持索緒爾提出的語

---

[56] 索緒爾：《普通語言學教程》，高名凱譯，北京：商務印書館，1980 年，第 35 頁。
[57] Derrida, "Différance", in *Critical Theory Since 1965*, Hazard Adams and Leroy Seale, University Press of Florida, 1986, p.128.

言與言語的對立，那麼，延異就不僅僅是語言內部的差異作用（遊戲），而且也表明言語和語言的一種關聯——主體要說話就必須通過語言這條迂迴之路，就必須把自己刻寫在語言的差異系統中，這樣，主體就變成了指意的主體。換言之，在語言和符號的層次上，如果沒有延異的作用（遊戲），說話的主體和指意的主體都不能自行呈現。「但是，我們能不能設想一個在場，主體在言語或符號之前自行呈現的在場，主體在沉默和直覺意識中自行呈現的在場呢？」[58]

提出這個問題的前提是：一種先於符號而構成自身存在的意識是可能存在的。倘如是，德里達為瓦解主體性概念所付出的種種努力又將付諸東流，因為在場（意識）的存在就意味著主體的存在。然而，德里達提出問題的目的恰恰在於通過對問題的解答來達到從另一個角度消解主體性概念的目的，因而也是一種策略。要消解「主體在意識中的在場」，首先要搞清楚什麼是「意識」。意識是一種主觀存在，一種自我認知；它只能以一種自我呈現而顯現在思想之中，正如主體的範疇永遠離不開此在或存在一樣，所以作為意識的主體也必須依靠在場而存在。因此，一旦從整體上動搖海德格爾證明為本體論神學用以決定存在的在場，以及作為自我呈現意義的意識，問題便迎刃而解了。

實際上，海德格爾並不是對曾作為存在之核心形式的在場或意識提出質疑的第一人。在他之前，尼采和佛洛伊德也曾通過對無意識的肯定而把意識只看做是一種「限定」和「結果」。和海德格爾

[58] Derrida, "Différance", in *Critical Theory Since 1965*, Hazard Adams and Leroy Seale, University Press of Florida, 1986, p.128.

一樣，他們都把這種「限定」和「結果」置於差異的系統中，「一個不再容忍主動與被動、因與果、不定性與定性等二元對立的系統。」[59]德里達認為，尼采和佛洛伊德在建樹自己的學說時無論在理論上還是在方法上都是以「延異」為基調的，他們的主要文本也都是用「延異」來闡述的。

對尼采來說，人類的主要活動都是無意識的，意識則是各種力（forces）綜合的結果。這些力的本質，它們各自的領域和屬性並非就是意識的本性。力本身並不呈現，而僅僅是力的差異和量的作用（遊戲），力之間若沒有差異便無所謂力。在這裡，量的差異比量的內容重要得多。量的差異，力與力之間的關係，就是力的本質。因此，量本身是與量的差異分不開的。在德里達看來，尼采的全部思想批判了傳統哲學對「異」的冷漠——哲學是對差異不可置否的簡化或壓制。但據邏輯推斷，這並不排除哲學依據差異、並在差異之中生存，因而，同樣可以對「同」視而不見。換言之，疏「異」並不等於不疏「同」；疏「異」並不等於拋棄或擺脫了「異」。僅就一事物向另一事物、一術語向另一術語的轉化而言，「異」恰恰就是「同」。這就要求我們「重新思考作為傳統哲學基礎的二元對立，不是看對立項自身的塗抹，而是看是什麼表明每一個術語必定作為另一個術語的延異出現，作為同一的經濟中另一個相異的和被延宕了的術語的出現。」[60]這裡，「同一的經濟」指的是延異的生產過程，在這個過程中，「同」和「異」是不加區分的，它們處於永久

---

[59] Ibid., p.129.

[60] Derrida, "Différance", in *Critical Theory Since 1965*, Hazard Adams and Leroy Seale, University Press of Florida, 1986, p.130.

的重複之中。因此，在尼采哲學中，主動的、運動著的、不和諧的力和力之間的差異就是「延異」。

這種關於力的能學或經濟學實際上也是佛洛伊德學說的核心。在德里達看來，「相異就是辨別、區別、分離、沉積、生成空間的時間，而延宕就是迂迴、轉播、保留、生成時間的空間。」[61] 他認為佛洛伊德自 1895 年發表《科學心理學規劃》以來，就一直未放棄過差異的概念。他提出的蹤跡、突破、力、記憶和精神等概念都是與差異概念分不開的。「沒有差異就沒有突破，沒有蹤跡也就沒有差異。」[62]從某種意義上說，蹤跡在無意識中的生產和儲存也就是延異生產差異的時刻。蹤跡的運動是生命「通過推遲危險的投資、通過建造一個儲存庫」來保護自身的一種努力。德里達認為佛洛伊德學說中的所有對立的概念都與「延異」中的延宕有關。「一個概念只不過是另一個不同的被延宕了的概念，一個概念區別於並延遲另一個概念。一個概念是延異中的另一個概念，一個概念是另一個概念的延異。」[63]而用以說明延異中這種延宕的最好例子就是快樂原則與現實原則之間的區別。[64]

而問題就出在這裡。如果按佛洛伊德的說法，現實原則並不是要最終放棄而只是要暫緩實現終將能夠實現的快感，如果可視作延

---

[61] Ibid..

[62] Ibid..

[63] Ibid..

[64] 見《佛洛伊德後期著作選》，上海譯文出版社，1987 年，第 6 頁。德里達的引文是：「在自我的自我保存本能的影響下，唯實原則取代了唯樂原則。唯實原則並不是要放棄最終獲得愉快的目的，而是要求和實行暫緩實現這種滿足，要放棄許多實現這種滿足的可能性，暫時容忍不愉快的存在，以此作為通向獲得愉快的漫長而曲折的道路的一個中間步驟。」

異中的延宕的話，那麼，我們是否仍可把延異視作與不可能呈現的在場的一種關係，視作毫無保留的消費，視作在場的無法挽回的喪失，甚或視作死亡本能呢？回答顯然是否定的。不可能呈現的在場並不就是缺場或隱蔽的在場，正如無意識並非就是隱蔽的、實存的或具有自我呈現之潛勢的一樣。它區別於自身、延遲自身，是無數差異的交織；它可以派出代理者或替代者，但卻不可能「親自」作為實際存在的事物呈現——無意識不可能成為意識；無意識既不是一個「實物」，也不是被掩蓋的意識。無意識具有的他性，[65]關係到從未成為現在，也不可能成為將來，因此更不可能成為在場的一個「過去」。這就是說，無意識中的蹤跡並不是滯留的，而是一個不斷生產、不斷塗抹、但卻永遠不能以在場的形式呈現的過程。唯其如此，我們就不能依據在場或當下的在場來思考蹤跡或延異，後者的任務就是要從整體上動搖或顛覆「作為在場的或作為存在性的存在」。[66]因此，一旦消除了存在與存在者之間的差異，或顛覆了關於此在或在場的存在哲學，我們便可得到何為延異的答案：「延異不是。它不是當下的存在……它不控制、不統治、不在任何地方行使權力。它不用任何大寫字母表白。不僅沒有延異的王國，而且，延異還煽動對每一個王國進行顛覆。」[67]但這答案仍然是一系列的否定。延異或蹤跡的遊戲不具有存在的時代性，不具有本體論意義上的存在真理，因此不屬於任何存在的範疇；換言之，延異不具有

65 Alterity：「他性」，出自德里達在《暴力與形而上學》中關於列維那斯的論述，法文為 autrui；亦作 Other（他者）。

66 Derrida, “Différance”, in *Critical Theory Since 1965*, Hazard Adams and Leroy Seale, University Press of Florida, 1986, p.132.

67 Ibid..

意義，沒有所是，沒有歸屬。「事物的蹤跡永遠不能被呈現；蹤跡本身也永遠不能被呈現」。這是因為「蹤跡總是不斷地進行區別和延宕，它永遠不是它所顯示的樣子，它在顯示之時就抹去了自身，在發聲之時就窒息了自身。正如 a 在書寫自身之時就在延異中刻寫下自己的墳墓一樣」。[68]

德里達繼而引述海德格爾於 1946 年發表的《阿那克西曼德之箴言》，[69]以進一步證實當代哲學話語（尼采，佛洛伊德，列維那斯[70]）對蹤跡運動的揭示。海德格爾在《箴言》中回答了何為在場的問題，指出了在場的本質，即在場與在場者之差異、存在與存在者之差異的遺忘狀態。[71]這種遺忘狀態使這種差異不留蹤跡地消失了、被淹沒了。因此，如果我們仍然認為延異本身並非是缺場或在場，但卻留下了蹤跡，那麼，在談論差異的遺忘狀態時，我們就必須談論「蹤跡的蹤跡的消失。」[72]蹤跡不是在場，而是在場的假像；

---

68 Derrida, "Différance", in *Critical Theory Since 1965*, Hazard Adams and Leroy Seale, University Press of Florida, 1986, p.133.

69 集於《海德格爾選集》(上)，上海三聯書店，1996 年。

70 伊曼努爾・列維那斯（Emmanuel Levinas）：法國當代哲學家，1906 年生於立陶宛。早年深受柏格森的影響，以闡釋胡塞爾的現象學著稱。曾對薩特、德里達等人發生重要影響。

71 海德格爾在論述存在者之存在時指出，這是「在場者的一個出自在場的來源。但是，憑著在場和在場者這兩者的本質，這一來源的本質始終是蔽而不顯的。不僅于此，而且甚至連在場和在場者的關係也始終未經思考。從早期起，在場和在場者就似乎是自為的某物。不知不覺地，在場本身成了一個在場者。從在場者方面來表像，在場就成了超出一切的在場者，從而成為至高的在場者了。只要在場得到命名，在場者就已經表像出來了。根本上，在場本身就沒有與在場者區分開來。它僅僅被看做在場者的最普遍的和至高的東西，從而被看做這樣一個在場者。在場之本質，以及與之相隨的在場與在場者的差異，始終被遺忘了。**存在之被遺忘狀態乃是存在與存在者之差異的被遺忘狀態**。」《選集》(上)，第 577－578 頁。

72 Derrida, "Différance", in *Critical Theory Since 1965*, Hazard Adams and Leroy Seale, University Press of Florida, 1986, p.134.

蹤跡本身無場所可言，它從一開始就離不開塗抹；塗抹改變蹤跡的場所，使蹤跡在出現時消失，在生產過程中自行呈現——塗抹是蹤跡的構造。在這個意義上，在場者就成了符號的符號，蹤跡的蹤跡。它不再是指涉對象，而成為一個普遍化了的指涉結構的一種功能。

據此，德里達得出結論說，延異沒有本質，沒有名字，甚至「延異」本身也不是個名字——目前還沒有一個適合它的名字，過去沒有，將來也不會有。但它並不是一個必須避諱的詞（如上帝），它的不可命名性恰恰在於它可以使命名成為可能的遊戲性質：延異本身可以生成相對單一的、原子的、可替換的名字鏈。[73]對於這樣一個無名、無狀、無本質、無存在的延異，德里達最終並非僅僅訴諸於尼采的酒神和酒神的舞蹈，而仍寄予一線海德格爾式的希望，即《箴言》中對專有名詞和獨一無二的名稱的尋求。對德里達來說，他對延異的證實仍內嵌這樣一個問題，即在那個獨一無二的詞、在那個最終的專有名詞中**言語和存在的聯合**，因為「存在無時無處不在語言中說話」。[74]

---

[73] Derrida, "Différance", in *Critical Theory Since 1965*, Hazard Adams and Leroy Seale, University Press of Florida, 1986,pp.134-135.

[74] 德里達和海德格爾在這方面是一致的。海德格爾在論述在場之本質與在場者的關係時說：「在在場本身之本質中起支配作用的與在場者的關係，乃是一種唯一的關係。它完全不可與其他任何一種關係相提並論。它屬於存在本身之唯一性。所以，為了命名存在之本質因素，語言必須尋找一個唯一的詞語。由此唯一的詞語，我們便能測度，任何一個向著存在道出的詞語是如何冒險的。不過，這種冒險並非根本不可能，因為存在以最為不同的方式說話，始終貫穿於一切語言。」《選集》，第 580 頁。最後一句英譯為：Nevertheless such daring is not impossible, since Being speaks always and everywhere throughout language. 與上述漢譯略有出入。

六

在《德里達的遺產》一文中，[75] J.希利斯・米勒（J. Hillis Miller，1928-）提出這樣一個問題：德里達去世了，（我們）該如何處理他的遺產？這裡的「遺產」當然指的是文化遺產，是他的全部著作，他的所想和所寫，也就是可以用「德里達」這個名字簽署的單一個體的「全集」。所謂「處理」當然不是變賣，而是關乎其能否得到繼承、能否得到正確的理解或「正確地佔用」的問題。這是德里達在生前就曾經擔心並在若干重要場合和後期幾部著作中詳盡討論過的問題（其實也是米勒現在所關心的問題，儘管他自己說從不在乎死亡和死之後別人會如何對待他的「遺產」）。現在，德里達已經去世了，該如何「處理」他的「遺產」呢？實際上，「處理」還為時過早，我們所面對的應該是如何**整理**他的遺產問題。本章限於篇幅不能全部承擔這個任務，但試圖簡要梳理一下德里達的解構思想，以及作為解構策略的文學批評，也就是想要「通過閱讀德里達」而「用詞語做點什麼」。[76]

在 1992 年 6 月 30 日的一次訪談中，德里達清楚地回答了「什麼是解構？」這個問題。[77]德里達認為，應該首先把「解構」看做

---

[75] Miller, J. Hillis, "Derrida's Remains" in *Mosaic, a journal for the interdisciplinary study of literature*, volume 39, issue 3, September 2006.

[76] Miller, J. Hillis, "Derrida and Literature", *Jacques Derrida and the Humanities: A Critical Reader*, Tom Cohen（ed.）, Cambridge University Press, 2001.

[77] Benjamin, Andrew, "Deconstruction", in Malpas, Simon and Wake, Paul（eds.）, *The Routledge Companion to Critical Theory*, London and New York: Routledge, 2006, p.81.

一種「分析」，分析的客體是「積澱起來的結構，這些結構構成了話語因素，即我們用以思考事物的哲學話語性。」[78]在繼續描述這個分析客體時，德里達說這個「哲學話語性」就是「思想的話語性」，是「我們」實際上進行操作的結構，它是通過語言發生的，因此與哲學史相關，也與整個西方文化相關。這裡需要澄清的一個問題是：在德里達的批評理論中，語言並不就是一切。[79]對德里達來說，語言是理性的，是他解構的對象；但當質疑西方哲學傳統的時候、當挑戰結構主義語言學的時候、當把柏拉圖、海德格爾和馬拉美拿來作為分析客體而證明某種不可能性的時候，他也必須使用同一種理性的語言。沒有人能夠擺脫語言的牢籠，沒有人能夠在語言之外達到解構語言本身的目的，更沒有人能夠在擺脫理性語言的情況下去解構西方形而上學。也許正是在這個意義上，德里達才說「語言之外別無其他」、「文本之外別無其他」的，這也是他生前就力圖澄清的一個誤解。在德里達卷帙浩繁的著作中，「解構」不過是他使用的一系列關鍵字中的一個。早在 1982 年《寫給一個日本朋友的信》中，他就明確說不願意使用「解構」這個標籤或不喜歡人們給予「解構」以種種特權，其實他所暗示的或許是「解構」這兩個字不可能概括他的全部思想，不可能總結或「再現」他的整個學術生

[78] Ibid., p.82.

[79] Miller, J. Hillis, "Derrida and Literature", *Jacques Derrida and the Humanities: A Critical Reader*, Tom Cohen（ed.）, Cambridge University Press, 2001.

涯。解構「是對不可能的事物的一次經驗」，「承認解構是不可能的並不失去解構的任何意義」。[80]

實際上，德里達的「解構」所要破解、分析和對抗的恰恰是「語言之外別無其他」、「文本之外別無其他」這種結構主義語言觀。[81]解構的特殊性之一就是「對抗」，「對抗語言學的權威，對抗語言和邏各斯中心主義的權威」。[82]本傑明認為，這種對抗的立場涉及三個基本因素：第一個是一種批評形式，對抗就是拒絕接受，而拒絕接受的對象是一種占主導的語言觀，傳統上語言與概念之間的相互作用，即「邏各斯中心主義」。第二個是拒絕接受傳統在對抗的客體與對抗的立場之間拉開的距離，從而打開了另一個不同的空間。「其意義在於它含蓄地承認沒有外部，所以，構成所對抗傳統的一部分的語言和術語就成了參與和發明的場所。」這意味著所對抗的傳統並沒有被消除，而成了一個新的發明的空間、行動的空間，或者說是介入的空間。最後，場所的這種不可消除性就是解構的部分定義。[83]解構始終是一種介入形式，一個參與的策略，「解構不是用來發現抵制系統的方法的；相反，它包括對文本的重講、閱讀和

[80] Derrida, Jacques, "Psyche: Inventions of the Other", trans. Catherine Porter, in Peggy Kamuf（ed.）, *A Derrida Reader: Between the Blinds*, Brighton: Harvester Wheatsheaf, 1991, p.209.

[81] Miller, J. Hillis, "Derrida and Literature", *Jacques Derrida and the Humanities: A Critical Reader*, Tom Cohen（ed.）, Cambridge University Press, 2001; Benjamin, "Deconstruction", in Malpas, Simon and Wake, Paul（eds.）, *The Routledge Companion to Critical Theory*, London and New York: Routledge, 2006, p.82.

[82] Benjamin, "Deconstruction", in Malpas, Simon and Wake, Paul（eds.）, *The Routledge Companion to Critical Theory*, London and New York: Routledge, 2006, p.82.

[83] Ibid., pp.82-83.

闡釋，使哲學家能夠建立系統的東西不過是某種功能失調或『失調』，即無能封閉系統的表現。無論在哪裡，當我採用這個研究方法時，都是要展示某系統不發生作用，而這種功能失調不僅顛覆了系統，而且本身激起了對系統的欲望，是從這種脫臼或失調中汲取生命」。[84]如此說來，「解構」就是通過重讀、重講和重新闡釋發現某一系統內的功能失調，功能失調的場所恰恰是這個系統或許能夠獲得新的生機的地方，可以從事新的發明的空間，也是產生新的可能性的希望所在。從這個意義上說，「解構」也是一種重構、重寫，而更重要的是一種「肯定」，只不過它所重構、重寫和肯定的系統並不具有普遍性，而具有單一性、特殊性，因為不同系統的「功能失調」顯然是不同的，甚至同一系統在不同時間的「功能失調」也是不同的，因此，重構和重寫的結果也不同。於是又可以說，「解構」不是方法，不是工具，不是簡單地把分析客體從屬於某種機械的操作。「解構」是一種策略。

作為策略，「解構」具有使用的靈活性，定義的不確定性，意義的多元性。正因如此，德里達才說「『解構是 X』或『解構不是 X』所有這類句子都先驗地誤解了解構的要義。」[85]「解構」的要義在於解構的過程所展示的生存困境，一種雙重束縛，即在可能性中看到的不可能性，或相反，在不可能性中看到的可能性的希望。

---

[84] Derrida, Jacques, with Maurizio Ferraris, *A Taste for the Secret*, trans. From French and Italian by Giacomo Donis, Giacomo Donis and David Webb (ed.), Cambridge: Polity and Malden, MA: Blackwell, 2001. From Miller, "Derrida's Remains".

[85] Thomson, Alex, "Deconstruction", in Waugh, Patricia (ed.), *An Oxford Guide to Literary Theory and Criticism,* Oxford: Oxford University Press, 2006, p.301.

「解構」打開了差異於中無限重複的一個空間，使作為研究模式和思維方式的哲學得以繼續存在的一個質疑的空間，在對抗的過程中予以肯定的並在封閉時馬上開放的一個空間。「它是行動的場所，因此也始終是一個活躍的場所。」[86]

米勒幫助澄清了過去對德里達的一個普遍的誤解，即他的「解構」不是關於語言的思考，與結構主義語言學沒有關係，與「語言學轉向」沒有關係，因此不提倡「語言之外別無其他」或「文本之外別無其他」的絕對語言觀和文本觀。在語言與文本之間，德里達看重的是文本，而文本指的不是語言，不是語言結構，而是文字和文字的結構。最終，語言是通過文字結構而被理解和發生作用的，這是形而上學時代的一個歷史必然。在《論文字學》中，德里達說，「語言問題從來都不是一個普通問題。但它從來都沒有像現在這樣侵入到最多樣的研究和最異質的話語的全球景觀中來。」「[語言]彷彿不顧自身地表明一個歷史－形而上學的時代最終將把語言確定為它的總體問題的視野……語言本身的生命受到了威脅……它已不再是自信的、平靜的，不再受到似乎超越它的無限所指的擔保。」[87]語言何以受到威脅？是什麼威脅了語言？文字的出現顛覆了言語的君主地位，打破了語言的邏各斯即語音中心主義，摧毀了長期以來一直被傳統認定的那個純知性的秩序，即語言符號就是一個有意義的能指與一個可理解的所指之間的統一。然而，德里達證

---

[86] Benjamin, "Deconstruction", in Malpas, Simon and Wake, Paul (eds.) , *The Routledge Companion to Critical Theory*, London and New York: Routledge, 2006, p.89.

[87] Derrida, Jacques, *Of Grammatology*, Baltimore and London: The John Hopkins University Press, 1976, p.6.

明，這樣一個純知性的秩序根本不存在，理想的、一看就懂的意義從來就不存在。文字本身的重複性宣告了符號的神學時代的結束，由於這種重複性，書面語言和口頭語言都成了地位平等的交流形式：書面語言（文字）不再是派生的，口頭語言也不再由於其直接性而凌駕於文字之上，二者都可以在接受者或說話者不在場的情況下發揮作用——言語和文字一樣也是可重複的記號。對如此理解的語言交流的一個必然發現是：凡是有語言交流的地方，就必然有誤解（誤讀）；沒有誤解，就不可能有交流，因為記號（語言符號）的重複決定了意義的不確定性。[88]

但是，這種重複性卻也決定了文字的可讀性，決定了口頭語言的可理解性（這在電話、答錄機、視頻聊天的時代就更不難理解了）。這兩種情況都涉及語言的生產者的缺場——作者和說話者的缺場。語言，無論是書面語言還是口頭語言，都可以在其生產者缺場的情況下發生作用，這正是語言的主要特徵，又由於這是文字或語音的重複性造成的，所以重複性就成了語言的最重要特徵。它的基本條件是：文字要想成為文字，即成為一種可重複的記號，就必須在作為生產者的作者消失的情況下正常發揮作用，即被閱讀，或在作為消費者的讀者不在場時仍被閱讀，換言之，當資訊的發送者或接受者不在場時，作為資訊的語言（書面的和口頭的）都應該具有在邏輯上仍然可能被閱讀的可能性；而當經驗上可確定的發送者

[88] Thomson, Alex, "Deconstruction" in Waugh, Patricia(ed.), *An Oxford Guide to Literary Theory and Criticism,* Oxford: Oxford University Press, 2006, p.305.

或接受者不在場時，結構上不可重讀的、不可重複的資訊就不是語言交流的記號。[89]

這種重複性也是「事件」得以交流的唯一條件。就結構而言，「事件」就像一個詞，或一個文本，是可重複的，因為可以對「事件」單獨加以闡釋、討論、講述或重講，而每一次重講或重複都是一次增補，在述行的意義上都是與原事件相關的另一次「事件」，都在差異的基礎上具有了新的事件的屬性和意義。從這個意義上說，德里達的「書寫」或「文字」就不純粹是人們所誤解的「純文字」，而成了具有歷史內涵的一個公共空間——就其重複性而言，作為事件的書寫必須脫離原作者才能發揮其應該發揮的作用，才能成為它應該成為的語言的記號，就是說，話一出口就具有了被重複的特徵，就脫離了說話者而面臨著多次的增補和重複，也就是對所說的話的「絕對的重新佔用」。[90]由此可知，任何符號系統都不能只被一次使用，任何話語或書寫事件都不能不被重複，而在理論上，只被一個人說過的話而不被重複就不能算作語言的記號。

這種重複或被重新佔用就是「蹤跡」作用的方式。「蹤跡」是符號與符號之間相區別從而使符號具有意義的一個因素。要理解一個符號的意義，首先必須承認或認出與這個符號相左的東西，然後將其抹去，這個被抹去的因素就是蹤跡，沒有它，語言作為差異系統就不會具有任何意義，因此，在德里達看來，蹤跡是意義得以產生的絕對源泉，但這樣的源泉並不存在，因為每一個蹤跡都必然是

---

[89] Ranolds, Jack and Roffe, Jonathan (eds.) , *Understanding Derrida*, Continuum, 2004, p.121.

[90] Ibid..

另一個蹤跡的蹤跡，就是說，一個語言符號要想在正常的語境中發揮符號的作用，就必須轉換或被重複而改變其語義的或述行的價值，成為另一個語境。實際上，語言符號的蹤跡是決定文學作品之「文學性」的關鍵因素——文學作品的「文學性」取決於作品邊界的位移；繪畫的「藝術性」取決於「畫框」的位移；我們對文學藝術的經驗並不完全取決於作品的內部，而主要取決於作品的外部。外部滲透進來，決定了內部，而這個外部就是規定作品之單一性的習俗。

七

文學的存在就是要證明一種單一性，一種在哲學思想發生之前就存在的東西。[91]這不是說文學先於哲學而存在，也不是說哲學研究必以文學為無條件的客體或唯一的客體；而是說文學是德里達哲學研究的最重要客體之一：「我最長久的興趣，應該說甚至先於我的哲學興趣，如果這可能的話，始終是趨向於文學的，趨向於那種稱作文學的寫作。」[92]也許正因為如此，在文學與哲學的關係上，才有一個被誤讀的德里達。理查・羅蒂（Richard Mckay Rorty, 1931-）認為，德里達是文學的哲學家，因此不是規範的哲學家，因為他把哲學看做一種寫作，而不遵守哲學的規則。於爾根・哈貝馬斯（Jürgen

---

[91] Ranolds, Jack and Roffe, Jonathan（eds.）, *Understanding Derrida*, Continuum, 2004, p.76.

[92] From Miller, J Hillis, "Derrida and Literature", in Tom Cohen（ed.）, *Jacuqes Derrida and the Humanities: A Critical Reader,* Cambridge: Cambridge University Press, 2001.

Habermas, 1929-）也認為德里達「出於文學的、美學的或毫無根基的決定而放棄了真理的標準和判斷」，即為了刻意的「書寫」而放棄了「活的語境」，打破了文學與哲學之間的界限，因而沒有認識到交往的理性。[93]J.希利斯・米勒則認為，無論怎麼看待德里達，都必須首先把他看做「20 世紀偉大的文學批評家之一」，他的「文學行為」見於他的全部著述，貫穿他的整個哲學和理論的寫作生涯。[94]米勒進一步分析說，德里達對文學始終如一的興趣並不是為了回答「什麼是文學？」這個問題，而是從言語行為理論出發，堅持語言的「重複性」，從而解構文學與哲學由來已久的對立關係。「對德里達來說，文學能夠在無數的語境中重複任何話語、文字或標誌，而且能夠在缺少明確的說話者、語境、指涉或聽者的情況下發生作用。」[95]實際上，這種重複也正是文學所要證實的那種單一性。

一般認為，這種單一性就是哲學和文學相互區別的地方，而實則不然。不妨贅言，文學是用語言構成的東西、是以各種樣式或體裁虛構的東西，正因如此，文學才似乎與哲學劃清了界限——哲學探討的是真理，它研究的客體是真實的世界、是實際存在，對立於虛構和虛假的東西，因此也對立於作為虛構之結果的文學。然而，文學雖然是虛構的，但不等於不存在；虛構是存在的，不然就不能對立於真實；正如錯誤是存在的，否則就沒有正確一樣。哲學探討的是原始的真理；文學探討的是「超越真理的真理」，即超越哲學

93 Colebrook, Claire, "Literature", in Ranolds, Jack and Roffe, Jonathan（eds.）, *Under-standing Derrida*, Continuum, 2004, p.77.

94 Miller, J. Hillis, "Derrida and Literature", *Jacques Derrida and the Humanities: A Critical Reader*, Tom Cohen（ed.）, Cambridge University Press, 2001.

95 Ibid..

真理的真理。文學的確是虛構的，這種虛構含有真實或至少是源於真實的成分，也有純粹虛假的成分，但決不缺少真理。對德里達來說，文學不是可以拿在手裡閱讀的一本書，也不是對已經存在的東西的某種再現。文學創造自己的語境，發明自己的環境、事件或賴以存在的條件；它不去挖掘潛藏在某一文本內部的本質，而是用文字、詞語、聲音、蹤跡、言語行為等建構一種單一性、偶然性、意外事件，從而使思想成為可能；它不再現外部存在或超驗現實，而是通過一種內在的聲音呼喚人們去思考書寫、文本性和互文性；去思考引語、重複、界限、隔膜、存在與非存在；去思考文學與哲學、文學與法律、文學與日常生活之間的區別。在這個意義上，文學所揭示的東西必然成為哲學思考的條件，文學所描寫的東西必然是已經留下了蹤跡的經驗，文學所陳述的東西也必然是抵制我們的閱讀的東西。在德里達看來，完全可讀的東西不具有文學的單一性。不可讀性、不可譯性或完全他性才是文學的根本。[96]

正是在這裡，德里達看到了文學和哲學之間的共同點，同時也消解了文學與哲學之間的界限。文學之所以具有文學性，是因為它具備語言的最典型特徵——重複；而語言是一個差異系統，空間的拓展和時間的延宕造成了文本意義的不確定性，使之成為異質的、不透明的、不斷延異的縷縷蹤跡，所以，文學的文學性存在於文本之中，存在於書寫文本的人的精神之中，也存在於書寫的行為之中。這樣的文本反映的不是人的原始感知，所表達的思想感情也不完全是他自己的，所用的言語也不是作者或其文本所特有的，而具

---

[96] Colebrook, Claire, "Literature", in Ranolds, Jack and Roffe, Jonathan (eds.), *Under-standing Derrida*, Continuum, 2004, pp.76-77.

有歷史性，受制於制度和習俗，也因此而擁有了說一切話的權利。在德里達看來，哲學是通過對文學的「模仿」才確立了哲學思辨的優越地位的；用來討論文學的一切話語，都可以用來討論哲學，因為和文學一樣，哲學也是一種書寫，它本質上具備文學的全部結構。文學的書寫反映真理，哲學的書寫陳述真理。然而，無論是在文學還是在哲學中，總有無法接近的真理，總有無法用語言表達的東西，總有意義的無限延宕或生成。如果說文學中的重複創造場景、環境和事件，那麼，哲學中的重複就是創造概念，能夠重複的、可證實的、超越其具體現實而揭示真理的概念。實際上，文學和哲學的最終目的都在於重新標誌真理的場景。

所以，文學和哲學一樣，也不是模仿的藝術。德里達討論的柏拉圖的「藥」和馬拉美的「模仿」就力圖從哲學和文學兩方面解構西方形而上學的模仿論。「模仿既是藝術的生，也是藝術的死」。[97] 在自然與藝術的等級制中，柏拉圖的模仿論把藝術的模仿排在第三等，亞里斯多德的模仿論把藝術的模仿排在了第二等，但無論如何，二者都設定了一個先於符號而存在的理式、一個有待模仿的自然，這個理式、這個自然也就是藝術家如實描寫、如實反映的真理。然而，德里達認為，這種先於符號的「世界」並不存在，純粹的感知並不存在，所揭示的「現實」也不存在。我們所知的世界是由符號構成的，符號污染了現象的原生態，符號創造了自己的場景，在這個意義上，寫作（創作）的主體也是不存在的，而只是「不同層

[97] Derrida, Jacques, *Of Grammatology*, Baltimore and London: The John Hopkins University Press, 1976, p.297.

次之間的關係系統」，由精神、社會、世界組成的一個關係系統。[98] 馬拉美的「模仿」從文學的角度證明了模仿的客體的模糊性，呈現了文本鏡像的生成遊戲，展示了「模仿」本身在書寫過程中的空間生產。它所揭示出來的一個事實是：模仿者最終沒有模仿的對象；能指最終沒有所指；符號最終也沒有指涉。模仿、能指和符號最終都是用來理解真理的工具。[99]

《柏拉圖的藥》討論的是希臘術語 pharmakon（藥）的翻譯問題，分析了柏拉圖的《斐德羅篇》，即從翻譯問題入手進入哲學的探討，指出該詞有兩個相互矛盾的意思（良藥和毒藥），從而反駁了蘇格拉底高揚言語（對話）而對書寫（文字）的攻擊。[100]在德里達看來，翻譯起源於翻譯或任何可譯的命題。一方面，翻譯的可行性取決於意義的確定性，而對哲學來說，最重要的是真理和意義，所以，在翻譯無法進行的地方，哲學也必然陷入死胡同。另一方面，哲學有自己具體的語境。西方哲學有史以來始終以希臘哲學為基礎，使用的大部分是希臘哲學的概念，一旦脫離了希臘哲學這個語境，pharmakon 的意義不確定性問題就出現了，給異質性或他性留下了縫隙。因此，與文學一樣，哲學的語境不可能是封閉的，而必然是向另一種語境敞開、從而創造出新的語境的一種活動。在這種活動中，哲學的閱讀和理解就如同文學的閱讀和理解一樣是以播撒為形式的。播撒不是意義的丟失，而是無窮的替代、增補和肯定，是片斷的、多元的、分散的，一句話，是文本意義的生產。

---

[98] Derrida, Jacques, *Writing and Difference,* London: Routledge, 1978, p.429.

[99] Colebrook, Claire, "Literature", in Ranolds, Jack and Roffe, Jonathan (eds.) , *Under- standing Derrida*, Continuum, 2004, p.80.

[100] Derrida, Jacques, *Dessemination,* London: Althone, 1993.

德里達在學術生涯的中期就開始關注文學作為一種言語行為的問題。米勒認為，要瞭解德里達如何定義文學，捷徑是理解他的言語行為理論。[101]德里達在《簽名、事件、語境》、《ABC 有限公司》等著述中最早提出了他的言語行為理論，是針對 J. L.奧斯丁（John Langshaw Austin, 1911-1960）對戲劇獨白等文學言語的排斥而提出來的。[102]如上所述，在德里達這裡，重複性是語言的最重要特徵，因此也是文學語言的最重要特徵。一方面，重複是語言藉以使自身脫離現實的語境而進入虛構空間的手段，另一方面，重複又是文學藉以使自身脫離虛構空間而進入民主的空間、自由的空間，以及話語、符號和書寫得以不斷重複的一個空間的有效途徑。這個從現實到虛構、再從虛構到現實的過程本身就是一種重複，而重複的結果既是述願的又是述行的，既是闡述真理的又是可以促成具體行動的。這是德里達所說的真正的文學性：特定作家在特定社會中於特定的歷史時刻用語言虛構的東西發生了特定的社會作用。正因如此，他才說文學的文學性不在文本之內，而在文本之外，也是他所說的文學文本的大門「向完全的他者敞開」的意思。這種文學性也以其他方式見諸政治、倫理、心理學、精神分析學、社會學等學科的文本，《文學的行為》一書通篇都是這方面的例子。

---

[101] Miller, J. Hillis, "Derrida and Literature", *Jacques Derrida and the Humanities: A Critical Reader*, Tom Cohen（ed.）, Cambridge University Press, 2001.

[102] Austin, J. L., *How to Do Things with Words*, Oxford: Oxford University Press, 1980.

按此理解，文學中的言語行為就是德里達所說的「獨立的宣言或他者的發明」。[103]這種言語行為是用詞語和符號建構起來的形象、場景和環境，是內在印象和經驗的具體化，因此是異質的、矛盾的，包含著言語與行為、邏輯與修辭、已知與未知、可見與不可見等二元對立的因素。作為美國的解構主義大師，米勒發展了德里達的文學的言語行為理論，提出了自己的解釋學閱讀理論，不僅強調文學的述願方面，而且強調文學的述行作用。這意味著，讀者在建構文學文本的過程中，重要的不是聚焦於文本的「言語」本身，理解其真正的意思，而是它的潛在意義，試圖把它重構成新的東西，結果必然是言語向行為的轉化，虛構空間向現實空間的轉化，也即文學向社會的轉化；通過倫理的和政治的閱讀過程，這種轉化會改變人們的觀念和行為、改變他們的生活方式，從而導致新事物的出現。這種文學批評不再把語言看做是能指的聚合，不再聚焦於文本的結構和形式的分析，而著重於文學語言如何改造世界、改造人的世界觀，進而創造新的社會生活範式的方式。

自 20 世紀 90 年代以後，德里達發表了許多論綱式的小冊子，如 *The Other Heading, Force de loi, Archive Fever, Monolinguism of the Other, Adieu to Emmanuel Lévinas* 和 *Demeure* 等，討論言語的述行概念，述行話語的實踐，以及言語行為與文學的關係等問題，並將其與決策、行動、秘密、證據、好客、諒解、義務和責任等政治和倫理問題聯繫了起來。可以說，德里達晚年的文學批評活動主要探討的是文學或文學研究在政治和倫理責任中的作用，言語行為在文學中的作

[103] Derrida, Jacques, "Declaration of Independence", in *Acts of Literature*, New York: Routledge, 1992.

用，而最關心的問題還是人文學科以及大學的未來。在《無條件的大學》中，他說：「文學擁有公開發表言論的權利，也可以擁有保守秘密的權利，哪怕是以虛構的形式。」[104]他認為今天的大學，尤其是大學的人文學科，正面臨著種種威脅，因此「要求無條件地說一切話的權利……也包括文學……」「這種假定的在公共空間裡說一切話的自由，是所謂人文學科所特有或獨佔的地方——對這樣一個概念的定義還要加以精煉、解構和調整，使之超越一個也需要錘煉的傳統。然而，這個無條件的原則原本而且最突出地在人文學科中**呈現出來**。它佔據一個本源的、特殊的位置，即在人文學科中**表現**、顯示和保存的位置。它也擁有一個討論的空間，重新敘述的空間。所有這些都通過文學和語言（即被稱為人的科學和文化的科學的學科）表現出來。」[105]這或許是德里達終其一生研究文學進而研究哲學的宗旨，也是他利用「解構」進行的一次「策略性賭博」。如米勒所預測的，「如果他贏了這次策略性賭博，那麼，這將意味著他的著作將改變所有世界規模的不同語境，這樣，他的著作，雖

---

[104] Derrida, Jacques, "The Future of the Profession or the Unconditioned University（Thanks to the 'Humanities', What Could Take Place Tomorrow）", trans. Peggy Kamuf, in Peter Pericles Trifonas and Michael A. Peters（eds.）, *Deconstructing Derrida: Tasks for the New Humanities*, Macmillan: Palgrave, 2005, p.14.

[105] Derrida, Jacques, "The Future of the Profession or the Unconditioned University（Thanks to the 'Humanities', What Could Take Place Tomorrow）", trans. Peggy Kamuf, in Peter Pericles Trifonas and Michael A. Peters（eds.）, *Deconstructing Derrida: Tasks for the New Humanities*, Macmillan: Palgrave, 2005, pp.15-16.

說獨特和個異，但卻能在未來以不可預測的方式在廣泛的不同語境中取得述行的效果。」[106]

[106] Miller, "Derrida's Remains" in *Mosaic, a journal for the interdisciplinary study of literature*, volume 39, issue 3, September 2006.

第4章

德勒茲：遊牧思想與解域化流動

我們寧願說，在一個社會中，一切都在逃逸，社會是由其影響到各種塊體（分子概念上的塊體）的逃逸路線決定的。一個社會，以及一個集體組裝，首先是由其解域的點、解域的流動構成的。歷史上偉大的地理探險都是逃逸路線，也就是徒步、騎馬或乘船的長途旅行：希伯來人在荒漠上的旅行，金賽里克·汪達爾人跨越地中海的旅行，遊牧民跨越草原的旅行，中國人的萬里長征——這始終是我們開創的一條逃逸路線，不是因為我們想像自己在做夢，而恰恰相反，因為我們在追溯真實的東西，我們在那裡構成一個連貫的平面。逃逸，但卻在逃逸中尋找一種武器。

——吉爾·德勒茲（Gilles Louis René Deleuze），《線上上》

一

哲學家創造概念。在這方面，任何其他人都無法替代。德勒茲被公認為是創造概念的大師，而且，他創造概念的方式獨特，在不同領域之間追蹤概念，讓這些領域既相互溝通，又保持相互間的差異，如在哲學與音樂之間、在音樂與文學之間、在文學與動物之間，等等。這種溝通能創造出第三個領域，即哲學的「生成音樂」（becoming-music）、音樂的「生成文學」（becoming-literature）、文學的「生成動物」（becoming-animal），等等。[1]在這方面，作為遊牧思想家的德勒茲（和瓜塔里〔Felix Guattari, 1930-1992〕）也是無人能夠替代的。然而，複數的「哲學家」和「思想家」本來就可以說是「概念的朋友們」的。而如果他們在思想的譜系中都是「概念的朋友們」的話，那麼，在德勒茲卷帙浩繁的著作中，眾多哲學家和思想家的面孔的出現就不足為奇了。[2]

正如德勒茲本人所說，如果不讀柏拉圖、笛卡兒、康德、海德格爾，以及其他人關於他們的思想的書，你又怎能「思想」呢？[3]推而言之，如果不讀德勒茲論休謨（David Hume, 1711-1776）、尼采、柏格森（Henri Bergson, 1859-1941）、康德、斯賓諾莎、萊布尼茨、

---

1 Boundas, Constantin V., Introduction to *The Deleuze Reader,* New York: Columbia University Press, 1993.

2 Translator's Preface: "Portraiture in Philosophy, or Shifting Perspectives" to Alain Badiou's *Deleuze: The Clamor of Being,* trans. Louise Burchill, Minneapolis and London: University of Minnesota Press, 2000, pp.vii-xxiv.

3 Gilles Deleuze and Chaire Parnet, *Dialogues*, trans. Hugh. Tomlinson and Barbara Habberjam, New York: Columbia University Press, 1987, p.12.

斯多葛派、伊壁鳩魯派等人的思想的著述，我們又怎能理解德勒茲（和瓜塔里）作為思想家在眾聲喧嘩的哲學話語中的「口吃」呢？[4] 德勒茲的著述是一種閱讀，而這種閱讀並不是在原著中尋蹤索跡，尋找隱蔽的所指、領會終極的意義，而是通過「加速」和「減速」把論點和論據追蹤到沒影點，直到抓住「生成」疑點和問題的機器，介入改造和變化的理論，捕捉足以表達這種理論的語言，用純粹「生成」的理論顛覆同一性的壓制，用差異代替存在，用生成差異的重複取締線性的時間序列，這才算真正完成了他所說的遊牧式閱讀。

於是，在德勒茲的思想遊牧場上，我們看到休謨為他提供了超越經驗主義的方法；[5]斯賓諾莎幫助他解決了「一」與「多」的古老的哲學命題；[6]而在移植現象學和現象學給予自然感知的特權這方面，柏格森充當了德勒茲的同謀。[7]然而，柏格森的重複的記憶，也就是不能夠永恆輪迴的時間，並未能徹底說服德勒茲，致使他又帶著疑慮去追問尼采。尼采的永恆輪迴說讓德勒茲弄清了一件事，那就是重複是某種方式的行為；它總是與某一獨特的客體相關，即是說，這種重複中不包含相似性，不包含相同的因素。尼采所說的重複是一個例外、一次僭越、一種差異。正是由於這種獨特性、僭

---

[4] Deleuze, "He Stutters", in *Essays Critical and Clinical*, trans. Daniel W. Smith and Michael A. Greco, Minnesota: University of Minnesota Press, 1997, pp.107-114.

[5] Deleuze, *Empiricism and Subjectivity: An Essay on Hume's Theory of Human Nature*, trans. Constantin V. Boundas, New York: Columbia University Press, 1991.

[6] Deleuze, *Spinoza: Practical Philosophy*, trans. Robert Hurley, San Francisco: City Lights Books, 1988.

[7] Deleuze, *Bergsonism*, trans. Hugh Tomlinson and Barbara Habberjam, New York: Zone Books, 1988.

越性、無中心的差異性，尼采才將其命名為「權力意志」。然而，德勒茲認識到，這種「權力意志」並不是指被剝奪了權力的各方力量刻意追求和奪取權力的意志。力本身就是權力；權力本身就是意志；或者說，意志就是這種作為權力的力的表達。[8]

然而，要建構一種真正的遊牧思想體系，德勒茲必須首先建構一個關於純粹生成和變化的理論體系，而這樣一個理論體系又必須包括一系列悖論和序列的構型。它必須大於以前所是的東西，同時又小於將要生成的東西。以往的表述性邏輯不足以處理這種純粹的生成，而需要一種關於純粹「事件」的邏輯，生發「意義的邏輯」。[9]德勒茲瞭解到，自柏拉圖以降，哲學就試圖解釋事件，說明變化、變形和生成的原理，但只是到了斯多葛時代，事件和生成的關係才第一次被明確地確定下來，人們才懂得思考生成就是思考事件。事件是由身體引起的；而身體及其屬性，身體性混合和非身體性事件，都存在於當下現實之中，影響著其他身體，促成了其他身體的新的混合。然而，身體不僅促成了實際發生的事件；它們還促成了虛擬的「事件」。這些虛擬的「事件」反過來又對身體發生一種「准因果式的影響」。就本體差異而言，事件決不是當下正在發生的情況，而總是已經發生過的或將要發生的情況。所以，事件總是逃避現在，總是由於這種逃避而同時證實過去和未來。事件不表示本質或屬性，而代表力、強度和行動。事件並非先於身體而存在，而固存於、持存於、寄存於身體之中。此外，事件並不發生於主體，

[8] Deleuze, *Nietzsche and Philosophy*, trans. Hugh Tomlinson, New York: Columbia University Press, 1983.

[9] Deleuze, *The Logic of Sense*, trans. Mark Lester with Charles Stivale, Constantin V. Boundas（ed.）, New York: Columbia University Press, 1990.

而先於主體和個體而存在。事件並不構成主體，而分解主體；事件事先設定一個意志，以便在事物狀態中尋求事件的永恆真諦。由此，實際事件中固存的虛擬事件就是所思想、所意志的東西。我們要在生活中體現價值，就必須時刻用意志來驅動同時既是差異又是同一性的東西，把平庸昇華為卓越，讓傷口趨近於癒合，用戰爭消滅戰爭，以死亡抵抗死亡，通過重複走向自由。[10]

二

德勒茲終其一生探討「哲學是什麼」的問題，並且始終自詡為哲學家。在他（和瓜塔里）看來，哲學不是探討真理或關於真理的一門學問，而充其量是一個自我指涉的過程，是創造概念的一個學科，它的主要任務是創造、梳理、重新安排視角。世界是在概念中並通過概念向我們顯示的，所以，從事哲學研究就是借助概念重新審視世界，開創看待世界的新的視角。

哲學創造的概念不同於它提出的命題。命題是用於爭論的單位。構成命題的詞語組合都遵循一定的規則。雖然組合的數量可能是無限的，但單個詞在任何兩個組合中的重複都必然保持其語義上的獨立性，正如任何不同組合中的句法結構都相對不變一樣。在命題中，自我認同的詞語單位根據不變的規則進行各種不同的組合，構成了由常量所控制的獨立的變數，或然性或新的可能性就是由這

10 Translator's Preface: "Portraiture in Philosophy, or Shifting Perspectives" to Alain Badiou's *Deleuze: The Clamor of Being,* and also chapter four on "The Virtual", Minneapolis and London: University of Minnesota Press, 2000, p.vii.

些變數的聚合生發出來的。但這些可能性所指代的事物狀態是外在於命題及其表述的。命題與事物狀態，其各自的構成因素，必須是相一致的——一個名詞之於一個事物，就如同一個命題之於一種事物狀態一樣。這就是說，同時存在著一種物的語法和一種詞的語法，這兩種語法形成了一對一的對應。構成因素在一個層面上的關係反映它們在另一個層面上將要獲得的關係；物的系統與詞的系統處於類比的關係中，而邏輯就是對這種類比的規訓和整理，最終促成了再現。但物與詞何以建立起這種類比或對應關係呢？又用什麼方法或標準來衡量這種關係呢？經驗的方法根據事物在經驗中呈現的秩序把表達與其指涉一致起來，其結果是一種對應的思想秩序。超驗的方法認為，物的呈現與外在於經驗的一個基礎的主體秩序相一致，因此，特定的現存主體決定著其有限的反映。在這兩種情況下，基礎相似於它所建立的東西，而這種相似就是重複。在這個意義上，命題就是對重複的規範化。[11]

但在德勒茲的理論中沒有反映，沒有一致性或對應性，因此也就沒有再現性。所有這些，連同命題中的變數、常量、指代、類比、再現、可能性、相似性、經驗的標準、超驗的標準、基礎與重複，都是思想的形象，都是他的概念予以攻擊的對象。那麼，他所說的概念究竟是什麼呢？概括起來，他的概念有三個相互交叉的基本特點：首先，概念與其他概念相交織，無論是在自身的領域內，還是

[11] Deleuze, *Difference and Repetition*, trans. Paul Patton, London: Athlone Press; and New York: Columbia University Press, 1994; Deleuze and Guattari, *What is Philosophy?*, trans. Hugh Tomlinson and Graham Burchell, New York: Columbia University Press, 1994. Also see his works on Hume, Bergson, Spinoza, Kant, etc..

在周圍相關的領域內，概念都是由其他概念所定義的。在這個意義上，哲學和哲學研究的對象就都是一種理論實踐，都是概念的實踐，必須根據它所介入的其他實踐加以判斷。其次，概念的構成因素之間固有一種統一性，這是概念的限定性條件。當異質性因素聚集於一個整體，而這個整體與這些構成因素既相互區別又不可分離時，概念的統一性或一致性就發生了。最後，概念具有一種集約性，它既不是普遍的，也不是特殊的，而是一個純粹簡單的具有特性的力，每當跨越一個概念場域時，這個力都對那個場域的其他因素和概念發生作用，回蕩著震撼的顫音。[12]

按此理解，概念就不是傳統意義上的再現；它活動於其中的「場域」也不是單個領域，而是一個「平面」；它既是邏輯的、政治的，也是審美的，而概念就是這個「場域」上的一個「點」，與場域上的所有其他變數相共存，沒有固定的指向，而具有從一個層面向另一個層面跳躍的潛勢。這個場域上各個變數之間的界限是模糊的，這意味著獨立的變數已經不存在了；變數之間已經相互不可分離了，而處於一種奇怪的共存但又可區別的狀態之中。可以說，這樣的「點」是非線性時間中的「時刻」，是無界限空間裡的「皺褶」，它們只能在自身之內或向自身之外展開。這樣的「點」不僅與其他「點」相區別，而且自身包含著差異的構成因素，是差異的極端表現。它們構成了純粹內在性的「場域」，在這個「場域」上只有變數，沒有常量，所以，這些「點」是運動的、變化的、生成的。顯然，概念決不是給事物貼上的標籤或命名；概念決定思維的取向。

---

[12] Deleuze and Guattari, *What is Philosophy?* trans. Hugh Tomlinson and Graham Burchell, New York: Columbia University Press, 1994.

而要理解思維是什麼，我們不應該僅只擷取日常生活的資料，通過推演而從中得出結論，而要尋找極端的思維形式，如藝術、哲學和科學。哲學概念不同於日常生活語言中的概念，正如藝術和電影不同於日常生活經驗一樣。[13]

概念不是命題，但這不等於說概念不能轉化成命題。從構成上說，德勒茲的「概念」並不是穩定不變的。首先，它的內在邏輯並不是命題式邏輯，不是一對一的對應和有序的序列，因此不局限於線性發展，這樣，其總體格局就是不可預測的。一個概念可以從一個場域跳到另一個場域，從一本書跳到另一本書，有時竟是巨大的跳躍，甚至消失在視界之外，在若干年或若干書之後才重現。但每一次重現（只要重現的話）都必然創造一組新的與自身和與其他概念的關係，這就是說，概念本身不但可以移入新的環境，而且可以加快建造新環境的速度，從而跨越遺傳譜系和學科界限。其次，移入新環境的概念自然成了它所指的那個環境的標誌，與那個環境的各種因素處於對應的關係中，或用來指稱那個環境與其他環境的關係，因此自動地、無法察覺地轉化為命題。這就是德勒茲式的概念能夠生產變數，必然要「生成他者」的內在原理。

從本質上說，德勒茲的哲學是關於生成的本體論。用以說明這種「生成學說」的具體例子是「塊莖」概念，或「塊莖思想」。「塊莖」是德勒茲最重要的概念之一，是其獨樹一幟的語言風格（善用比喻）的重要標識之一，也是他（和瓜塔里）所採用的重要論證方

[13] Deleuze, *The Fold: Leibniz and the Baroque*, trans. Tom Conley, Minneapolis: University of Minnesota Press, 1993; and Deleuze, *Difference and Repetition*, trans. Paul Patton, London: Athlone Press; and New York: Columbia University Press, 1994.

法之一。「塊莖」是一種植物，但不是在土壤裡生芽、像樹一樣向下紮根的根狀植物。相反，「塊莖」沒有「基礎」，不固定在某一特定的地點。「塊莖」在地表上蔓延，紮下臨時的而非永久的根，並借此生成新的「塊莖」，然後繼續蔓延。如同馬鈴薯或黑刺梅樹一樣，一旦砍去了地上的秧苗，剩下的就只有「球狀塊莖」了。一個「球狀塊莖」就是一個「點」，「點」的連結就是這種生長過程的結果，這個生長過程也就是德勒茲所說的「生成」。「生成」是一個運動過程。生成不是由事物狀態決定的，並不「根植於」確定的事物狀態之中，它不提出「你將生成什麼？」的問題，因此也不涉及模仿或再現，因為思想並不構成對經驗世界的再現，而構成與經驗世界的「塊莖」生長過程。[14]

就方法論而言，「塊莖」與傳統的解釋、闡釋和分析模式毫無關係——德勒茲（和瓜塔里）拒斥語言學、文學批評和符號學模式的專制，因為它們都試圖尋找表層之下隱蔽的深度，都試圖在表像的背後挖掘出一個終極存在或此在，也正因如此，德勒茲（和瓜塔里）才開始了重讀整個西方思想傳統的浩瀚工程。他（們）所感興趣的恰恰是從未隱藏過的關係，不是文本與其意義之間的關係，而是一個文本與其他客體、一個文本與其外部的關係。他（們）從不追問一本書是什麼，能指和所指的意義是什麼，所要理解的內容是什麼。相反，他（們）追問一本書的功能是什麼，與它所傳達或不傳達的強力是什麼關係，它進入了怎樣的繁殖，又引起了哪些自身

[14] Deleuze and Guattari, *A Thousand Plateaus: Capitalism and Schizophrenia*, trans. Brian Massumi, Minneapolis: University of Minnesota Press, 1987; especially「Introduction: Rhizome」, pp.3-25.

的變形，最後，它又是怎樣與「無器官身體」達到聚合的。一本書為一個外部而存在；一本書就是一台文學機器；批評家（讀者）的任務就是要弄清這台文學機器與戰爭機器、愛情機器、革命機器等的關係。[15]

毋寧說，寫作不是指意活動，而是對現狀、甚至對未來進行勘察和圖繪。文本的意義、它講述的內容、它的內在結構，以及用以闡釋它的方法，現在都不重要了；重要的是它的功能，它與外部的關係（包括讀者、作者、文學和非文學的語境）。「塊莖」結構不同於樹狀和根狀結構：樹狀結構用來比喻線性的、循序漸進的、有序的系統；根狀結構假定一種隱藏的或潛在的統一性，儘管在表面上看起來是無中心的、非統一的。然而，「塊莖」結構既是地下的，同時又是一個完全顯露於地表的多元網路，由根莖和枝條所構成；它沒有中軸，沒有統一的源點，沒有固定的生長取向，而只有一個多產的、無序的、多樣化的生長系統。

總起來說，「塊莖」基於關係，把各種各樣的碎片聚攏起來；「塊莖」基於異質性，把各種各樣的領域、平面、維度、功能、效果、目標和目的歸總起來；「塊莖」基於繁殖，但不是個性的繁殖，不是「一」的繁殖，也不是同一性的重複，而是真正的多產過程；「塊莖」基於斷裂，「塊莖」結構中的每一個關係都可隨時切斷或割裂，從而創造新的「塊莖」或新的關係；最後，「塊莖」基於圖繪，不是追蹤複製，不是製造模式或建構範式，而是製造地圖或實驗。這

---

[15] Deleuze and Guattari, *A Thousand Plateaus: Capitalism and Schizophrenia*, especially chapter 12, "Treatise on Nomadology: The War Machine", and Deleuze and Guattari, *Kafka: Toward a Minor Literature*, trans. Dana Polan, Minneapolis: University of Minnesota Press, 1986.

種「塊莖思想」與闡釋學、精神分析學和符號學是格格不入的，因為它不探討潛在的或隱蔽的深度，而注重實用的方面：何以讓文本、概念、主體發揮作用，創造新的關係。在這個意義上，「塊莖思想」就是一種實用的思維方式。[16]

三

作為一種實用的思維方式，「塊莖思想」實際上導致了力的重新組合，不同因素在這種組合中協同作用，促成了一種新的統一。在「人－馬－鐙」的組合中，人不再是孤立的人，而與馬構成了一種新的人馬共生的關係，一種新的戰爭組合。在這種關係中，人和馬發生了同樣的變化，即「生成異類」的變化。這種生成是不可感知的，察覺不出來的，因為我們實際看到的世界包含著虛擬的成分，如人眼看到的色彩實際上是光的流動，而色盲看到的實際光波卻又是單色的，因此，感知的實際形式衍生於遠較複雜的純粹差異的流動。[17]在德勒茲看來，生命就是從這種純粹差異的流動開始的。這種純粹的差異是生成的衝動，是要區別於他者的傾向。人類生存的世界，人類所能感知到的存在，就是這種生成流動的「收縮」，而每一次收縮都有其自身的「綿延」。

---

[16] Deleuze and Guattari, *A Thousand Plateaus: Capitalism and Schizophrenia*, especially chapter 12, "Treatise on Nomadology: The War Machine", and Deleuze and Guattari, *Kafka: Toward a Minor Literature*, trans. Dana Polan, Minneapolis: University of Minnesota Press, 1986.

[17] Deleuze and Guattari, *A Thousand Plateaus: Capitalism and Schizophrenia*, especially chapter 12, "Treatise on Nomadology: The War Machine", trans. Brian Massumi, Minneapolis: University of Minnesota Press, 1987.

然而，我們在大部分情況下都感知不到生成；我們所感知的只是一個超然世界，或一個由外部事物構成的世界；只有通過藝術，我們才能感知感性本身所遺漏的東西，感知從時間流動的差異中產生的事件，感知藝術所呈現的特性，即「生成不可感知的東西」becoming-imperceptible。這種「生成」（和「生成女人」〔becoming-woman〕）是德勒茲（和瓜塔里）著作中爭議最大的一個概念。它的場所是無器官身體。無器官身體大體上有兩種：一種是空虛的無器官身體，如癮君子，受虐狂，疑難病症患者；另一種是充實的無器官身體，這是強力得以流通的地方，是權力、能量、生產得以發生的地方。無器官身體有別於身體組織，後者是單一的、統一的、有機的、心理的整體。據此，主體被分成克分子的和分子的，少數的和多數的。無器官身體，即便空虛的無器官身體，也從不拒絕生成。生成總是分子的，穿越和重新排列克分子「整體」（如階級、種族、性別的劃分），開拓一條道路，讓能量從這些「整體」內部洩露出來。[18]

這樣的「道路」（或稱「逃逸線」）共有三條：第一條是嚴格切分的路線，稱作「分層」或克分子路線，它通過二元對立的符碼對社會關係加以劃分、編序、分等和調整，造成了性別、種族和階級的對立，把現實分成了主體與客體。第二條是流動性較強的分子路線，它越過克分子的嚴格限制而構成關係網絡，圖繪生成、變化、運動和重組的過程。第三條與分子路線並沒有清晰的界限，但較之

[18] Deleuze and Guattari, *A Thousand Plateaus: Capitalism and Schizophrenia*, especially chapter 10, "1730: Becoming-Intense, Becoming-Animal, Becoming-Imperceptible……" ibid..

更具有遊牧性質，它越過特定的界限而到達事先未知的目的地，構成逃逸路線，突變，甚至量的飛躍。[19]

這些「道路」指的是從同一性的「逃亡」，其中最重要的是生成動物。亞哈船長生成鯨，威拉德生成鼠，漢斯生成馬，狼人生成狼——這些都不是基於人類對動物的模仿，不是基於人類與動物的相像，更不是對動物行為的效仿，或用動物能力再現主體的想像或精神意念。生成，尤其是生成動物，涉及起仲介作用的第三個條件，它既不是人類，也不是動物，而是與主體相關的其他事物——它可能是各種各樣的東西，但多多少少要與所論的動物有某種關係（如動物的食物），或與其他動物的外在關係，或主體用來控制動物的工具，或與所論動物的某種說不清的關係。

對德勒茲（和瓜塔里）來說，生成動物不僅僅是精神分析學的問題，而且是關於感知和生成的一種新的思維方式。佛洛伊德可以從俄狄浦斯的視角把人類生命歸結為對死亡的欲望，或向童年時代甚或原始場面的回歸。佛洛伊德之後的欲望心理學也都把欲望解釋為對所缺乏的、所丟失的或生命不可企及的東西的欲求和佔有。德勒茲（和瓜塔里）並不把欲望與生命對立起來。生命就是欲望；欲望是生命通過創造和改造的擴展。因此，生成動物不是存在或擁有，不是要達到動物的某種狀態（力量或天真），也不是要變成動物。生成動物是對動物運動、動物感知、動物生成的一種感覺——亞哈追捕白鯨並非出於某種特殊的商業贏利目的，也不是要證明他

[19] Deleuze and Guattari, *A Thousand Plateaus: Capitalism and Schizophrenia*, especially chapters 8, 9, and 15, trans. Brian Massumi, Minneapolis: University of Minnesota Press, 1987.

能戰勝白鯨的英雄氣魄和膽量，而恰恰是因為他為白鯨的反常性格所吸引——它的不可琢磨和人類無法理解的性格，這樣，白鯨就成了「漂浮的能指」，代表著阻礙終極意義或終極理解的任何東西。在文學中，我們不必非得把動物看做是象徵，非得解釋它們的象徵意義，如白鯨象徵著大自然的力量，（卡夫卡的）甲蟲象徵著人類的扭曲和變形等等，而可以根據動物生成的概念從動物身上找到新的認知方式。[20]

生成動物對文學和文學批評至關重要，但對德勒茲（和瓜塔里）來說，最重要的還是生成女人（becoming-woman）。這是所有生成的根本和關鍵。所有生成都從生成女人開始，都必須經過生成女人才能實現。德勒茲（和瓜塔里）強調說，不僅男人要生成女人，女人也要生成女人。這大概是說，無論對男人還是女人，生成女人都是顛覆同一性的過程。一般說來，德勒茲（和瓜塔里）所說的克分子實體是具有形體和器官、發揮某些功能、擔當主體角色的女人。但生成女人不是要模仿這個實體（正如生成動物不是模仿動物一樣），不是把自身改造成這個實體，尤其不是模仿或呈現女性形體，而是要通過放射粒子進入運動與靜止之間的關係，進入微觀女性的臨近地帶，從而在自身生產一種分子女人。[21]

德勒茲（和瓜塔里）解釋說，生成女人不是鼓吹某種形式的「雙重性徵」。「雙重性徵」不過是把兩性對立起來，加以內化的結果。生成女人是要解除對克分子實體的束縛，對其各個部分加以重新投

---

[20] Deleuze and Guattari, *A Thousand Plateaus: Capitalism and Schizophrenia*, especially chapter 10, trans. Brian Massumi, Minneapolis: University of Minnesto Press, 1987.

[21] Ibid..

資，以便充分利用無器官身體的其他粒子、流動、速度和強力。在文學中，這體現為「像女人一樣寫作」，甚至最具菲勒斯精神的作家，如勞倫斯和米勒，在寫作中也不能不有生成女人的傾向，不能不依賴生成女人的過程。德勒茲（和瓜塔里）進而把所有生成說成是「少數的」和分子的，而不是多數的和克分子的。「少數」不是量的概念，而指分子過程，而「多數」則指依據權力關係進行的群體劃分，即占統治地位的群體。之所以不存在生成男人，正因為男人是占統治地位的克分子實體。因此，生成女人涉及超越固定主體和穩定結構之外的一系列運動和過程，是逃離以女人為代價賦予男性以特權的二元系統的最佳路線。但這對女性主義者來說未必是福音，因為生成女人意味著超越同一性和主體性，打破和開放逃逸路線，從而把同一性統轄在「一」之下的上千個微小性別（tiny sexes）「釋放」出來。[22]

第三條較具遊牧性質的「逃逸線」是從封閉的、等級的思想獨裁的逃離，從獨裁的符號系統強行的意義等級制的逃離，因此也是從作為「條紋」（striated space）或「網格」（grid space）空間的社會和文化現實的逃離，繼而把思想帶入一個「平滑」空間（smooth space），一個不是由意義的等級制而由多元性決定的王國。德勒茲（和瓜塔里）的遊牧思想就是從事這種「逃逸」的。[23]

---

[22] Deleuze and Guattari, *A Thousand Plateaus: Capitalism and Schizophrenia*, especially chapter 10, trans. Brian Massumi, Minneapolis: University of Minnesto Press, 1987.

[23] Deleuze and Guattari, *A Thousand Plateaus: Capitalism and Schizophrenia*, especially chapter 12, "Treatise on Nomadology: The War Machine", and chapter 14, "1440: The Smooth and the Striated", trans. Brian Massumi, Minneapolis: University of Minnesto Press, 1987.

在德勒茲（和瓜塔里）看來，思想獨裁主要是由特殊的符號系統造成的。每一個符號系統都是由異質因素構成的一個「個體性」（haecceity），而一個「個體性」就其個體聚合而言又是一個整體，包括氣候、風、季節、時間，以及棲居於這些元素中的物、人和動物。[24]人作為主體就是由這些個體性構成的，因此也是由作為意義和指意系統的符號系統所構成的。這樣的符號系統主要有三個：第一個是「前指意符號」（pre-signifying signs）系統，它是多元的、多聲部的，能防止普遍的暴政；第二個是「對抗指意符號」（counter-signifying signs）系統，它在性質上是遊牧的；第三個是「後指意符號」（post-signifying signs）系統，它是主體得以構成的主體化過程。這三個系統可以混合起來，但由於它們與特定的組合相關，所以往往只有一個系統占主導。[25]

此外，德勒茲（和瓜塔里）還區別了「偏執式的指意符號」和「情感的、主觀的、獨裁的後指意符號」，除運動的力度和方向不同外，這兩種符號都是虛幻的，都是瘋癲的表現。「偏執式的指意符號」始於概念，由「圍繞思想而組織起來的」力發展而來，因此是力的內化，並以此為基礎來闡釋世界。「獨裁的後指意符號」是外力作用的結果，是以情感而非概念為表現的，而且與猶太教的歷

[24] Deleuze and Guattari, *A Thousand Plateaus: Capitalism and Schizophrenia*, especially chapter 10, trans. Brian Massumi, Minneapolis: University of Minnesto Press, 1987.

[25] Deleuze and Guattari, *A Thousand Plateaus: Capitalism and Schizophrenia*, especially chapter 15; and also Deleuze, *Proust and Signs: The Complete Text*, trans. R. Howard, *Theory out of Bounds*, vol. 17, Minneapolis: University of Minnesota Press, 2000. Also see Massumi, Brian, 1998, "Deleuze", in *A Companion to Continental Philosophy*, Critchley, Simon and Schroeder, William R.（ed.）; London: Blackwell Publishers, 1999.

史遺產密切相關——猶太人逃離古埃及的奴役，進入荒漠，也就是向遊牧生活方式的一次逃遁。但不幸的是，這種遊牧因素後來被情感主觀符號系統的獨裁主義吞噬了。

真正的遊牧符號系統是對抗指意符號系統，這些指意符號包括希伯來文化的獨裁主義，以及像國家機器這樣的統治機器。遊牧就是生成。遊牧的目的就是為了擺脫嚴格的符號限制。猶太人為了擺脫古埃及的限制而走上了遊牧逃亡路線。德勒茲說，遊牧生活猶如幕間曲（intermezzo），它肯定「中間」，高揚「生成」，否定一切關於起源的思想，並向一切抑制系統開動「戰爭機器」。遊牧思想是一種反思想（anti-thought）。它反對理性，推崇多元。它立志推翻「我思」（cogito），旨在建立一種外部思維。它攻擊總體性，欲變思想為「戰爭機器」。它抵制普遍的思維主體，結盟於特殊的個別種族。它不寄寓於有序的內在性，在外在元素中自由運動。它不依賴於驕橫的同一性，駕馭著差異的烈馬在曠野上任意馳騁。它不尊崇人為劃分的主體、概念和存在這三個再現範疇，而用無限界的傳導活動取代機械的類比。

遊牧思想的空間不同於國家的空間，二者的關係就如同空氣之於地球。國家空間（state space）是「條紋狀的」，「網格式的」，其中的運動要受水平面引力的限制，因此只能在固定的「點」之間運行。遊牧空間（nomadic space）是平滑的、開放的，其中的運動可以從任何一點跳到另一點，其分配模式是在開放空間裡排列自身的「諾摩斯」（Nomos），而不是在封閉空間裡構築戰壕的「邏各斯」（Logos）。由此而引申開來的遊牧藝術、遊牧科學也不同於皇家藝術、皇家科學：遊牧藝術利用物質和力，而不是質料和形式。皇家藝術借助不變的形式確立常量，規訓和控制沉默而野性的質料；相反，遊牧藝術試圖把變數置於永久變化的狀態之中。皇家藝術採取的是質料－形式模式，把形式強加於位於次要地位的質料之上；遊牧藝術從不事先準備質料，以使其隨時接受某種強制性的形式，而是用眾多相關的特性構成內容的形式，構成表達的質料。[26]

思想的平滑空間，思想的遊牧式巡迴，說到底也就是斯賓諾莎的「倫理學」，尼采的「快樂的科學」，阿爾托的「戴皇冠的無政府」，布朗肖的「文學空間」，以及福柯的「外部思想」。這至少說明了遊牧思想可以呈現多種形式，就德勒茲和瓜塔里自己的看法，最平滑的平滑空間不是文學，不是哲學，而是數學和音樂。這等於說，任何人都可以成為哲學家和思想家，只要能打破成規，突破舊俗，挖掘出自己所用媒介的潛力，跨越擋在面前的一座座高原的話。

四

德勒茲的生成哲學說到底是一種關於越界的哲學，關於逃逸的哲學，關於圈定界限、然後再跨越界限的哲學。他稱這種劃界和越界為「轄域化」和「解域化」。在《反俄狄浦斯》中，德勒茲和瓜塔里把「解域化」描寫為「一種即將到來的分解」；在《千座高原》中，是一種組合的前沿；在《卡夫卡：走向小民族文學》中，是迫使語言「口吃」的一種文學策略；而在《什麼是哲學？》中，

---

[26] Deleuze and Guattari, *A Thousand Plateaus: Capitalism and Schizophrenia*, especially chapter 12, trans. Brian Massumi, Minneapolis: University of Minnesto Press, 1987.

「解域化」又可以是物質的、精神的或靈魂的越界。無論如何，解域化是通過逃逸線運行的，而這些逃逸線的開關是為了突破固定靜止的關係，使這種關係所包含的身體暴露給外界，使其接觸新的組合，從而創造新的境界。從這個意義上說，解域化之前必須轄域化，必須對一個位置或局部加以圈定，當它達到一定強度時，便通過逃逸線衝破這個轄域區，而進入新的領域。由此，我們可以看出：第一，解域化是一種創造性突破，是導致事物變化的過程；第二，解域化與轄域化不是二元對立、不是矛盾的，而是一個過程的兩個步驟，解域化本身內在於轄域化之中；第三，解域只有在轄域達到一定強度時才能發生，二者間不是否定關係，而是一種生成關係。

這就好比福柯在「越界之序」中提出的「界限」和「越界」這兩個概念：「界限和越界不管擁有什麼樣的強度，都是相互依賴的——界限如果是絕對不可跨越的，它就不可能存在；反之，越界如果只跨越由幻覺和影子組成的一個界限，那麼越界也就毫無意義了。」[27]轄域界限的強度是解域／逃逸／越界的先決條件；轄域／界限的意義恰恰在於解域／越界的可能性，在於解域／越界的行為，因此二者之間並不存在兩極對立，其發展「採取螺旋的形式，任何簡單的違規都不能窮盡它」。[28]福柯用了一個非常有啟發性的例子，即黑夜裡的閃電來說明界限與越界的相互強化作用。閃電「從一開始就給予它所否定的黑夜以濃濁渾厚的強化，從內到外，從上

[27] Foucault, Michel, *Language, Counter-memory, Practice: Selected Essays and Interviews*, Ithaca: Cornell University Press, 1977，p.34.
[28] Ibid., p.35.

到下，照亮了黑夜；然而，只有在漆黑的夜裡，它那灼眼的明亮，那具有穿透力的、平穩的獨特性，才能顯示出來；閃電一俟用自己的主權給這個空間標上了記號，給這個黑暗命了名，然後就又自行消失在這個空間之中了。」[29]閃電與黑夜的關係並不是相互對立或顛覆的關係。閃電通過照亮黑夜而強化了夜的黑暗，同時，它自身的亮度也由於夜的黑暗而得到了進一步強化，從而顯示了獨特的力量，一股統一的力。然而，當閃電完成了照亮黑夜的任務時，當它強化了黑暗，確立了自己的主權、履行了命名的功能時，它重又消失在黑暗之中，重又沉默了。換言之，它在照亮的行為過後即刻又被淹沒在它曾經照亮的那個空間之中了。但在這個無休止的差異和重複的運動中，那個被閃電照亮的空間，又重新把閃電淹沒的空間，決不會是被照亮之前的同一個空間，彷彿它的內部已經發生了變化，彷彿它的結構已經得到了改造，彷彿它的內在秘密已經洩露，就好比譯文在經過翻譯的行為之後不可能再是原文；或經過轄域的地帶一旦達到一定強度就必然出現逃逸路線，從而解域到新的領域。這個照亮的行為證實了黑夜的存在，強化了夜的黑暗，造成了黑夜與黑夜之間的差異，意義也便由此生成出來，製造了等待著轄域／解域的一個又一個空間。如福柯所說，它測量「它在界限的核心打開的那段多餘的距離」，追溯「導致界限上升的閃光」，最後跳入「生存地帶」的無限之中，而那就是「差異的生存」地帶。[30]

---

[29] Ibid..

[30] Foucault, Michel, *Language, Counter-memory, Practice: Selected Essays and Interviews*, Ithaca: Cornell University Press, 1977，pp.35-36.

這裡所質疑的是起源。作為照明行為的閃電為黑暗設定了界限，然後，在照亮黑夜或被黑夜淹沒時跨越了這個界限。黑夜再次降臨，等待著另一次閃電，一次又一次的閃電，以至無窮。但每一次都有所不同，因為每一次閃電的強度不同。閃光越強，對黑暗所遮蔽的世界的揭示就越多，反之亦然。這就好比翻譯一樣，原文被轉換成譯文，並在翻譯的行為中得到強化；然後，譯文需要進一步強化，抑或是來自原文的強化，或來自對譯文自身的翻譯的強化，這都是作為對可譯性或忠實性的檢驗。對於我們所處的這個翻譯的時代、重譯的時代，甚至翻譯競爭的時代，這種無休止的強化尤其重要。每一次強化都需要閃電，每一次閃電都是滲透，都是跨越邊界，都是消滅起源。起源的消失既宣佈了舊的界限的死亡——也就是人成為認識客體的終極界限，又宣佈了新的地域的誕生，在新的地域裡，「一種思想形式仍然是沉默的、摸索著的幽靈在探索界限」，致使「越界的行為取代了矛盾的運動」。[31]在這個過程中，越界的行為開闢出一個新的空間或新的地帶，它沒有起源，沒有終點，而只是一個生成的過程，蘊涵著眾多可能性的一個開口，因此也是組裝一台新的機器的場所。

這個「沉默的和摸索著的幽靈」就彷彿馬克思和德勒茲／瓜塔里所說的資本，它尋求設定界限，然後再在不斷生成的金融資本中跨越這些界限。如果我們借用或挪用德勒茲／瓜塔里的遊牧思想或資本的塊莖概念來解釋福柯的界限和越界思想的話，那麼，每一次越界都必然是一條逃逸路線，都是褶子的展開，都是對先前被資本

[31] Ibid., p.50.

所佔有、剝削因而耗盡能源的地域的解域化。資本從一地到另一地的運動，根據馬克思和德勒茲／瓜塔里對馬克思的闡釋，是一個轄域化、解域化和再轄域化的過程。轄域化指的是設定界限的時刻，此時，資本發現了最適合於生產和剩餘價值生產的場所。解域化的時刻指的是資本圓滿地實現了價值，致使新的更大的生產力在生產工具的不斷變革中改造現存的生產和消費機器。但是，這個經濟和社會進步的時刻也滋生了資本主義的權力因素，它阻礙著新的生產力的發展，不把剩餘價值用於擴大再生產的目的，而只滿足於現已陳舊的資本儲存，滿足於先前投資的利潤，這就是再轄域化的時刻。就根本原理來說，再轄域化在資本主義發展過程中幾乎是與解域化同步發生的。也就是說，一旦資本主義的權力因素不利於資本的擴張，或停步不前，或產生某種抑制作用時，資本就會試圖擺脫這種權力的束縛，逃離它的掌控，開闢新的領域。

德勒茲／瓜塔里在《千座高原》中提出的塊莖概念是解域化思想的哲學基礎。植物學上的塊莖指的是像馬鈴薯這樣的植物的地下支幹，它的水準結構不同於樹或根的樹狀（垂直）結構。根據德勒茲／瓜塔里，塊莖有六個特點，派翠克·海頓扼要地將其歸納如下：（一）它有能力不斷確立「權力的符號組織與組織之間的關聯，以及與藝術、科學和社會科學相關的狀況」。[32]（二）各種各樣的關係都是外在的，生產不可能自行封閉的開放系統。「事物」的本質不是固定的、理想的和形式的，而是模糊的、不準確的，它們只是臨時穩定下來的語言的、感知的、姿態的、環境的和政治的關聯，

[32] Deleuze, Gilles and Guattari, Felix, *A Thousand Plateaus*, trans. Brian Massumi, Min-neapolis: University of Minnesto Press, 1987, p.7.

以數量不等的方式組合在一起，它們本身就是由這些關係所決定的狀況、項目和活動的結果。[33]（三）不同條件和外部關係的這種繁殖是一種組裝，「一種繁殖的各個維度的增加必然會隨著關係的擴大而改變性質」，[34]與其他工作中的關係相互作用，與流動中的異質因素共同作用，以改變舊的關係，同時構成新的關係，把這種組裝變成一種合成的、開放的統一體。（四）這個開放的統一體是多向的；它在一個時刻遵循一條路線，在另一個時刻又遵循另一條路線。這正是我們剛才所說的轄域化、解域化和再轄域化，是「在異質條件之間多產關係的基礎上複雜組合發生的性質變化」。[35]（五）它總是有許多入口，使自身有效地參與各種活動和各種社會實踐，而塊莖本身則既由這些活動和實踐所構成，同時又充實它們的內容。（六）它是各種共存條件之間創造交往、越界、共棲聯合中的一種不規範的生成，構成了能夠進行改造的開放系統或組裝。這就是「發生在空間之間、外部關係在多元組合中穿越」的生成過程。

塊莖的這些特徵——關聯、異質、組裝、多向、開放和生成——「開創了一種全面的多元構成主義……涉及一種創造性的聯想主義，在實踐中把塊莖的概念與樹狀結構的等級圖式對立起來，與各種理論的、社會的、文化的和政治的關懷協調起來」。[36]這裡，我們特別感興趣的是組裝的概念，它作為為某一地域設定界限的過

---

[33] Deleuze, Gilles and Guattari, Felix, *A Thousand Plateaus*, trans. Brian Massumi, Min-neapolis: University of Minnesto Press, 1987, pp.7, 367, 407-408.

[34] Ibid., p.7.

[35] Hayden, Patrick, *Multiplicity and Becoming: The Pluralist Empiricism of Gilles Deleuze*, New York: Peter Lang Publishing, Inc., 1998, p.96.

[36] Ibid., p.94.

程，把不同的或異質的因素聚合起來，而在不改變整體的情況下這些個別因素是不能發生變化的。它同時既是解域化又是再轄域化，因為，在改造以前的關係性質的時候，它也改造了從一個地域到另一個地域的組裝，正如閃電照亮黑夜的瞬間過後，黑夜絕對不會是被照亮之前的同一個黑夜，因為閃電的不同強度已對被照亮的世界產生了不同的效果。同樣，在作為界限或邊界的原文被跨越或解域之後，它也發生了質的改變，因此，決不可能與翻譯之前的條件達到量的對應。它現在已經是一個被解域了的文本，一組新的關係中的一個新的組合，因為譯文是寫給新的文化背景中新的讀者的。「塊莖的組裝並不根據對應關係模仿、繁殖或再現任何基礎的本質。這是因為塊莖的性質是在其各種因素和表達形式的互動關係中形成的，它在塊莖改造自身的時候發生變化。」[37]

這組新的關係和條件發揮小的或分子的功能，與其相對照的是大的或克分子的功能，後者恪守不變的意義和本體，「熱衷於量本身而排除質的變化」。[38]小的或分子的功能標誌著一切生成的特點，這些生成「不模仿任何人或物，不與任何人或物相認同」，而「進入與**其他人或物**的合成之中」。[39]根據伊安・布坎南（Ian Buchanan）的理論，這個組裝的概念「增強了我們的烏托邦信念，即事物是變

[37] Hayden, Patrick, *Multiplicity and Becoming: The Pluralist Empiricism of Gilles Deleuze*, New York: Peter Lang Publishing, Inc., 1998, p.96.

[38] Ibid., p.97.

[39] Deleuze, Gilles and Guattari, Felix, *A Thousand Plateaus,* trans. Brian Massumi, Min-neapolis: University of Minnesto Press, 1987, pp.187, 272, 274; Hayden, Patrick, *Multiplicity and Becoming: The Pluralist Empiricism of Gilles Deleuze*, New York: Peter Lang Publishing, Inc., 1998, p.97.

化的，因為它[組裝]被界定為連續變化中的存在」。[40]這種變化就是把事物置入集體組裝的多樣性之中的結果，新的互動、新的關聯就是在永遠開放的關係系統中依據這種多樣性組織起來的。這些關係的流動性促成了生成他者的過程，促成了塊莖關係的質的變化，促成了異質因素的集體共存，最後，也促成了一種積極的微觀政治。

五

德勒茲／瓜塔里對小民族文學的分析，特別是對小民族、小民族語言和小民族文學作為異質因素而集體共存的特點的分析，就是這種微觀政治的具體實踐。這裡的小民族當然是用以區別於大民族的，後者把它的主體界定為「由特殊的對立本質或條件所構成的刻板的克分子實體，它們與不變的功能、意義和身分有著本質的關係」；[41]而小民族文學與大民族文學構成了「一種質的區別，在這種情況下，它指的是一切語言實踐的革命潛能，通過在表達與內容之間生產多樣的關係和關聯而向占主導地位的語言闡釋的二元對立形式發起了挑戰」，[42]就是說，通過建構多樣性和組裝（集體共存）而產生新的語境和經驗。

從根本上說，小民族文學，也叫小文學或小國文學，是德勒茲／瓜塔里微觀政治分析的客體，最初是弗朗茨・卡夫卡在 1911

[40] Buchanan, Ian, *Deleuzism: A Metacommentary*, Edinburgh: Edinburgh University Press, 2000, p.119.

[41] Hayden, Patrick, *Multiplicity and Becoming: The Pluralist Empiricism of Gilles Deleuze*, New York: Peter Lang Publishing, Inc., 1998, p.97.

[42] Ibid., p.98.

年 9 月 25 日的一則日記中提出來的，指的是卡夫卡早期創作生涯中一種新的語言經驗。德勒茲／瓜塔里首先在《卡夫卡：走向小民族文學》中挪用了這個術語，然後詳盡闡述了這個概念，在《千座高原》中將其用於其他幾個作家身上，最後，在《一份欠缺的聲明》中用這個概念討論了義大利劇作家卡米羅・貝尼（Carmelo Bene, 1937-2002）。作為微觀政治的客體和實踐，小民族文學這個概念指「語言的一種特殊用法，通過強化語言內部的固有特徵而解域語言的一種方式」。[43]它有三個特徵：(1) 對語言進行解域；(2) 把個體與政治現狀關聯起來；(3) 對言說進行集體組裝。[44]在德勒茲／瓜塔里的機器組裝的世界上，小民族文學是一個表達機器，是把表達與內容相融合的一種語言行為，「以便走向語言的極限或界限」。[45]通過同時梳理表達的流動和內容的流動，小民族文學（以及小民族語言）不僅挑戰了大民族文學（和大民族語言）中表達與內容的結構或有機對應所達到的邏輯性和一致性，而且發明了語言的生成，改變了經驗內部語言與非語言、話語與非話語因素之間的關係，表明了一種語言是眾多語言過濾的結果，從而打破了語言間的界限。[46]

在此，我們有必要簡要回顧一下卡夫卡關於小民族文學的日記。日記的第一段羅列了文學的益處或優勢，對本文的討論非常重要，值得長篇引用：

---

[43] Bogue, Ronald, *Deleuze on Literature*, London and New York: Routledge, 2003, p.91.

[44] Deleuze, Gilles and Guattari, Felix, *Kafka: Toward a Minor Literature*, trans. Dana Polan, Minneapolis: University of Minnesota Press, 1986, pp.16-18.

[45] Ibid., p.23.

[46] Hayden, Patrick, *Multiplicity and Becoming: The Pluralist Empiricism of Gilles Deleuze*, New York: Peter Lang Publishing, Inc., 1998, p.98.

我通過洛維所瞭解到的華沙的當代猶太文學，以及部分通過自己的理解所瞭解到的當代捷克文學，都表明這樣一個事實，文學的許多優勢——精神的攪動，在公共生活中常常未能實現，而且總是傾向於分解的民族意識的統一，一個民族從自身文學中獲得的驕傲，在面對周圍充滿敵意的世界時所給予的支持，一個民族所保留的、完全不同於歷史編撰並導致更加迅速（然而又總是經過嚴格審查的）發展的日記，寬泛的公共生活領域的精神化，對那些不盡人意的、並在這個只有惰怠才能產生危害的領域裡很快就應用的那些因素的同化，繁忙的雜誌所創造的對一個民族整體的不斷整合，一個民族逐漸把注意力集中在自身之上，而只接受外來的反映的東西，對活躍的文學人物的崇拜，暫時的但仍然能留下永久痕跡的喚醒年輕一代的遠大抱負，承認文學事件是政治憂患的客體，父輩與子輩之間對立的意義，以及對此展開討論的可能性，以一種非常痛苦的、但也暢所欲言的和值得諒解的方式呈現民族的錯誤，開展一種活躍的、因此也是自尊的圖書貿易，以及對書的渴求——所有這些努力都可以通過一種文學發揮出來，事實上，這種文學的發展還沒有達到非常廣泛的規模，只是看起來規模很大，因為缺少重要的天才。[47]

[47] 此段文字由英文譯出，參照了孫龍生先生自德文的譯文。見葉庭芳主編《卡夫卡全集》第六卷，河北教育出版社，1996 年，第 166－167 頁。Kafka, Franz, *Diaries: 1910－1913*, New York: Schocken Books, 1949.

顯然，卡夫卡是在討論意第緒文學和捷克文學，它們都是小民族的小文學。但在上述優勢發揮作用的過程中，一個民族或一種文化的大小並不起關鍵作用。事實上，在文學與政治的關係上，小民族比大民族更佔優勢。在小民族中，競爭的作家們可以保持相互獨立，因為小民族中沒有占統治地位的人物去左右他們，所以缺少天才也不是件壞事。「文學史提供了一個不可改變的、可靠的整體，它幾乎不受時下趣味的影響」，所以，「不會有忘卻也不會有記憶」。[48]在小民族內部，「文學與其說關注文學史，毋寧說更關注人民，因此，即便不是純潔的，那至少也能可靠地保留起來」。[49]最後，在小民族內部，一部作品的「界限」並不是由它與其他作品的關聯，而是由它與政治的關聯所決定的，因為小民族的文學堅持高喊政治的口號，內嵌著對個人和對政治的闡釋，它在全國各地傳播，接觸較大的受眾，就彷彿生與死的問題一樣關係到每一個人。[50]這最後一點，即小文學徹底的政治性，文學在世界中、因而在我們的日常生活中的義務，是德勒茲／瓜塔里挪用這個術語的唯一原因。

卡夫卡本人沒有提到的、但德勒茲／瓜塔里試圖附加在這個名單之上的就是——卡夫卡是在描寫一個非常特殊的社會和語言環境——他是用德語寫作的一個布拉格猶太人。弗雷德里克·卡爾在卡夫卡傳記中說，他所生活的世界「被敵人包圍著，被將死和已死的兄弟們侵擾著，被內部的和外部的命令支配著，在他看來，他本

48 Kafka, Franz, *Diaries: 1910-1913*, New York: Schocken Books, 1949, p.193.
49 Ibid..
50 Ibid., p.194.

人扮演著一個邊緣的角色，被一個隻知道以自己冷酷的欺負、強迫、需要剝削兒子感性的父親驅逐著，同時又完全屈從於已然成為父系世界的附庸品的母親。」[51]這個生活的世界實際上只是一個界限，一條邊界，被兩個世界擠壓在中間，飽受進退維谷的張力之苦，這是在布拉格長大的許多年輕猶太作家所處的社會環境，也是普遍的生存困境。從根本上說，這樣一種生存困境是語言造成的。卡夫卡在上中學之前一直學習捷克語，因此比起德語來捷克語更為親切，儘管他是通過德語而接觸文學大師的。作為一個「受過德語教育的人」，卡夫卡生活在德語和捷克語混合的語言環境裡，他講的是一種特殊的語言：布拉格德語，在發音、句法和詞彙上都受到捷克語的嚴重影響，在某種意義上，那是一種日爾曼化了的意第緒語，按照德勒茲／瓜塔里的說法，也是一種被解域了的德語。德勒茲／瓜塔里在採用這個術語時的確要表明一種政治行為。一種被解域了的語言是「語言的小民族應用」，是「對標準因素的一種破壞性毀形」，[52]是在大民族語言中雕刻出來的一種小民族方言。它適合外來的小民族的應用，就彷彿「從德國人的搖籃裡偷走孩子的吉卜賽人」，也可以比作「今日的美國黑人對英語語言的應用」。[53]

對於剛剛脫離了農民之根而來到布拉格的許多猶太人來說，他們講的布拉格德語是一種矯揉造作但卻正規的書面語，就彷彿我們

[51] Karl, Frederick R., *Franz Kafka: Representative Man*, New York: Ticknor & Fields, 1991, p.37.

[52] Bogue, Ronald, *Deleuze on Literature*, London and New York: Routledge, 2003, p.97.

[53] Deleuze, Gilles and Guattari, Felix, *Kafka: Toward a Minor Literature*, trans. Dana Polan, Minneapolis: University of Minnesota Press, 1986, p.17.

大多數人今天學到的書面英語一樣。它本身已經脫離了自身的語言和文化環境，在異國他鄉受到肆意的濫用，在句法結構、詞彙意義和語音等方面都受到當地方言的嚴重影響，比如，「不準確的介詞；代詞的濫用；可變性動詞的使用……；副詞的繁多和連用；難懂的內涵意義；對作為詞的內在張力的語音的強調；對作為內在失調之組成部分的輔音和母音的分配」。[54]所有這些展示了布拉格德語「解域化的高度協同因素」：一方面，它由於脫離本土語境而失去了自身的穩定性；另一方面，又由於這種小民族的應用而成為一種特殊的語言，它使布拉格的猶太人成了講母語的外國人。在這種情況下，有人提出要豐富這種語言，「用象徵、夢幻、深奧的意思、隱蔽的能指等使它膨脹起來」。[55]但卡夫卡卻選擇了相反的道路——他要使這種布拉格德語更加貧乏，讓它進一步失去穩定性，失去規則，打亂重音和節奏，抽空一切象徵、夢幻、深奧的意思，從而增強其情感力度，彷彿要用刺眼的閃電照亮漫漫長夜一樣。不難看出，卡夫卡和當時的一些布拉格猶太人已經開始對德語進行一種小民族的應用了，並有意在自己的文學實踐中操縱、發展、改變和擴大這種傾向。而在當代全球化的語境下，這似乎已成為後殖民作家和文化批評家的一件利器了。

其實，對德語的這種小民族應用是語言的一個施事功能或述行功能。從語用學的觀點看，行為是在一個陳述中完成的，陳述實現了行為。「語言的唯一可能的定義就是一組定序詞，含蓄的假設，

---

[54] Ibid., p.23.

[55] Deleuze, Gilles and Guattari, Felix, *Kafka: Toward a Minor Literature*, trans. Dana Polan, Minneapolis: University of Minnesota Press, 1986, p.19.

或在特定時間內一種語言中現行的言語行為」。[56]如德勒茲／瓜塔里所詳盡闡述的，陳述與行為之間的關係不僅是在「特定時間內」確定的，而且是在特定的社會領域內、在特殊的語境下、在「關係和條件不斷互動的過程中」完成各種各樣的組裝的。所謂「定序詞」就是有固定詞序的詞，這種詞序是一組權力關係，一個複雜的關係網絡，除了語言內部的許多範疇、分類、二元對立、聯想、規範、概念和邏輯關係外，還包括實踐、制度、商品、工具，以及由力所構成的各種物質關係。世界就是由於這些「定序」和複雜的關係網絡而具有了某種連貫性和組織性的。正是在這個意義上，德勒茲／瓜塔里才認為語言的基本功能不是交流資訊，而是強加權力關係。語言是一種行為方式，一種做事的方式，是共同發生作用的許多相異的行為和實體的組裝，它分兩個層面：一個是非話語的層面，即身體的機器組裝，包括「行為和激情，互動的身體的相互融合」；另一個是話語的層面，即表達的集體組裝，包括「行為和陳述，是身體的非物質性變化」。[57]這裡，表達的集體組裝指的是各種行為結構、制度和實體，它們是語言陳述的必要前提，是語言實現行為的過程，它們不通過身體的互動或物質性變化而只通過言語行為來改造世界的元素和構造。這兩種「組裝」是相互獨立的、相異的：「你永遠不能讓一種表達形式簡單地再現、描寫或證實某一相應的

[56] Deleuze, Gilles and Guattari, Felix, *A Thousand Plateaus: Capitalism and Schizophrenia*, trans. Brian Massumi, Minneapolis: University of Minnesota Press, 1987, p.79.

[57] Deleuze, Gilles and Guattari, Felix, *A Thousand Plateaus: Capitalism and Schizophrenia*, trans. Brian Massumi, Minneapolis: University of Minnesota Press, 1987, p.88.

內容……在表達非物質屬性時，並借此把這個屬性歸於那個身體時，你不是在再現或指涉，而是在干涉——那是一種言語行為。」[58]於是，物質和再現、形式和內容、能指和所指之間的界限被打破了；言語直接參與了物質世界的行動。

然而，表達的集體組裝和身體的機器組裝又是可以關聯起來的，把它們相關聯的東西叫做「抽象機器器」。它之所以抽象，是因為它沒有具體的物質形式，是虛擬的但卻內在於真實的世界之中。具體地說，一個詞在不同的說話者那裡可以顯示不同的聲音屬性、有不同的語音和語調、不同的抑揚頓挫、不同的說話方式，而這些又決定著這個詞的意義變化。也就是說，一個詞可以隨聲音的變化而產生意義的變化，而一個詞是可以有許多不同的聲音變化的，這些變化構成了一條內在的連續變化的路線，即一個連續體，一個詞的每一次具體發音都是這個連續體的一個點的具體體現。同樣，一個詞義的每一次表達也是該詞在它的連續變化路線上的一次具體體現，是在一個特殊環境內部的一次特殊行動，是對身體的機器組裝的一次干涉，同時也決定著它的結構、實踐和實體網路。這條連續變化的路線就是語言內部固有的「抽象機器器」。按照這種理解，語音就不是傳統語音學所界定的那種精神常數，即一個音素的意義是由它與其他音素之間的關係決定的；詞義也不是傳統語義學所界定的那種單獨的表義核，即一個穩定的意義只在不同語境下發生偶然的變化；而是無始無終的一條連續變化的路線，它的每一點都是語言（語法、句法、詞彙、語音等）的一次小的應用，都是

[58] Ibid., p.6.

對穩定的語言規則的一次破壞，都是對大語言的一次顛覆。因此，布拉格猶太人的德語、加勒比海地區的克里奧爾語、美國的黑人英語、亞太地區的洋涇浜英語、孟加拉人的印度英語、或中國人的中國英語，以及非洲英語，就都成了英語的一種小民族應用。同樣，相對於標準語而言，方言、俚語、土話、行話等非標準語，也都變成了語言的一種小民族應用，不僅把語言的和非語言的因素引入變化之中，而且開創了在一種語言內部講雙語、多語的機會，也創造了在母語內講外語的方式。這樣理解的話，我們通過語言所經驗的世界就總是在變化的過程中，總是在根據各種不同的關係而進行的「建構」中，總能夠揭示出這些關係中的社會、歷史和政治特性。每一次變化、建構和揭示都不過是一條逃逸路線，一次變體，它對語言的標準和規則，對常規語言的習俗、制度、實體和環境加以解域、破壞、毀形。這就是小民族語言為抵制標準用法的嚴格限制，為確立語言權力結構的非標準界限，為達到解域語言的政治目的，而採取的越界和挪用策略。

如前所述，小民族中的「小」當然是針對「大」而言的，但卻不完全是德里達的二元對立中直接對立的或等級制的兩項。「大」是主導、是標準，因此是權力的施行。「小」是亞系統，是相對於不變數的變數、相對於標準的違規、相對於穩定的變化。大和小不是由數量來決定的；大可以是少數人，權力、標準、主導地位總是在少數人的掌控之中，而小則可能是多數人，是被統治的人民大眾，是在數量上超過男性的女性，或超過白人的有色人。因此，就權力關係而言，這裡的「少數」仍然是大，「多數」仍然是小；因為大永遠統治小，永遠是用來衡量小的標準；從大到小的路線始終是單向的。但小是變化的因數，具有創造的潛力和生成的力，它表明歷史長河中的流動、變化、生成，而這才是創造之道。小的變化是以對大的利用為體現的，是以變對不變發揮功能的，是以不規範的用法對主導規則發生衝擊而實現對語言的解域的。在這個意義上，作為主導規則的大民族語言不過給小民族的用法劃定了變化的區域；小民族用法在打破這些區域的界限時，在僭越大語言所規定的律法時，直接參與了表達的集體組裝，進入了一個不斷生成他者的鏈條，而所創造的卻不是個體的聲音，而是一個未來民族的聲音、一種眾聲喧嘩的普遍語言、一種將奠基新的「世界文學」的「世界語言」。而作為通過語言和聲音實現對語言的小民族用法的文學、戲劇、音樂等藝術樣式，都不可避免地參與了這種組裝，把眾多語言和非語言的因素置於一種流浪的、遊牧的、永久的運動之中，把語言的全部不變數變成了一個變化的連續體，這本身就是對現實的政治參與，通過參與而捕捉、瓦解、改變並重新組裝現存的力的關係。

六

德勒茲／瓜塔里創造性地運用了卡夫卡的小民族文學概念，當然不是為了闡釋卡夫卡的生活和創作，而是非常有選擇性地閱讀了他的日記和信箚，尤其有目的性地選擇了關於小民族文學的幾則，並擴展了小民族文學的範疇，使之不僅指小民族的文學，而且指一切被壓迫民族的文學，包括現代主義的先鋒文學。在這些寬泛的範疇之內，卡夫卡與喬伊絲、普魯斯特和貝克特等「大」作家所共用的聲譽似乎被貶降到「小」作家的地位了，即從國際性作家變成了民族作家。這部分由於以前的卡夫卡批評中除了短暫的生平介紹外而大多忽視了他作為布拉格猶太人的民族身分，部分由於德勒茲／瓜塔里把卡夫卡日記中陳述的語言和風格的觀點加以引申，擴展到一些文學外部的因素上來，尤其是政治的因素，事實上，恰恰是由於這些擴展，卡夫卡才贏得了更令人矚目、更普遍的批評注意力。這為卡夫卡作品的闡釋、批評和翻譯工作提出了新任務，而在引申意義上，也包括所有現代派的作品、所有大師的經典作品、處於殖民和後殖民狀況中的印度文學、加勒比海地區的文學、美國黑人文學、美國亞裔和華裔文學等。一般說來，在過去的翻譯中，這些文學的作品幾乎都被歸化了，這種歸化的闡釋和翻譯只感興趣於使理解和譯文服從於特定讀者的審美標準，而忽視了原文的小語言風格，自不必說這些作品中的小民族性格了，而這恰恰是揭示作者／讀者／譯者之重要意義的關鍵。

而更為關鍵的是德勒茲／瓜塔里關注的小民族文學對語言的小民族應用。它揭示了現代主義文學的政治性，而在過去的批評中，現代主義文學一般被看做是非政治的、純美學的、逃避現實的。作為對語言的實驗，現代主義文學揭示了語言中蘊涵的政治性，而在以前的研究中，這些實驗通常被看做是純粹的形式翻新。更重要的是，它揭示了大多數名著中蘊涵的社會和政治批判，這也是以前所忽視的，但一旦把注意力從非政治轉向政治，便會一目了然的。這將為跨文化翻譯和新時期的比較文學規定一個新的日程。一方面，一種被解域的語言將導致一種被解域的文學，因此也導致一種被解域的閱讀／翻譯；另一方面，為了提出新的概念和理論，適應新的環境和建立新的關係，就必須動搖和突破以前占主導地位的界限和邊界，開展新的越界和挪用，確立閱讀／翻譯的多元性，也即文學傑作的多樣化閱讀／翻譯，從而為新時期的比較文學開闢一條廣闊的路。

閱讀／翻譯的多元性無疑最能體現在卡夫卡、貝克特、康拉德（Joseph Conrad, 1857-1924）和喬伊絲等思想性強的作家身上，他們都聲稱是講母語的外國人；但也同樣體現在莫里森（Toni Morrison, 1931）、拉什迪（Salman Rushdie, 1947）和庫切（John Maxwell Coetzee, 1940）等當代作家身上，他們聲稱是用敵人的語言寫作的作家；這個名單還可以包括像賽義德（Edward Said, 1935-2003）、斯皮瓦克（Gayatri C. Spivak, 1942-）和霍米・巴巴（Homi K. Bhabha, 1949）這樣的後殖民文化理論家、批評家和思想家，他們作為後殖民狀況下的知識分子的特殊地位為他們提供了實踐語言的小民族應用或微觀政治的絕好機會。在這樣一個文學和文化氛圍內，讀／譯者需要認真對待作為語言的小民族應用的小民族文學，它是強化種族興趣，以便更準確、更忠實地閱讀／翻譯外來小民族方言的一個重要途徑。但讀／譯者也必然要超越這一步，成為一個「叛徒」，就是說，背叛「主導意義和既定秩序」的世界。[59]在這個意義上，讀／譯者就是一個小民族作者，但承擔的卻不是作家、演員或導演的任務，而是一個操作者、控制者、技師，甚至是一個接生婆，他／她通過閱讀／翻譯而幫助生產一個巨人，要麼就生產一個怪物。讀／

[59] Deleuze, Gilles and Guattari, Felix, *A Thousand Plateaus: Capitalism and Schizophrenia*, trans. Brian Massumi, Minneapolis: University of Minnesota Press, 1987, p.41.

譯者也是一個批評家，把閱讀／翻譯作為批判權力關係的一個手段，他／她的任務是把權力關係當做語言的常數和不變數，當做解構的對象，並觀察這種解構的結果和可能出現的新的建構。在這個意義上，讀／譯者就是一個分解者，他／她分解原文的唯一目的就是建構詞語、句子和文本的全部可能的連續變體，包括聲音的格調、重音、面目表情、姿態、手勢、運動，以及一切外在的、非語言的和非話語的因素。最後，讀／譯者是言語行為者，他／她的重點在於語言的施事，在於破解傳統形式的批判功能，在於生產新的變形的連續體（而非新的形式）的創造功能，這樣才能在語句的表達中生成新的語義內容，從而產生新的思想。

第5章

詹姆遜：現代性與資本的現代敘事

投機——抽取國內工業的利潤，不完全為發掘新市場（市場已經飽和），而是為金融交易中唾手可得的新的可觀的利潤——是資本主義現在用來反作用和彌補行將結束的生產階段的途徑。資本本身變成自由浮動的了。它脫離了生產的具體環境……資本逃逸這種事情是存在的——停止投資，經過深思熟慮的或急於求成的為高利率的投資回收和廉價勞動而投向更青蔥的草原……這一自由浮動的資本在一個新環境中開始生存——不再是廠房和開採與生產的空間，而是在股票市場的地板上，為更大的利潤而奔忙著……價值的幽靈在碩大的、世界範圍內的、支離破碎的幻影中相互角逐。

——弗雷德里克・詹姆遜（Fredric Jameson），

《論作為哲學問題的全球化》

一

詹姆遜（Frederic Jameson, 1934-）於 2003 年發表的專門論述現代性的著作《單一的現代性：現代性的哲學和意識形態分析》中提到「當下時代的倒退」。[1]所謂「倒退」，實際上指的是當前環境下一些傳統學科、思想、觀念乃至概念的回歸和重建，而決不是人們通常認為的對舊事物的徹底清除，或過去時代的絕對重現。在詹姆遜看來，後現代性的偉大成就體現在兩方面：一個是「理論」或理論話語的確立和繁殖；另一個是以羅蒂和布林迪厄（Pierre Bourdieu, 1930-2002）為代表的學科批判。這些理論話語和學科批判的出現無疑貶低了傳統哲學的科學意義，促發了各種各樣新思想和新概念的寫作。

然而，就在這些浮躁嘈雜的多聲部理論當中，我們已經開始目睹了傳統哲學在世界範圍內的回歸。回歸最早、規模最大的恰恰是最古老的哲學分支：倫理學。這從一個簡單的事實中就可以看出來。近些年來，美國大學哲學系開設的倫理學課程和為倫理學學科設立的教職遠遠超過了哲學的其他分支，這必然導致了大量倫理學論著的問世。當然，新環境下「回歸」的倫理學討論大多是探討生命科學的，反映的多是醫學、遺傳學和環境科學方面的倫理問題，因此，這與其說是傳統哲學意義上的倫理學，毋寧說是政治科學。

---

[1] Jameson, Fredrik, *A Singular Modernity: Essay on the Ontology of the Present*, London: Verso, 2002.

按照這個邏輯推演下來，探討新時期出現的新問題的傳統形而上學和神學的回歸也不會為期太遠了。

幾乎與倫理學同時回歸的（抑或是倫理學回歸的結果），是科目龐雜、框架宏大的政治哲學的重現。這激發了對一些傳統話題的熱烈討論，包括制度和公民權問題，公民社會和國會代議制問題，責任和公民道德問題。早在 18 世紀末，這些就已是眾所矚目的熱點問題了。不言而喻，這些政治哲學問題在當下時代的重現和討論也必然在經濟領域攪起洶湧的波瀾，這就是以市場和消費為主導的政治經濟的出現。在某種意義上，當今世界是由經濟操縱的，是以廣告形象為主導的，所以，按照詹氏的後現代二律背反，這些經濟或廣告形象（或幻象）必然導致美的回歸，也即詹姆遜所說的「美學的復興」。

一般認為，傳統美學作為一個獨立學科或哲學的一個分支既是現代主義的發明，同時又隨著現代主義的興起而分解。現代主義幾乎在提出種種美學問題的同時，就以形形色色的崇高形式塗抹了美學的蹤跡。但是，今天人們何以重提美的問題呢？這是因為美學的核心命題，美學的資產階級動機，主要體現為兩個終極目的：一個是純粹裝飾和愉悅的平庸化；另一個是對種種審美意識形態加以理想的情感化。對此又做何解釋呢？在 20 世紀 60 年代，即後現代主義開始的時候，文化的大規模擴展打破了傳統藝術的狹隘框架，使其具有了揮發性，小說、繪畫、建築等藝術從藝術界消失，徑直走向了世界，走向了環境，使得世界和環境本身審美化了、藝術化了。藝術客體變成了空間、變成了形式、變成了生活的裝飾品，藝術與世界體現為一種共謀的關係。在這種狀況下，個體藝術家消失了，取而代之的是集體藝術；個別主體的聲音聽不到了，取而代之的是無數主體同時說話的「多聲部」。但這並不代表美學和藝術的終結。在崇高與優美的對立中，現代主義代表崇高的衝動，後現代主義代表美和裝飾。後現代主義的美，或者說美在後現代的回歸，雖然也是一種「世紀末現象」，但已不具有上個世紀末的美的那種顛覆性和批判性，而成了消費社會的消費對象，它固存於商品社會的物品之中，固存於廣告社會的形象之中，也固存於被商品化、被形象化和被消費的「簽名」之中。

在詹姆遜看來，利奧塔的後現代性，他所擯棄的歷史的「宏大敘事」，他為之喝彩的眾多的後現代語言遊戲，實際上並不是對過去的徹底擯棄和遺忘，而是像後現代的歷史小說一樣，用臨時的、可隨意處置的經典形式進行重創和再造，對星雲般的文本及文本關係進行消解和取代。這種重創和再造、消解和取代毋寧說是在眾多互文本中進行的文本生產，一個典型的例子就是德勒茲在重新發現的基礎上，用後當代（post-contemporary）習語對尼采和康德、對休謨和萊布尼茨等經典哲學家進行的重寫。

利奧塔與德勒茲是在許多方面都迴然不同的思想家，但有一點是相同的：他們所致力的都是政治美學；他們本質上都是現代主義者，都熱情地投身於真實、可靠、激進的事業。利奧塔表面上致力於後現代政治，實際上從事的是美學的現代主義，恰如本雅明（Walter Benjamin, 1892-1940）以神學的救贖觀念掩蓋他的政治活動一樣。因此，利奧塔也必然要重新啟用一種最古老的時間模式，即有關書籍的循環模式，而只這一點就足以使他提出那個蠻橫無禮的觀點，即後現代主義不是出現在真正的現代主義之後，而在它之前，因此為真正的現代主義回歸鋪平了道路。

但是，利奧塔的「回歸」並不是詹姆遜所羅列的那些回歸。他的「回歸」暗示了兩個有用的結論。首先，後現代依賴於現代主義種種求新的欲望和範疇，無論怎樣花言巧語，它都無法徹底否認這種依賴。從本質上說，無論是風格的終結，還是主體的死亡，後現代主義都無法擺脫創新求新的最高價值。現代性也好，後現代性也好，它們從根本上信奉的是同一個「神」，即差異哲學。其次，武斷地拋棄歷史的宏大敘事和目的論並不難，但要脫離歷史敘事和目的論進行理論建構，卻不那麼容易。一如既往，詹姆遜仍然堅持認為利奧塔論證宏大敘事終結的理論本身就是另一個宏大敘事，正如他自己的馬克思主義文化批評理論也是一個宏大敘事一樣。同理，英美新批評派把詩歌語言凌駕於話語的其他敘事形式之上，在這個過程中也建構了一個宏大敘事，就彷彿被革命的浪漫主義所摧毀的一種保守的「歷史哲學」。

有鑑於此，詹姆遜得出結論說，對敘事的任何拒斥和擯棄都要求一種被壓抑的敘事的回歸。這種拒斥和擯棄無論怎樣證明其反敘事立場，都勢必離不開另一種敘事的建構。就方法論而言，任何意識形態敘事，當把矛頭指向敘事本身時，都必然潛藏於表面上看似非敘事的概念之中。換言之，表面上看似非敘事的概念必然隱藏著真正的意識形態概念。批評家的任務就是要挖掘出這些被壓抑的、潛藏的意識形態。這顯然是對他的政治無意識學說的一種新的詮釋。

現代性的一個無法逾越的範疇是現代化。現代化是二戰後出現的一個新詞。它總是與技術有關、與現時代有關、與進步有關。如果說 19 世紀末以來，尤其是第一次世界大戰後，資產階級思想家對與技術有關的進步觀念產生了懷疑、進行了批判，甚至加以消解的話，那麼，二戰後現代化理論的發明便使資產階級進步思想劫後逢生。以前，以蘇聯為首的社會主義陣營甚至提出了趕超西方工業的口號，以此作為現代性和現代化的目標。前蘇聯解體之後，史達林主義的現代化隨之被擯棄，人們普遍認為，馬克思主義和社會主義本質上是普羅米修士式的意識形態。與此同時，隨著生態運動、女權主義和左翼對進步和工業化的批判，西方的現代化概念也同樣貶值了。

在這種情況下，重提現代性就是一個姿態，是要解決問題的一個策略、一次努力、一種嘗試。不管怎樣，所謂的未發達國家仍然期待著「現代性」，仍然相信西方的民族國家早已實現了「現代化」，西方在各個方面都是「現代的」。於是，關於現代性及其相關概念的闡釋便接踵生產出來，導致了這些概念在全球市場上的復興和氾濫。其結果是，現代性作為一個術語在使用上常常具有政治和經濟話語的內涵。它與全球性的自由市場體系有關，與技術進步和全球化有關，與純粹的經濟競爭和政治鬥爭有關，因而成了在世界範圍內復興的一種全球現代性。

但這種全球現代性暗含著一個概念上和哲學上的矛盾。比如，在反對社會主義和馬克思主義（即便不反對形形色色的左翼自由主義）的論戰中，人們一般認為社會主義和馬克思主義已經過時，因為它們仍然恪守現代主義的基本範式，即工業革命和科學技術進步的範式。但這裡所說的現代主義是一種自上而下的規劃，無論是在國家管理和經濟領域，還是在美學方面，它都是集權化、中心化建構，與後現代的非中心化和他性價值背道而馳。按照這種「過時論」，仍然信奉現代主義的人就是「非現代的」，因為現代主義本身是非現代的（已經過去）；而現在人們侈談的「現代性」則是後現代的（在現代主義之後），因為它代表了一種「激進化了的現代性」（吉登斯語），即現代性的後果正變得比以往更激進、更普遍的一個時期（但還不就是後現代性時期），或一種「未完成的現代性」（哈貝馬斯語），即中產階級及其經濟體制永遠不能完成的一種現代性。因此，從概念上或哲學上說，當下時刻既不是現代性時期，又不是所謂的後現代性時期。

與吉登斯（Anthony Giddens, 1938-）一樣，詹姆遜傾向於把現代性看做一組問題和答案。這些問題和答案標誌著一項未完成的規劃，一個不完整的境遇，一個片面或部分完成的現代化。而後現代性則代表著比較圓滿完成的現代化，代表著農業的工業化，代表著對無意識領域、對大眾文化和文化工業的殖民化和商業化，但在哲學上卻是一種虛無主義和相對主義（吉登斯）。隨著資訊革命的爆發，一種全球化自由市場的現代性出現了。如何把這種現代性與舊的現代性區別開來呢？人們可以根據文化的多樣性談論「另一種」現代性，每一個國家、每一個民族、每一種文化，甚至每一個人，都有自己的不同於他人的現代性。但在晚期資本主義階段，資本的全球化將導致文化的標準化，一種普遍的市場秩序將操縱未來世界，那麼，文化的多樣性還可能嗎？

現代性不是一個概念。作為一個術語，它的根本意義在於與資本主義的關聯。對現代性進行形式分析將把我們引向美學領域的一個相關概念，即現代主義。而就其類似的語義含混而言，現代主義反過來將把我們引入它自身的歷史，即詹姆遜所說的「後期現代主義」（不是後現代主義）。因此，對現代性的任何分析最終都必然是意識形態分析。問題是，人們通常認為意識形態是一套被誤解的觀點和概念，只有剝掉這些觀點和概念的掩蓋，才能看到現實。但事實並非如此簡單，意識形態並不是被誤解的，是可以用準確的科學概念來取代的。意識形態是生活方式，是現實，而現實本身就是一套完整的敘事，或者說，敘事是構成現實的方式。因此，詹姆遜建議用不同的方法構成現代性，用不同的方法講述現代性的故事。在他看來，資本主義是替代現代性的一個較合適的術語，二者在許多語境下是可替換的。這種替換能更清楚地把現實呈現在眼前，能生產出更有意義的關於現代性的文本，因而，也使人們更接近現代性自身。現代性不是一個概念，起碼不是一個馬克思主義概念，而是現實，是現實的意識形態再現。

二

「離開，離開，逃跑……跨越地平線，進入另一種生活……梅爾維爾就這樣不知疲倦地來到了太平洋中央。他真的跨越了地平線」。這是德勒茲引用勞倫斯（David Herbert Lawerence, 1885-1930）的一段話。[2]逃逸就是劃界，就是測繪線路，就是繪製地圖。所以每一條「逃逸路線」都是一次「解域化」。什麼是「解域化」？解域化是德勒茲發明的眾多概念之一，與「轄域化」和「再轄域化」構成資本流動概念的三位一體。廣義的「轄域化」指地域之間明確

[2] Gilles Deleuze and Claire Parnet, *Dialoques II*, trans. Hugh Tomlinson and Barbara Habberjam, New York: Columbia University Press, 2002, p.36.

的分界，當然這不像國界或地界那樣簡單，因為這裡的地域不僅指國家或地區的疆域，而且還包括自然科學、人文和社會科學、政治、意識形態和語言等具體和抽象的諸領域。「解域化」有「展開」的意思，與德勒茲的另一個重要概念「褶子」似有重合之處。窗簾「因褶子而呈多變」，繩索的下端因褶子而「顫動或振盪」，而大理石的紋理則因物質的褶子而看起來「像是微波漣漪的湖水」，「包圍著聚結在石塊中的生命體」。[3]褶子所隔離出來的空間是語言；每一種語言都是一個單子；每一個單子都是一個世界，因此都有相對的邊界。之所以是相對的，是因為它既然可以打褶，就可以展開，再打褶，如此變化萬千。這就是有機體的物質性，是物的物性，是世界的生命力和創造力。物質憑著打褶、展開、再打褶的能力生存下去。但是，儘管有機體可以無窮盡地給自身打褶，但褶子卻不意味著無窮盡地展開，因為褶子的展開意味著「增加、擴大、打褶、縮小、減退、『進入一個世界的深處』」。[4]這樣一個過程——打褶、展開、再打褶；轄域化，解域化，再轄域化——是一種內在的生產過程，不是某人對某物的生產，而是為生產的生產、機器的生產、生成的生產、組裝的生產。由於機器不具有主體性，沒有組織核心，因此，機器不過是它所生產的關聯和產品，是它所從事的行為本身，也就是所說的生命的不斷的解域化過程。

根據科爾布魯克（Claire Colebrook）的解釋，在《反俄狄浦斯》和《千座高原》中，德勒茲和瓜塔里使用的機器、組裝、關聯和生

---

[3] 吉爾・德勒茲：《福柯・褶子》，于奇智、楊潔譯，湖南文藝出版社，2001 年，第 150－151 頁。

[4] 吉爾・德勒茲：《福柯・褶子》，于奇智、楊潔譯，湖南文藝出版社，2001 年，第 159 頁。

產這些概念，反覆強調機器不是一個隱喻，而生命就字面意義而言是機器。[5]孤立的機器沒有封閉的同一性，沒有明確的目的或意圖，沒有特定的功能或效用；它只有在與另一個機器發生關係、生產自身的關聯時才具有上述意義。因此，機器通過關聯生產——自行車與人體發生關聯才產生運動，在這個意義上，人體一旦與自行車相關便成了另一台機器，即自行車手，也只有在這個意義上，自行車才是一個工具；但在藝術家手中，自行車作為機器的意義就由於關聯的不同而發生了變化——一旦置放在藝術館裡，自行車就成了藝術品，人體由於與畫筆發生關係而成了「藝術家」。推而論之，生命只存在於關聯之內——眼與光關聯才有視覺，腦與概念關聯才有思想，口與語言關聯才有言語。生命的每一方面都是機器的，生命的存在和運作只能依賴於它與另一台機器的關聯。但這種關聯不是沒有條件的，就是說，一物（機器）必須與外物（另外一台機器）發生關聯，其目的是改造自身，最大限度地發揮自身的能量——人眼只有與照相機的視窗發生關聯，才能創造出超越人類的感知或映射。生成的力量和差異的力量在人的生命之中和之外無盡地流淌；差異的每一細小支流都是一次創新的生成，都蘊涵著可能性的擴展或褶子的展開。生命沒有所要達到的固定目標，沒有不變的終結或目的地，而只有內在的努力、痛苦的追求、不斷去實現其力量的增強和能量的最大發揮。唯其如此，生命的過程就是創造相異的、越來越多的生成線或序列；生命的過程就是生產「逃逸線」的過程。

5 在德勒茲的政治倫理學中，「機器」是一個很重要的概念，幾乎貫穿於他的全部著作。機器不同於有機體（organism），有機體是一個有限的、具有同一性和目的的整體；機器不同於機械（mechanism），機械是具有特定功能的封閉的機器。而機器只是關聯（connections），沒有來由，沒有目的，也沒有封閉的同一性。

這就是德勒茲和瓜塔里所說的「事件」——不是時間中相別於某一時刻的另一時刻，而是使得時間走上一條新路。生命貫穿於這些「事件」之中，因此不是同質的，而是差異的。生命中的每一點都以其自己的方式創造自己的變奏曲。植物、動物、人類和原子都具有不同的生成能力，而當這種能力促成了生成「事件」的發生，導致了從源地域的逃離或脫離時，解域化便發生了。[6]

這樣一個非歷史性的概念（解域化）在提倡「永遠歷史化」的馬克思主義者弗雷德里克・詹姆遜的近著裡被稱為「非常恰當的」、「最著名的和成功的」新詞，能夠用來「增強我們對當前劃時代的歷史時刻的感知」。[7]這是否像一些文化批評家所說的那樣，標誌著馬克思主義的困境、因而再一次向後結構主義妥協了呢？這是否意味著西方馬克思主義真的氣數已盡，就連以前萬能的涵蓋一切的「宏大敘事」在洶湧的全球化潮流的衝擊下也無能為力，不得不訴諸後結構主義或其他非馬克思主義的話語呢？作為「當代英語世界裡最傑出的馬克思主義文學批評家和文化理論家」，詹姆遜是否又在「使用」或「借用」其他理論的「方言」，大搞「理論語言的折中主義」呢？[8]實際上，在德勒茲以及福柯等後結構主義者的理論與西方馬克思主義之間始終保持著一種異常活躍的流動關係。福柯

---

6 Claire Colebrook, *Gilles Deleuze*, London: Routlege, 2002, pp.55-59.

7 Fredric Jameson, "Culture and Finance Capital", in *The Jameson Reader*, Michael Hardt and Kathi Weeks（ed.）, Blackwell, 2000, p.267.（The essay is originally published in *Critical Inquiry* in 1997.）關於詹姆遜對現代性和現代主義進行的「解域化」的分析，見其新著：*A Singular Modernity: Essay on the Ontology of the Present*, London: Verso, 2002.

8 見張旭東，《辯證法的詩學》，載《批評的蹤跡：文化理論與文化批評，1985－2002》，生活・讀書・新知三聯出版社，2003 年，第 123 頁。

和德勒茲固然不是馬克思主義理論家，但他們也不是執意要否定馬克思、批判馬克思主義的理論家。只不過在《規訓與懲罰》中，馬克思只被當成了一個歷史學家或一個歷史資源，而不是一種話語構型的創建者。但在《反俄狄浦斯》中，馬克思關於原始積累的論述反倒成了「解域化」和「再轄域化」的理論根據，成了精神分裂分析的三個批評成因之一（其他兩個分別是康德和佛洛伊德）。「馬克思已經表明了正確的政治經濟學的基礎：在勞動或生產中——似乎也在欲望中——發現了財富的主觀本質的一種抽象。」[9]接著，作者們在括弧中引用了馬克思的一段話：「亞當・斯密（Adam Smith, 1723-1790）大大前進了一步，他拋開了創造財富的活動的一切規定性——乾脆就是勞動，既不是工業勞動，又不是商業勞動，也不是農業勞動，而既是這種勞動，又是那種勞動……創造財富的勞動的抽象一般性的……勞動一般。」[10]自馬克思之後，人們不再依據外部條件在地域或專制機器的客體裡去尋找財富的本質了，因為作為抽象的主觀本質的生產只能以財產的形式出現，這種財產形式首先把主觀本質具體化，然後通過再轄域化將其異化。在《資本論》中，馬克思進一步分析和闡明了資本的解域化和再轄域化的真正原因：一方面，資本主義只能通過「以自身為目的的生產，即勞動的社會生產力的絕對發展」，通過抽象財富的主觀本質或唯生產而生

[9] Gilles Deleuze and Félix Guattari, *Anti-Edipus: Capitalism and Schizophrenia*, trans. Robert Hurley, Mark Seem, and Helen R. Lane, Preface by Michel Foucault, Minneapolis: University of Minnesota Press, 1994, 7th printing, p.258.

[10] 同上，第 258－259 頁。中譯文引自《馬克思恩格斯選集》第二卷，人民出版社，1972 年，第 106 頁。

產的不斷發展，才能運行；另一方面，資本主義只能在其自身有限目的的框架之內作為決定的生產方式才能實施這種運作，這種決定的生產方式就是「資本的生產」，「現存資本的自我擴張」。[11]

關於馬克思對勞資關係的論述，德勒茲與瓜塔里對馬克思的解讀，以及馬克思的資本理論對德勒茲「解域化」理論的影響，尤金・霍蘭德（Eugene W. Holland）做了簡明精確的闡述：馬克思認為勞動的抽象範疇在斯密和李嘉圖（David Ricardo, 1772-1823）的思想中已見雛形，因為當新生的資本主義把工人與生產工具分離開來，把他們的勞動力當做商品出賣時，實際上就已經生產了勞動一般（labor-in-general）。在這種情況下，抽象勞動實際上獲得了真實的存在，因為勞動已經成為市場上可交換的商品；工人本身成了消費品；他們所做的工作不再是他們自己的了。工人的勞動力已經從其交換價值轉換成實際的使用價值，因此，只有在它作為商品被購買、作為資本家的私有財產而作用於仍然外在於它的生產工具之後，才能具備具體的客觀的決定。正是在這樣一個歷史關頭，斯密和李嘉圖才不再把財富定義為客觀的有價值的財產，而是屬於一般生產活動的主觀本質，這個一般性恰好與資本主義把抽象地量化的勞動時間作為衡量社會價值的標準相偶合。但是，斯密和李嘉圖卻又把財富的主觀本質重新抽取出來，使之直接回歸私有財產。資本主義本身也同樣，勞動作為資本主義制度下的最終決定因素而屈從於資本。就是說，作為勞動者的人、人自身的因素被忽視了。所以，

[11] Marx, *Capital*, Vol. 3, pp.249-250；*Anti-Edipus: Capitalism and Schizophrenia*, trans. Robert Hurley, Mark Seem, and Helen R. Lane, Preface by Michel Foucault, Minneapolis: University of Minnesota Press, 1994, 7th printing, pp.258-259.

斯密和李嘉圖並不代表馬克思的批判政治經濟學，因為他們不過反映了資本主義社會明顯的客觀運動。而馬克思的政治經濟學則認為，抽象勞動在資本主義制度下的出現僅僅構成了普遍歷史的前提，而不是這種歷史的實際基礎。首先，它有別於所有其他生產方式，任何其他的社會構型都沒有把勞動當做商品而將其從以前的客觀決定中解放出來；勞動只有在導致資本主義的那個過程行將結束時才成為真正的抽象。更重要的是，那個歷史過程實際上還沒有到達終點——在資本主義制度下從前資本主義決定中解放出來的勞動在作為商品被出售時又重新受到資本的外部決定的束縛，其結果是，勞動正以空前的規模不斷地生產其異化和被異化的條件。隨著馬克思對資產階級政治經濟學的批判，資本主義到達了自動批判（autocritique）的階段，歷史也變成了普遍歷史——人類現在可以承擔起把生產活動從所有外部的異化決定，包括最微妙的、抽象的、非個人的決定即資本本身中解放出來的使命了。[12]

正是在馬克思對資本主義發展和資產階級政治經濟學的這一分析的基礎上，德勒茲和瓜塔里才提出了資本的解域化和再轄域化的學說。資本主義通過差異而非同一性創造了普遍歷史：一方面是農業地區勞動的解域化流動，另一方面是作為資本而被利用的貨幣的解域化流動；正是這兩股流動的獨特而偶然的結合才使資本主義

[12] Deleuze and Guattari, *Anti-Oedipus*, trans. Robert Hurley, Mark Seem, and Helen R. Lane, Preface by Michel Foucault, Minneapolis: University of Minnesota Press, 1994, 7th printing, pp.270; 320-321. Eugene W. Holland, *Deleuze and Guattari's Anti-Oedipus: Introduction to schizoanalysis*, London: Routledge, 1999, pp.16-17.另見《馬克思恩格斯選集》第二卷，第 108－109 頁。

成為可能。馬克思在《資本論》和《〈政治經濟學批判〉導言》[13]中梗概地描述了德勒茲和瓜塔里所說的解域化和再轄域化的輪廓：第一個時刻，也即資本得以最大限度地實現的時刻，新的、具有更大生產能力的資本儲備改造了現存的生產和消費機器，促進了「生產工具的不斷革命化」，對現存勞動和資本進行了有效的解域化，導致了新型生產和消費的出現，但在這個過程中也孕育了社會的解碼。第二個時刻，也即資本最大限度地貶值和生產過程阻塞的時刻，進步的解域化運動突然停步不前，一切都被再轄域化——改革中的生產和消費機器受到現已陳舊的資本儲備的束縛，其唯一的目的就是要發揮舊的資本儲備的價值，獲取以前的投資的利潤。換句話說，解域化的浪潮解放了生產和消費中的全部創造力，同時使生產力得到了革新和社會化；但再轄域化卻阻礙了生產和消費，將其局限於私有者對剩餘價值的攫取。因此，再轄域化代表了資本主義的權力因素，是阻礙生產力發展的倒退力量，妨礙了把剩餘價值用於進一步生產剩餘價值的再投資；而解域化代表了「生產工具的不斷革命化」的經濟因素，促進變化，把生產和消費的能量從現存的客體和局限中釋放出來。[14]

德勒茲和瓜塔里繼而把馬克思描寫的利潤矛盾融入了他們自己的資本主義社會機器論。在馬克思看來，資本主義是不斷接近自身局限的一個制度，但同時又通過更大規模的再生產推延和克服了

[13] K. Marx, *Capital*（1967）, vol. 3: pp.249-250; *Grundrisse: Introduction to the Critique of Political Economy*（1973）, New York: International Publishers, pp.618-623.

[14] Eugene W. Holland, *Deleuze and Guattari's Anti-Oedipus*, London: Routledge, 1999, pp.80-81.

這些局限。這個過程是無休止的，因為這些局限內在於制度本身，在決定著這些局限的條件的同時也決定著擴張性的資本再生產。根據馬克思的這一洞見，德勒茲和瓜塔里進而闡述說，資本主義是通過打破社會符碼（codes）和區域性（territorialities），用一個「公理制」（axiomatic system）來取代它們而運作的。這一公理制的基本公理是：一切都服從市場交換的法則。一個層面上的解域化必然伴隨著另一個層面上的再轄域化，這是資本主義公理化（axiomatization）的兩個基本節奏，用符號形式來說就是解碼和再編碼。解碼與再編碼之間是對立的關係——解碼是公理化的積極的一面，因為它把欲望從編碼的束縛和扭曲中解放出來。在德勒茲和瓜塔里的精神分裂分析中，馬克思所羨慕的資本主義的巨大生產力的一個必然結果是它給予各種實踐以自由，使之免於被固定在既定的符碼之中。這被稱作犬儒主義（或懷疑主義）的時刻。但是，解碼的效應產生於資本主義的經濟因素，總是與產生於資本主義權力因素的再編碼過程相伴相隨，這種再編碼把釋放出來的力比多能量歸還給虛假的符碼，以便抽取和實現可供私人挪用的剩餘價值。這被稱為虔誠的時刻（moment of piety）。[15]這兩個時刻的對立關係與其說產生於 19 世紀資本擁有者與被剝奪者之間的矛盾，毋寧說產生於剩餘價值的普遍社會化了的生產與其私有制和管理之間的張力。一方面，資本主義致力於以自身為目的的生產，最大限度地發展社會化勞動的生產活動，另一方面，由於對生產工具的投資是私有的，社會勞動和生活則局限於生產和消費，而這種生產和消費只能增加現存資本儲

[15] Eugene W. Holland, *Deleuze and Guattari's Anti-Oedipus*, London: Routledge, 1999, pp.80-81.

備的價值。[16]解碼與再編碼之間的關係類似於解域化與再轄域化之間的關係。解碼代表著資本主義過程的積極因素，欲望的生產通過解碼而從僵死的符碼中釋放出來，而再編碼則要在虛假的符碼中重新捕捉欲望，以服務於再轄域化和資本積累。於是，解域化和再轄域化，解碼和再編碼，構成了德勒茲和瓜塔里所分析的資本主義公理化的動力學。

如上所述，德勒茲和福柯等後結構主義者與馬克思主義處於一種流動的關係，而且只是在知識策略層面上的「為我所用」，即利用馬克思主義理論建構自己的理論，以上的論述就是一個明證。其實，這也是一種解域化的過程，是理論的一種逃逸。在《反俄狄浦斯》中，作者們徵用（expropriation）馬克思的分析，將其作為他們的「逃逸線」，因此也遵循了解域化的雙向運動法則：一方面，馬克思的分析被當做一個總體的各個部分（斷片）而被解域化；另一方面，它們又被置於一個新的理論平臺之上而被再轄域化，作為一個新的話語機器的功能因素而被融合進來。《反俄狄浦斯》把資本主義的公理重新闡述為解碼了的資本流動，並把闡述置於欲望機器的總體理論的語境之下，以有助於理解在各個社會構型中起決定作用的抽象物或巨大機器（mega-machines）。這種理論的解域化涉及兩個步驟：首先是分離，脫離熟悉的理論區域，走出慣用的理論框架或領域，然後，進入新的領域，在此期間所發生或創造的新生事物都是解域化的結果，需要盡可能地重新組裝起來。在這個意義

[16] Deleusze and Guattari, *Anti-Edipus: Capitalism and Schizophrenia*, trans. Robert Hurley, Mark Seem, and Helen R. Lane, Preface by Michel Foucault, Minneapolis: University of Minnesota Press, 1994, 7th printing, pp.225-267.

上，無論是觀點、見解、書或欲望，都是一種組裝。只有把被解域化了的部分重新焊接，組裝成一台功能機器，無論是情感的、政治的、還是藝術的，欲望才存在，欲望才能實現。書顯然也是這種組裝，而且是對不同的陳述的集體組裝。[17]這頗有點像「元理論」形成的過程。「真正的理論思維是把每一種個別的理論話語當成意識形態，然後去分析其產生的根源和語境。把它們還原到歷史中去，然後去分析它們被割裂的共同的歷史背景。通過仲介（mediation）、斡旋、談判，去發現它們背後問題脈絡的相關性和總體性。只有以此為基礎，才可能產生理論。」[18]

這足以說明詹姆遜理論「借用」、「挪用」、「轉換」的「超符碼」（transcoding）過程。在他看來，最重要的、致命的解域化在於，資本主義的公理破解了舊的前資本主義的符碼系統，把它們從舊的體制中解放出來而構成了新的更具功能性的綜合。他認為，「解域化」可以與當下「更輕浮的、更成功的」媒體術語「解語境化」（decontextualization）相媲美，意思是，凡是從原語境中攫取的東西，總是能在新的區域和環境裡被再語境化（recontextualized）。[19]「但是，解域化要比解語境化絕對得多（儘管其結果肯定被再度捕捉、『再編碼』而進入新的歷史環境）。因為它實際上暗指一個本體

[17] Deleuze and Guattari, *A Thousand Plateaus: Capitalism and Schizophrenia*, trans. Robert Hurley, Mark Seem, and Helen R. Lane, Preface by Michel Foucault, Minneapolis: University of Minnesota Press, 1994, 7th printing, pp.351-423.關於組裝的詳盡闡釋，見 Ian Buchanan, *Deleuzism: A Metacommentary*, Edinburgh University Press, 2000, pp.115-140.

[18] 見張旭東，《辯證法的詩學》，載《批評的蹤跡：文化理論與文化批評，1985－2002》，生活・讀書・新知三聯出版社，2003 年，第 124 頁。

[19] Jameson, "Culture and Finance Capital", in *The Jameson Reader*, Michael Hardt and Kathi Weeks（ed.）, Blackwell, 2000, pp.267-268.

的和自由流動的狀態，在這個狀態中，內容（再回到黑格爾的語言上來）顯然受到了壓抑，而形式則備受推崇；在這個狀態中，產品的固有性質變得一無是處，只不過是一個純粹的市場口實，而生產的目標已不再是某一種特定的市場，某一組特定的消費者或社會和個人所需，而在於向那個因素的轉變，就定義而言，那個因素沒有語境，沒有區域，實際上也沒有使用價值，那個因素就是金錢。」[20]在此，詹姆遜所指的那個語境就是「晚期」資本主義的語境，或資本主義全球化的語境，於中，資本主義的邏輯在面對地方、甚至國外市場的飽和時決定拋棄特定產品的生產和特定的生產地區，包括廠房和技術人員，向更有利可圖的生產地逃逸，而身後卻留下了一片廢墟。這是喬萬尼・阿里吉（Giovanni Arrighi）在《漫長的20 世紀：金錢、權力與我們時代的起源》中所描寫的資本主義景象，[21]也將成為「晚期」資本主義和全球化狀況下馬克思主義批判的目標。

三

與德勒茲和瓜塔里對馬克思、佛洛伊德、康德和尼采所進行的歷史化，從而在他們中間進行調和或製造關聯一樣，作為馬克思主義的文化理論家，詹姆遜在探討資本的解域化之前，在知識策略上更要首先對金融資本進行歷史化，這也是他的一貫手法。但這種歷

[20] Ibid., p.268.

[21] Giovanni Arrighi, *The Long Twentieth Century: Money, Power, and the Origins of Our Times*, London and New York: Verso, 1994.

史化似乎缺乏足夠的知識譜系以提供結構和經濟理論的歷史敘事。在「晚期」資本主義條件下，「帝國主義已經被新殖民主義和全球化所取代」，[22]因此，列寧（Влади мирИльи ч Ле нин, 1870-1924）於 1916 年提出的帝國主義是資本主義的最高階段這一說法似乎也已成為過去。我們現在正處於一個全新的金融資本的階段，世界的政治、經濟和文化格局都隨著資本主義國家之間權力關係和經濟重心的轉移而發生了重大變化；過去的「最高階段」現在被置換成「最近的」或「最新的」或「晚期的」階段，但如果我們把資本主義看做一個斷續而不斷擴張的過程，在每一個危機時刻都通過解域化而「突變成更大的活動領域，一個更寬廣的滲透、控制、投資和改造的範圍」，[23]那麼，就連詹姆遜自己用過的、（或確切說）從曼海姆（Karl Mannheim, 1893-1947）那裡借用的「晚期」這一說法也似乎欠準確。從歷史上看，資本主義的發展過程不是一條直線，而是階段性的、螺旋式的，或者可以更準確地說，是跳躍式的。當然，這裡所說的「跳躍」不僅指斷代的時間跳躍，而且包括空間上的地理跳躍，後者在金融資本主義的新時期顯得尤為突出。按照德勒茲和瓜塔里的公理化和解域化理論，這種跳躍實際上就是「逃逸」，就是可能性或「事件」從其實際根源的解脫，也就是「純粹感覺」，即沒有特定身體或地方指向的一種感覺的產生。它表示一種非個人化的生成，無始無終，在時間中不斷改變著同一性，不斷生產著差

[22] Jameson, "Culture and Finance Capital", in *The Jameson Reader*, Michael Hardt and Kathi Weeks（ed.）, Blackwell, 2000, p.257.

[23] Ibid..

異性，不斷生成著新的流動。[24]詹姆遜將其比作「病毒」和「流感」，在破壞和毀滅了比較傳統的或前資本主義的社會和經濟邏輯之後，便朝著更吉祥的、更有利於更新的地方發展。[25]

這樣的「跳躍」、「逃逸」、「事件」或「純粹感覺」構成了資本主義的歷史，一部既是「譜系的」又是「地緣的」歷史。從譜系上說，按照《漫長的 20 世紀》所勾畫的新圖式，[26]資本主義萌芽於文藝復興時期義大利的記帳和大城邦裡新興的商業，但在急於征服新世界、並擁有當時世界上最大艦隊的西班牙帝國，也出現了較早的金融資本的擴張，熱那亞充當了西班牙資本主義的財經來源。然後，資本主義跳躍到以水路和海洋商業為特點的荷蘭，繼而是以相同的方式發展壯大的英國資本主義。以後就是 20 世紀的美國，它構成了資本主義在當代的循環，也就是金融資本主義條件下的美國標準化。至於日本能否繼美國之後構成下一個循環，該書作者表示懷疑，當代全球化的複雜現實也的確難以使人對未來作出充分的估計。[27]這樣的歷史敘事其實早已為人們耳熟能詳、毫無新意。詹姆遜最感興趣的是書中以《資本論》中 M-C-M 這一著名公式為藍本描畫的資本主義螺旋式發展的三個內部階段，詹姆遜稱其為資本積累的擴張辯證法：這就是，金錢（M）轉變為資本（C），資本滋生

---

24 Gilles Deleuze, *Cinema 1: The Movement-Image*, trans. Hugh Tomlinson and Barbara Habberjam, Minneapolis: University of Minnesota Press, 1986, p.96.

25 Jameson, "Culture and Finance Capital", in *The Jameson Reader*, Michael Hardt and Kathi Weeks (ed.) , Blackwell, 2000, p.258.

26 Giovanni Arrighi, *The Long Twentieth Century: Money, Power, and the Origins of Our Times,* London and New York: Verso, 1994.

27 Jameson, "Culture and Finance Capital", pp.258-259; Ibid..

額外的金錢（M）。金錢通過殘酷甚至暴力的貿易手段實現了原始積累，使金錢得到大量繁殖，這是金融資本主義的古典階段；金錢的繁殖或資本化轉向投資，通過投資農業和製造業，使資本佔有了自己的地域，擁有了自己的生產中心，再通過生產、分配和消費而獲得利潤，這是金融資本主義的第二個經典時期。第三個時期以金融資本的擴張為標誌，也就是德勒茲和瓜塔里所說的資本的「逃逸」和解域化階段。在這個時期裡，投資已經不是獲得利潤的主要手段，生產、分配和消費已不是獲取利潤的主要途徑，市場也不是資本回收的主要場所；毋寧說，金融資本的擴張是以投機為主要手段的，這主要體現在三方面：為了在金融交易中獲得新利潤而進行的白熱化研究，為了攫取高利率的投資回收和廉價勞動力而不惜拋棄舊的生產基地去開拓新的，為了避免工業內部或技術之間的激烈競爭而投身股票市場。這意味著，在全球化和金融資本時代，由於資訊革命和通訊技術的迅猛發展，資本的轉移是通過虛擬的方式跨越民族空間的，金錢環繞全球的閃電般的運動廢除了傳統的時空概念，而資本也變成自由浮動的能指了。此外，作為這種虛擬和迅速的資本轉移的結果，原本具體的「帝國主義掠奪」和生產時代的物質性交換都變成抽象的了，這又意味著，我們必須為這種新的抽象——大眾文化和消費、全球化和新的資訊技術——進行的新的效應測繪，探討隱藏在後現代性抽象徵候之下深刻而且普遍化了的經濟性。

不難看出，流動是金融資本的公理。在德勒茲和瓜塔里所描述的資本的歷史抑或人類的歷史中，資本流動的主要階段是與社會機器的發展相對應的，基本上也分為三個階段：原始時代的社會機器與轄域的資本；野蠻時代的社會機器與專制的資本；文明時代的社會機器與金融資本。[28]原始－轄域階段的驅動力是血緣親族關係，是資本的原始形式，不但開始了殘酷的人類歷史的書寫（人類的文明史就是血腥的殘酷鎮壓史），而且開始了社會生產和再生產的欲望投資。在野蠻－專制階段，被解域化的社會關係以封建君主為核心，就是說，君主代表著對發展中的社會關係的抑制和抵制，代表著權力，代表著再編碼和再轄域化，他的聲音促成了作為一種再現模式的書寫。文明－資本主義階段則與此全然不同。如果說原始和野蠻的社會機器「懼怕」生產和金錢的解碼流動，那麼，資本主義的社會機器則試圖繁殖解域化的分裂流動，而且永無止境：「如果資本主義是所有社會的外部界限，那是因為就資本主義本身而言沒有外部界限，而只有一個內部界限，那就是資本本身，它不遭遇任何界限，而只能通過永遠置換而繁殖界限。」[29]資本主義機器不斷對資本的流動進行解碼和解域化，同時，也對作為公理的流動不斷再編碼。這或許就是資本主義的地緣政治，不同於馬克思主義譜系學的一部地緣史：資本主義是在矛盾中發展起來的；它幾乎能從任何一種環境汲取力量和營養，因此沒有地域的限制。換言之，資本主義的公理（市場）永遠不會「飽和」；新的公理（市場）總能被添加給舊的公理（市場）。

[28] Eugene W. Holland, *Deleuze and Guattari's Anti-Oedipus*, trans. Robert Hurley, Mark Seem and Helen R. Lane, Minneapolis: University of Minnesota Press, 1983, p.61.

[29] Deleuze and Guattari, *Anti-Edipus: Capitalism and Schizophrenia*, trans. Robert Hurley, Mark Seem, and Helen R. Lane, Preface by Michel Foucault, Minneapolis: University of Minnesota Press, 1994, 7th printing, pp.230-231.

對這樣一種無止境的地緣擴張必須進行認知測繪。這是介入當代全球化討論的一個主要策略，「既能公正對待富裕的個人生活和巨大複雜的全球世界體系，又能使我們看到主體經驗的局部範疇與全球體制的抽象和非個人力量之間的緊密關係」。這種認知測繪涉及「一系列的美學實踐、理論探討，甚至政治活動，因此，對於多維度的、變化無常的總體性來說必然是不完整的，甚至是片面的，但仍能給人一種方向感」。之所以是片面的、不完整的，是因為測繪在這裡「只是一個隱喻，而且是容易誤導的一個隱喻，使人想到地理學家繪製地圖的科學而縝密的工作」。[30]但認知測繪的對象並不是固定的、物質的、穩定的地貌，而是一個不斷編碼和解碼、解域化和再轄域化的過程，因此存在著一個再現的問題，就是說，它永遠不能與現實達成一種簡單的模仿關係，永遠不是對現實的鏡像反映，而始終是一種闡釋行為，用阿爾都塞的話說，就是我們與我們的真實生存狀況之間的一種想像的再現關係。[31]這也是詹姆遜探討當代文化時所關注的核心問題。遵循馬克思的教導，詹姆遜強調指出，在當代社會起決定作用的各種形式和結構是不能直接付諸經驗分析的，我們所能掌握的不過是馬克思所說的資本主義生產方式的「現象」，它們本身不是虛假的或幻覺的，而是真實的徵候，是社會的構成性因素和力量。換言之，我們所接觸到的並不是作為研究客體的社會或資本主義生產方式本身，而只是它的再現（表徵），而任何再現都無法提供模仿的再生產，只能訴諸於闡釋行為，這就

[30] "Introduction" to *The Jameson Reader*, Michael Hardt and Kathi Weeks（ed.）, New York: Blackwell Publishers, 2001, pp.22-23.

[31] Jameson, "Postmodernism, or the cultural logic of late capitalism", *New Left Review*, 146（July-August, 1984）, p.90.

是說，任何知識都必然以闡釋和再現為仲介，真理和現實的問題也必須首先通過解決再現的問題才能解決。尤其在後現代狀況下，對世界的再現只是對幻象的再現或模擬的再現，因為「後現代」已經失去了與真實世界的全部聯繫，我們所面對的現實是虛擬實境，而主導這個虛擬實境的是拷貝和映射：電視、廣告、設計複本、科隆、商標和適於一切的電腦圖像製作。後現代文化是模擬的文化；後現代社會是幻象的社會；後現代語言是媒體的語言。在自由浮動的能指之下，整個世界成了一個巨大的「想像博物館」，並與一種抽象的死亡衝動和金錢欲望聯繫起來，於是，在上帝之死、人之死、作者之死、宗教、哲學和歷史的終結等眾聲喧嘩之中，後現代文化重溫了現代主義高潮時期的荒誕、焦慮和無意義，消費主義的視覺文化佔領了整個社會空間，而金錢的抽象流動構成了這個社會的文化邏輯。[32]

於是，詹姆遜看到，後現代是一個雙重解域化的時刻：一種解域化是把資本轉移到更加有利可圖的生產形式上來，往往也伴隨著向新的地理位置的「逃逸」；另一種解域化是拋棄全部生產而尋求非生產空間的最大化，這就是向土地和城市空間的投機，其結果是新的後現代的資訊化，土地或地球的抽象化，而「隨著資訊在以前的物質世界上於瞬間從一個結點轉到另一個結點，全球化自身也到達了終極解域化」，這就是人們所說的全球城市（global city）或世界國家（world-state）。然而，資本或金錢的這種抽象流動並沒有改

32 "Cognitive mapping", in Cary Nelson and Lawrence Grossberg (eds.), *Marxism and the Interpretation of Culture,* Urbana: University of Illinois Press, 1988, p.353. Also in *The Jameson Reader*.

變民族國家作為抽象統一體或作為調節者的功能，只不過它現在屬於一個更大的力的場域；它協調這個場域內各個力的流動關係，表達其主導和從屬的關係，為金錢、商品、私有財產的解碼流動建構、發明、編製符碼，因而起到了抑制、抵制全球化的再編碼、再轄域化的作用。而所需要的是一種再敘事化（renarrativization），因為金錢一旦變成抽象的，它就是空洞的，就失去了原有的物質意義，就成了「既不需要生產也不需要消費的金融實體在虛擬空間裡的能指嬉戲」。[33]

四

對後現代性進行的這種「敘事化」必然以對現代性的反思為基礎，就是說，必然依賴於對現代性的「再敘事化」，因為敘事所堅持的是「一種歷時性，是將種種空間性的幻象還原為時間中的有限性的努力」。[34]此外，金融資本在後現代社會裡的抽象流動不管多麼洶湧，它都沒有脫離馬克思和詹姆遜所說的資本的整體性，而「這種整體性是看不見、摸不著的……只能靠敘事去『再現』。」[35]敘事是建構歷史的主要方式，也只有通過敘事結構才能接觸到歷史。這意味著，我們並不總是按照編年史的順序排列事件，而是把事實置於結構關係當中，以敘事的方式賦予它們在這種結構關係

[33] Jameson, "Culture and Finance Capital", in *The Jameson Reader*, Michael Hardt and Kathi Weeks（ed.）, Blackwell, 2000, pp.272-273.

[34] 見張旭東，《辯證法的詩學》，載《批評的蹤跡：文化理論與文化批評，1985－2002》，生活・讀書・新知三聯出版社，2003 年，第 125 頁。

[35] 同上，第 127 頁。

中的意義和價值。敘事是「一種語言再現模式」，「一種話語形式，也可能不被用作歷史事件的再現」，而只是「真實事件的結構和過程的幻象。而僅就這種再現類似於它所再現的事件這一點而言，可以把這種再現看做是真實的敘述」。[36]在以金融資本的抽象流動為主導的後現代世界裡，無論是歌頌還是惋惜，任何有關這個世界的敘事都無法不用語言來描述它，都必然要把實際與虛擬區別開來，都必然像讓・鮑德里亞（Jean Baudrillard, 1929-2007）那樣把後現代文化描述為以形象掩蓋現實、以虛擬掩蓋實際的模擬社會。在這樣的情形下，哲學似乎又回到了柏拉圖的形而上學中來，但又不是柏拉圖的唯心主義模仿論。德勒茲和瓜塔里似乎比鮑德里亞更進一步，認為實際的存在已經是一個形象，因為在這個存在出現之前就已經有了關於它的理念或形象；實際存在的物只能產生於虛擬的可能性，因此，每一個實際存在的物就必然保持著它自身的虛擬的潛力——實際存在的物也是它虛擬地生成的力量之所在。一般認為，實際存在的世界是先於模擬的，但在德勒茲看來，世界「原本」就是一個模擬的過程——存在或實際的物產生於拷貝、重複、映象和模擬，甚至人也是基因的拷貝和重複的結果，每一件獨特的藝術品和每一個人類個體都是一個模擬，只不過模擬的過程，即由虛擬變成實際的過程是「看不到摸不著的」，實際的物，無論是藝術品還是有機物，都是因為具有虛擬的生成力量才得以變成實際的物的。在這個意義上，實際存在的物也有一個虛擬的維度，世界本身就是一個模擬的世界。鮑德里亞與德勒

[36] 海頓・懷特：《後現代歷史敘事學》，陳永國、張萬娟譯，中國社會科學出版社，2003年，第 124－126 頁。

茲的區別就在於，前者認為後現代的幻象是由媒體文化造成的，媒體文化把一切都歸結為表面形象，而沒有真實世界的指涉；後者則認為幻象或形象本身就是真實的，生活始終就是模擬的，而每一次模擬都是一次生產，都是一次創造，都是生成差異的過程，因此不同於以前的模擬。只不過，在一般情況下，我們感知不到這種模擬和生成，只能感知到一個由外在的和引申的事物所構成的世界，即德勒茲所說的「超驗世界」。但是，通過藝術、通過文學、通過敘事，我們不但能把感性的經驗用於實際經驗過的物質世界，而且還能體驗感性本身，這就是德勒茲所說的「可感覺的存在」，而每一個單一性（singularity）都是這種可感覺的存在的生成，都是這種可感覺的存在的虛擬力量，都造成了一種不合時宜的可能性。[37]

如此，後現代性就是現代性生成的結果，是作為差異而成為現代性的一次生產、一次創造、一次生成的可能性。如果現代性標誌著社會的前現代與現代之間的永久鬥爭，那麼，現代化就是這場鬥爭的過程，而現代化的完成則意味著資本對整個世界（社會和自然）的統領，或者意味著資本主義生產方式已經進入了後現代階段，因此，後現代性並非對立於現代性，甚至不是與現代性的斷裂，而恰恰標誌著現代性的完成。在後現代性中，資本失去了與「外部」指涉的聯繫，失去了與過去和歷史的聯繫，而始終生活在一系列永恆的現在之中——差異感和歷史感的喪失標誌著深度感的喪失，這是後現代性的一個重要特徵。它的另一個重要特徵是與理性化和商品

---

[37] Claire Colebrook, *Gilles Deleuze*, Routledge Critical Thinkers, London: Routledge, 2002, pp.91-101.

化過程相伴共生的物化過程，共分三個階段：第一個階段是現實主義階段，此時，符號與外部指涉的關係清晰透明，甚至取代了語言，是再現的黃金時期；第二個階段是現代主義階段，此時，物化的力量，也就是各種分離和分隔化的形式，不斷侵入符號與外部指涉之間，產生質的變化，使符號與客觀世界中的外部指涉越離越遠，最後導致能指的獨立自治，再現也逐漸隨之喪失功能；第三個階段是後現代主義階段，此時，物化的力量進一步擴張，滲透到社會生活的方方面面，而由於能指與外部指涉之間的距離不斷加寬，致使後者徹底從前者的視野中消失，再現的防線徹底崩潰，導致了能指作為自我指涉的符號的自由嬉戲。[38]在這個典型的詹姆遜式的後現代「斷代」敘事中，鮑德里亞和德勒茲所描繪的後現代模擬世界完美地結合在一起了，構成了一個「可感覺的單一性」，這是在「十足的後現代性」的理論話語中看到的一種「單一的現代性」。[39]

在詹姆遜看來，甚至連後現代主義者利奧塔和後結構主義者德勒茲也是現代主義者，在前者，明顯的政治後現代性中隱藏著美學現代主義；在後者，過去的哲學、文學和歷史都要用「後當代的習語」加以重寫。[40]這意味著，雖然後現代性已經成為一個不可否認的概念，但現代性也並未因此而被徹底取代，非但如此，在哲學、歷史學和社會學等學科裡，現代性還贏得了相當的尊重和學術地

---

[38] "Introduction" to *The Jameson Reader*, Michael Hardt and Kathi Weeks (ed.), New York: Blackwell Publishers, 2001, pp.13-15.

[39] Fredric Jameson, *A Singular Modernity: Essay on the Ontology of the Present*, London: Verso, 2002, p.1.

[40] Fredric Jameson, *A Singular Modernity: Essay on the Ontology of the Present*, London: Verso, 2002, pp.4-5.

位。如果說現代性在科技生產方面早已贏得了普遍的全球市場，那麼，它在後現代的觀念市場上也正在贏得一個越來越大的空間；儘管現代化（工業化）給幾個世紀以來的西方文明帶來了種種弊端，但世界現代性的政治力量卻不但在金融資本和全球化的強大火力攻擊下頑強地支撐下來，而且還在全世界範圍內復活了，因為現代性本身是後現代的，因此還沒有完成。[41]吉登斯以對現代性的批判開始，卻以對現代性的擁護結束；哈貝馬斯始終認為現代性是一項未竟的事業，永遠不能由中產階級或經濟體制來完成。既然現代性是後現代的，是後現代語境下尚未完成的一項工作，那麼，它與後現代性又是什麼關係呢？詹姆遜對此做了如下區別：「現代性是一系列問題和答案，它們標誌著未完成的或已部分完成的現代化環境；後現代性是一種傾向於在更完善的現代化環境中獲得的東西，可以概括為兩種成就：一是農業的工業化，即消滅了所有傳統的農民；另一個是無意識的殖民化和商業化，也就是大眾文化和文化工業。」[42]從這個意義上說，現代性的本質在於它與資訊革命和全球化的聯繫，在於它與金融資本和自由市場或市場殖民化的聯繫，還在於它與現代主義美學領域的聯繫。如是，對現代性進行一種意識形態的分析就理所當然了。

對詹姆遜來說，進行這種意識形態分析當然要從歷史化開始，而歷史化的第一個步驟是斷代研究或分期化——這是接近歷史和歷史差異的首要途徑。他的慣常做法是：從粗糙的斷代差異開始，進而對特定的作品或歷史領域進行細膩複雜的分析。這裡，作為概

41 Ibid., p.11.
42 Ibid., pp.12-13.

念的「現代性」是被加了引號的，以備後來證明「現代性並不是一個概念，而是一種敘事範疇」，[43]這是詹姆遜現代性哲學話語的認識論和歷史主義核心。按照詹姆遜的追溯，與現代性相關的「現代」一詞最早見於西元 5 世紀末(基拉西烏斯一世〔Sanctus Gelasius I〕教皇在位的 492-496 年)，拉丁語 modernus 是「現在」的意思，只用來區別於「過去」(antiques)。但在稍後一些時候（在卡希歐多爾魯斯寫作的西元 6 世紀)，「現代」一詞有了新義：「意指迄今為止的經典文化與當代文化之間的根本分化，後者的歷史任務就是再造那種經典文化。」[44]這無疑意味著在這兩種文化或兩個時期之間已經形成了一種斷裂。但是，斷裂並不是絕對的；斷裂與連續、斷裂與相關的時期總是處於一種辯證關係之中，總是與一個總體性分不開的。這個總體性包含著無數的差異和同一性、連續和斷裂、殘餘的力和新出現的力、矛盾和二律背反等。這樣的一個總體性是在對過去的不懈探索中形成的，而正是在這個總體性中，正是在這種探索中，我們才認識到過去與現在的辯證關係：一方面是從過去到現在的渾然一體的連續，另一方面是過去作為一個完整的歷史時期與現在的斷裂。這意味著，首先，過去只有與現在徹底隔絕開來，將自身塵封起來，才能成為一個完整的歷史時期；其次，現在如果不具備自我命名的能力，不能對自己的特徵加以描述，不進行屬於自己的具有歷史意義的創造活動，而只專注於對最近的過去的再造，或對前一個時期的悲觀的、憂鬱的、理想化的模仿，那麼它就

[43] Fredric Jameson, *A Singular Modernity: Essay on the Ontology of the Present*, London: Verso, 2002, p.40.

[44] Ibid., p.17.

不是一個歷史時期，就不具有歷史性，因此也不具有現代性；再次，現代性是在歷史性出現之後形成的，目的是要拋棄對過去的再造和模仿，界定自身的當下使命，並與未來發生關係，從而開闢一個全新的歷史時期。這就是說，只有當斷裂經過相當長的時間而成為斷代史時，現代性才得以形成。18 世紀就是由於完全斷裂而逐漸成為一個歷史時期，因而也被視作現代性的一個形式的。基於這種思考，詹姆遜總結出現代性敘事的第一個原理：斷代無法避免。[45]

然而，斷代的問題涉及是把現代性看做單個的歷史事件，還是看做某一完整的歷史時期的文化邏輯的問題。伽利略（Galileo Galilei, 1564-1642）與近代實驗科學，18 世紀與法國大革命、啟蒙運動，亞當・斯密與資產階級政治經濟學，尼采的「上帝之死」與世俗化，韋伯（Maximilian Karl Emil Weber, 1864-1920）的合理化理論與資本主義的壟斷階段，而最重要的也許是笛卡兒的「我思」或「我懷疑」與其後強調自我意識的主體哲學的發展，所有這些個體事件與相關的歷史時期都處於一種共生的關係當中，關鍵在於採取哪個敘事角度來講述。而這裡的敘事與其說是講述，毋寧說是重寫，即對以前的敘事範疇進行置換，對已經存在的和已經成為人類智慧的現代性進行改寫。重寫或改寫是闡釋的過程，是不斷的自我重構和再造的過程，現代性的自我創造就是在這種闡釋活動和不斷的重構中發生的。[46]這意味著，這種重寫或改寫把現代性與某一歷史階段聯繫起來，用陌生化的手法根據現在重寫過去，或根據過去重寫現在。這

---

[45] Fredric Jameson, *A Singular Modernity: Essay on the Ontology of the Present*, London: Verso, 2002, p.30.

[46] 霍米・巴巴：《「種族」、時間與現代性的修訂》，見巴特・莫爾-吉伯特等編輯的《後殖民批評》，楊乃喬等譯，北京大學出版社，2001 年，第 254－256 頁。

就使這種重寫或改寫具有了社會和歷史意義，具有了資本的空間流動和文化的解域化意義，也具有了歷史和意識形態的敘事功能。它「以一種新的方式，通過經驗本身古老的幽靈般的形式，而不是通過被公認的概念與其同樣被公認的對象之間一對一的對應，給『現代性』的指涉對象定位。」[47]於是，詹姆遜說，「正如丹托所表明的，一切非敘事性歷史都可能被轉譯成正常的敘事形式，所以，我也想要提出，在特定的文本中查找出比喻的根據，這本身就是一次不完整的運作，而比喻本身就是隱藏的或被掩埋的敘事的跡象和徵候。這至少適於我們一直所描述為現代性的比喻的東西」。因此，詹姆遜總結出現代性敘事的第二個原理：「現代性不是一個概念……而是一個敘事範疇」，[48]是對主客體的一種建構，而這種建構是從笛卡兒那裡開始的。

這等於說，建構，無論是主體的建構還是客體的建構，是要建構確定性（certainty），而建構確定性的第一步是消除懷疑（doubt）。按詹姆遜的分析，笛卡兒的「我思」既標誌著現代或西方主體的出現，又標誌著主體與客體的分裂。這種分裂體現為主體與客體的一種辯證關係——主體產生於客體世界的空間之中，只有當這個空間被重新組織成純粹同質的擴張時，主體才能被描述，就是說，只有間接地通過客體的世界，而且是在客體世界歷史地產生的時刻，意識和主體才能得以再現。[49]在海德格爾那裡，這種再現也同樣是指

---

[47] Jameson, *A Singular Modernity: Essay on the Ontology of the Present*, London: Verso, 2002, p.39.

[48] Jameson, *A Singular Modernity: Essay on the Ontology of the Present*, London: Verso, 2002, p.40.

[49] Ibid., p.44.

主體與客體的分裂，在這種分裂中，主體與客體之間拉開了距離，主體通過「思」把假定的客體置放在被注視的狀態，進行觀察、思考、認識和直觀理解，然後以再現的方式對它進行建構甚或重構。這種建構或重構的目的就是為了消除懷疑，「只有通過這種新近獲得的確定性，新的作為正確性的真理概念才能歷史地出現，換言之，類似『現代性』的東西才能出現。」[50]確定性是海德格爾的現代性敘事的理論本質，它體現為一種救贖的確定性，即人擺脫靈魂救贖的天啟確定性而走向確保自己認識的已知事物之真實性的確定性，即肯定自身的自我決定。[51]詹姆遜認為這是海德格爾現代性敘事的第一個模式：一個特徵（救贖的確定性）從先前的系統中（天啟的靈魂救贖）進入了一個新的系統（對自身認知的真實性的確定性），而且發生了功能性變化，這在福柯和阿爾都塞那裡變成了從一種生產方式到另一種生產方式的轉換。海德格爾的第二種敘事模式被簡單地概括為「屬於舊系統的殘餘因素的持續存在」，[52]這體現為笛卡兒「語言」中中世紀因素的存在。根據這兩種模式，可以說笛卡兒的現代性與先前的神學理論構成了一個斷裂，同時又與後來的尼采思想構成了另一個斷裂，海德格爾也因此而成了一個斷代思想家。然而，不管這種斷代劃分合適與否，詹姆遜在海德格爾的個性化語言中注意到了一個細微差別，即英文中的「再現」（representation）在德文中為兩個詞：Vorstellung 和 Darstellung。海德格爾使用的是前者，指根據認識論而對世界進行重組，從而產生

---

50 Ibid., p.47.
51 Ibid., p.50.
52 Ibid., p.51.

一個新的存在範疇；而傳統的形而上學使用的是後者，具有戲劇表現和場面描寫的內涵。在後一種意義上，意識、無意識和主體性都是無法再現的，也是不可能再現的，因此，以「我思」和主體性為主導分類的現代性及其意識形態也就是不可再現的了。但這並不意味著現代性從此就是不可敘述的了。在這個問題上，海德格爾的「重組」無疑具有方法論意義，而首先由雅斯貝斯（Karl Jaspers, 1883-1969）提出、經過薩特（Jean-Paul Sartre, 1905-1980）發展的「境遇」（situation）這個術語為現代性敘事提供了應急措施，也就是詹姆遜總結的第三個原理：「不能圍繞主體性範疇組織現代性的敘事；意識和主體性是不可再現的；所能敘述的只有現代性的環境。」[53]

蜜雪兒•福柯具有劃時代意義的知識考古學為現代性勾勒了這種環境。基本上分四個歷史時期：第一個是被稱作神學世界的前現代時期，它由中世紀和具有迷信色彩的文藝復興初期構成，裡面充滿了比喻、相似性和符號，但沒有現代意義上的真正歷史。第二個是再現（表徵）或古典時期，它以 17 和 18 世紀的科學模式和人文主義而與 19 世紀的工業生產方式緊密聯繫起來，因而與第三個現代時期，即 19 和 20 世紀，構成了一個完整的歷史斷代。第四個時期是一個朦朧但卻富有預言性的領域，在現代性的縫隙中不斷對語言和自身進行否定和消解。[54]詹姆遜認為，從技術上說第一個是非現代的，第四個是反現代的，因此都不能算作現代性的歷史環境；

[53] Jameson, *A Singular Modernity: Essay on the Ontology of the Present*, London: Verso, 2002, p.57.

[54] Jameson, *A Singular Modernity: Essay on the Ontology of the Present*, London: Verso, 2002, pp.61-63.關於福柯對現代性的古典時期的清晰論述，見汪民安《福柯的界限》，中國社會科學出版社，2002 年，第 78－93 頁。

而第二個和第三個時期就其斷裂、過渡、重建和向新秩序的發展而言，應該算作一個歷史時期。此時，「財富，自然史和符號」是三個同源異體的部分，時間和歷史體現為對起源的冥想，而語言則承擔了知識的行為，肯定了名（詞）與物之間的關係。[55]知識或「知識型」有史以來第一次構成了意義的框架，而意識和笛卡兒在此不過是一個註腳而已。[56] 19 世紀語言學、經濟學和生物學的發展猶如新生的地質板塊的運動，脫離舊大陸的地質層，以無法預測和無法理解的力量向新的方向運動，完成了從再現（表徵）向歷史的過渡，即從生產意義向開始限制意義的過渡。這是一個新的歷史主義和人文主義的時期。「在這個時期裡，人類思想的界限，實際上就是知識的界限，就如知識的內容一樣引人入勝、耐人尋味」。[57]詹姆遜認為，福柯和康德一樣，也是對知識和思想的界限進行追蹤和清理，但與康德不同的是，福柯在對思想進行界定的同時反而強化了越界的意志，也因此進入了知識的禁地。而福柯與海德格爾的區別則在於：海德格爾把西方形而上學的整個發展追溯到笛卡兒，福柯則把這一追溯所掩蓋的部分全部揭示出來了。[58]海德格爾的現代性敘事由兩個斷代構成，第一個是簡單再現的時刻，第二個是主體出現的時刻，正是在第二個時刻裡，福柯看到了海德格爾所沒有看到的一個特徵，即「分離」（separation）。福柯用「分離」描寫不同學科的運動，當它們在地理上相互離散而達到相對自治時，便形成了

[55] Jameson, *A Singular Modernity: Essay on the Ontology of the Present*, London: Verso, 2002, p.63.
[56] Ibid., p.68.
[57] Ibid., p.71.
[58] Ibid., p.73.

獨立的生活、勞動和語言；馬克思用「分離」描寫資本主義的現代性，當工人從原來的生產方式中解放出來，與土地和工具相分離時，便被當做商品投入了自由市場；在韋伯的「合理化」理論中，「分離」意味著「拆解」，傳統的「整體」勞動被拆解成「零部件」，再根據效率標準對這些零部件加以重組，從而完成了管理者和勞動者，即腦力勞動與體力勞動的分工。[59]對這種「分離」進行最後描述的是尼克拉斯・魯曼（又譯盧曼）：在這裡，「分離」體現為各個社會生活領域之間的分化，「它們從某一看似全球的和神話的（但往往是宗教的）總體動力的脫離，以及作為具有獨立法律和動力的獨立領域的重建」。[60]

從笛卡兒到福柯，從馬克思到魯曼（Niklas Luhmann, 1927-1998），各種關於「斷代」和「分離」的描述無不關係到現代性理論的建構。如果說笛卡兒的現代性是啟蒙和理性，海德格爾的現代性是確定性，福柯的現代性是知識的譜系學，那麼，馬克思（主義）的現代性就是資本主義本身。「現代性描述的是在特定體制內部、在特定歷史時刻內部獲得的東西，因此不能指望它對它所否定的東西進行可靠的分析。」[61]換言之，任何一種現代性理論，只有承認在現代與後現代之間已經發生了斷裂和分離時，才具有意義。[62]這是他總結的第四個現代性敘事的原理。

---

[59] Jameson, *A Singular Modernity: Essay on the Ontology of the Present*, London: Verso, 2002, p.83.

[60] Ibid., p.90; Niklas Luhmann, *The Differentiation of Society*, New York: Columbia University Press, 1982.

[61] Jameson, *A Singular Modernity: Essay on the Ontology of the Present*, London: Verso, 2002, p.91.

[62] Ibid., p.94.

但是，這種斷裂和分離是如何發生的呢？在《文化與金融資本》中，詹姆遜試圖找出產生斷裂和分離的根本原因，因為這是他（自認為）為一種尚未成型的正統的馬克思式現代主義理論所做的兩個貢獻之一，即「作為現代主義的現實主義，或從根本上作為現代性之組成部分的一種現實主義」，其特點是「斷裂、創新、新知的出現」等。[63]他的另一個貢獻就是把從現實主義到現代主義、從現代主義到後現代主義的過渡看做一個形式過程，物化力量不斷加強、各個階段又是相對自主的一個過程。這當然離不開盧卡奇（Georg Lukacs, 1885-1971）的現代性敘事，即他關於現代主義的物化、解構和差異的分析和論述。[64]然而，一旦從假定獨立的現代性中抽身出來，進入後福特主義的後現代語境中，無論是盧卡奇的物化理論，泰勒（Frederick Winslow Taylor, 1856-1915）的勞動分工，還是被譽為「探討勞動過程的里程碑」的《勞動與壟斷資本》，[65]就都不那麼適合以文化消費為主流的後現代性的「環境」了，因為在這個環境裡，用來支撐和維持後現代性本身的東西只有金融資本，因此，詹姆遜建議用德勒茲和瓜塔里的「解域化」理論來分析後現代環境裡的資本主義消費文化或全球化的虛擬或賽博空間（cyberspace）。

---

[63] Jameson, "Culture and Finance Capital", in *The Jameson Reader*, Michael Hardt and Kathi Weeks（ed.）, Blackwell, 2000, p.264.

[64] Jameson, *A Singular Modernity: Essay on the Ontology of the Present*, London: Verso, 2002, pp.82-85.

[65] Harry Braverman, *Labor and Monopoly Capital: The Degradation of Work in the Twentieth Century*, New York: Columbia University Press, 1974.

在德勒茲和瓜塔里看來，「文明是由資本主義生產中流動的解碼和解域化來限定的。任何一種方法都能保證這種普遍的解碼：財產、物品和生產方式的私有化，但還有『私下的人』自身器官的私有化；金錢數量的抽象化，但還有勞動數量的抽象化；資本與勞動能量之間關係的無限度性，以及金融流動與收支方式的流動之間的無限度性；符碼流動本身所呈現的科學和技術形式；由不具有明確認同的線和點開始的浮動結構的形成。」[66]這種解碼流動的路線就是一部近代金融史——美元的用途、短期的移動資本、硬貨的浮動、金融信貸的新方法、特殊的取款權利，以及新的危機和投資形式。所有這些無不預示著詹姆遜所描述的金融資本的終極解域化——土地和地球的抽象化。我們現在所要做的，是對這種抽象化進行敘述，描寫這種新的解域化的後現代內容，它「與作為全球金融投機的現代主義自主化的關係，就彷彿舊的金融業和信貸或 80 年代白熱化的股票市場之於大蕭條時期一樣。」[67]後現代語境下的馬克思主義文化批評就是要讚揚、保護、支持以資本的「終極解域化」為體現的永久革命，抵制和反抗以「再轄域化」為體現的資本主義社會的權力或霸權擴張，其方法就是德勒茲和瓜塔里所高揚並加以政治化的「小語言」（minor language）。[68]

---

[66] Deleuze and Guattari, *Anti-Edipus: Capitalism and Schizophrenia*, trans. Robert Hurley, Mark Seem, and Helen R. Lane, Preface by Michel Foucault, Minneapolis: University of Minnesota Press, 1994, 7th printing, pp.244-245.

[67] Jameson,「Culture and Finance Capital」, in *The Jameson Reader*, Michael Hardt and Kathi Weeks（ed.）, Blackwell, 2000, p.267.

[68] 見本書第 3 章。

第6章

文化翻譯：語言的逃逸政治

在對本文的討論中，我們一直使用權威的柏拉圖法文譯本，紀羅姆・布德發表的譯本。而所用的《斐德羅篇》則是列奧・羅賓的譯本。我們將繼續使用這個譯本，但在適當或與我們的論點相關的時候會用括弧加入希臘文。比如 pharmakon 這個詞。這樣，我們希望以最驚人的方式展示正常有序的多義性，通過曲解、不確定性或過分確定性，但不通過誤譯，允許把這個詞譯為「治療」、「藥方」、「毒藥」、「藥」、「春藥」等。我們還將看到這個概念的可變的統一性、甚或將概念與其能指聯繫起來的規則和奇怪的邏輯，在何種程度上由於譯者的輕率或經驗主義而被消除、掩蓋、塗抹，幾乎譯得不可卒讀，但最重要的原因還是由於翻譯的難以克服的、無法簡約的難度。這個難度固存於翻譯的原則之中，與其說在於從一種語言向另一種語言的過渡，從一種哲學語言向另一種哲學語言的過渡，毋寧說已經固存於希臘文與希臘文之間的傳統，這一點我們已經看到了；把一種非哲學的語素轉換成哲學的語素的極大困難。帶著這個翻譯的問題，我們將討論同樣重要的如何轉換成哲學的問題。

——雅克・德里達（Jacques Derrida），《柏拉圖的藥》

一

自從瓦爾特・本雅明的《翻譯者的任務》[1]重被挖掘出來、受到後結構主義者的格外青睞以來，翻譯理論研究隨之發達起來，關於翻譯與語言關係的理論探討也便目不暇接。按保羅・德曼的說法，凡是想在這個行當裡混碗飯吃的人，都得找空兒談談翻譯的事兒，都得就翻譯和語言的關係問題發表一點見解。[2]而實際上，從事哲學探討、語言研究和文學／文化批評的工作者，如果能抽空把所研究的領域與翻譯聯繫起來，探討二者之淵源，深究其內在關係，並在之間搭建邏輯的聯繫，或許能獲益匪淺，因為有關翻譯的理論探討決不是顯示博學、不是介紹經驗、不是閻談「信、達、雅」，更不是規定條條框框，而是從翻譯入手，深入到語言哲學的問題中去，進而涉及語言與世界的關係問題，詞與物之間的指涉問題，能指與所指的不確定性問題，表達與意義的分離問題，專有名詞與普

1 本雅明的《翻譯者的任務》（1921）是為他自譯的波德賴爾詩集《巴黎景象》（《惡之花》中的一些篇章）所作的序。據說這部詩集標誌著本雅明第一階段的波德賴爾研究的結束，而這篇譯序則公認是本雅明最明顯具有神學意義和神秘主義色彩的文章。（Hartman, Geoffrey H., *Criticism in the Wilderness: The Study of Literature Today*, New Haven and London: Yale University Press, 1980, pp.63-85.）但每當談起這篇膾炙人口的文章時，人們總要把它與早幾年發表的《論語言本身和人的語言》（1916）聯繫起來，並總能在二者間找出一些必然的內在聯繫，尤其是本雅明的語言觀和神學觀。

2 De Man, Paul, "Conclusions: Walter Benjamin's 'The Task of the Translator'" in *The Resistance to Theory*, Minneapolis: University of Minnesota Press, 1986, p.74.

通名詞之間的關係等問題。[3]即是說，由翻譯而引發的語言問題已成為西方理論界的重大課題之一。而這一切都源自原文的可譯性和不可譯性。

首先需要說明的是，這不是把翻譯置於「可有可無」之間，也不是置於「可譯或不可譯」之間。在全球化語境下，民族間的交流比以往任何時候都更需要翻譯；而民族間的交流史早已回答了「可譯或不可譯」的問題。實際上，可譯性是一些文本的本質特徵。[4]應當說，翻譯的任務是明確的、義不容辭的、必須執行的，因為上帝在「創世」的時候就在一個特殊情況下規定了這項必須完成的任務，這筆必須償還的債務。這個特殊情況就是在翻譯領域內有口皆碑的「巴別塔的故事」(《聖經・創世記・第 11 章》)。人們從這個故事中讀到：天下人（the whole earth）本來講同一種語言（language），[5]同一種言語（speech），而閃的子孫偏偏要在示拿地建一座城和一座通天塔，以便統一本來就是「一樣的」語言，避免本來就聚集在一起的人們分散在「全地上」。但上帝來探視那座城，那座塔，看著不好，因為如果他們講「一樣的」語言，是「一樣的」人民，那以

[3] 這些都是西方結構主義和後結構主義理論家所共同關注的語言問題；當他們從各自的研究領域轉而討論翻譯時，這些問題也就成了他們「翻譯理論」的焦點。而實際上，他們探討翻譯的目的，不在翻譯自身，而在於從翻譯的視角揭示更深刻的語言問題。這在某種程度上與我國譯界側重翻譯的經驗探討形成了對比。

[4] Benjamin, Walter, "The Task of the Translator", 1921, in *Illuminations*, Arendt, Hannah（ed.）, New York: Fontana Press, 1992, p.71.

[5] 中文版《聖經》中，此處的「語言」（language）譯作「口音」。把「語言」譯作「口音」，語言變成了口音，被「變亂」了的一種口音演變成了多種語言，混亂的語言，需要相互翻譯才能達到理解和交流的語言，這本身就説明了下面要討論的問題。（Chapter 11 of *Genesis*: "And the whole earth was of one language, and of one speech."）

後就不好控制了。於是就「變亂」了他們的語言，叫他們彼此聽不懂；於是就搗毀了那座塔，把他們分散到各地去。這無疑顯示了上帝的萬能和權威，道出了上帝心中的嫉妒和憂慮，而更重要的是，上帝在「變亂」了語言之時也開創了「翻譯」這個行當，使翻譯成為必需，同時也給交流和翻譯設下了重重障礙。

何以如此呢？由於上帝在那裡「變亂」天下人的語言，所以通天塔被命名為「巴別」（Babel）。「巴別」在希伯來語中即「變亂」之意，是普通名詞。但那聲音是從塔上方傳下來的，就像「耶和華」的名也是從上面傳下來的一樣，所以，「巴別」也是專有名詞，即「聖父」之意（ba－av－父，bel－上帝）。[6]「巴別」是專有名詞又是普通名詞，具有兩層互相抵牾的含義：首先，部族和語言在地球上的分散註定造成語言的混亂，因此需要相互翻譯，否則人們就達不到相互理解和交流；但由於語言的多重性（多義性），所以純粹完美的翻譯，回歸到單一語言的翻譯是不可能的。這就給人類的理解和交流造成了障礙。也許上帝「變亂」語言的目的就是不讓人們達到完全的相互理解，而不完全的理解必然導致不完全的翻譯，因此，翻譯是一項永遠不能徹底完成的任務，就像文本是一個無止境的意指過程一樣。

---

[6] 伏爾泰（Voltaire, 1694-1778）在《哲學詞典》中討論「巴別」時不無譏諷地說：「我不知道為什麼在《創世紀》中『巴別』意味著變亂。在東方語言中，Ba 的意思是『父親』，Bel 的意思是『上帝』；『巴別』指上帝之城，即聖城。古人就是這麼稱呼他們的首都的。但無可置疑的是，『巴別』的意思是變亂，可能是因為建築師們在看到他們的傑作竟然高達 81000 尺時而瞠目結舌，要麼就確實是找不到適當的語言了；顯然，從那時起，德國人就不再懂中文了；顯然，據學者博沙德所說，中文與正宗德文原本是同一種語言。」[轉引自 Derrida, Jacques, "Des Tours de Babel", *Difference in Translation*, Graham, Joseph（ed.）, Ithaca: Cornell University Press, 1985, p.166.]

二

按照本雅明的語言觀，翻譯、翻譯的欲望、翻譯的任何實踐，如果離開上帝的創世和救贖觀念，就都是不可想像的。上帝雖然用泥造人，但卻給了人語言的才能，而人的語言才能又體現在他給萬物命名的能力上。在世間萬物中，只有人具有給自己和周圍事物命名的能力，用名字稱呼事物的能力，用語言描述事物的能力，這正是人區別於其他生物的根本。通過這種語言能力和命名行為，人的精神本質具有了神性，完成了上帝的創造，也完善了神的語言。[7]

但物自身也有語言；物在這種語言中交流，傳達自身的「精神本質」。本雅明說，物是語言所指的東西，但不是先於語言而存在，不是外在於語言而存在，而在語言中。世間萬物，無論有生命與否，沒有不以某種方式參與語言行為的。[8]這就是說，物的「精神本質」不是通過語言、而是在語言中傳達出來的；不是外在於語言、把語言作為揭示自身的工具或手段，而是可交流的，本身就是一種語言本質。物本身就是語言的。但物的這種語言本質是自行傳達給人的，因此，人按照物把自身傳達給人的方式給世間萬物命名（如同上帝按照自己的形象造人），通過接受物的語言把世界和萬物置入

7 Benjamin, Walter, "On Language as Such and on the Language of Man", 1916. *One-Way Street and Other Writings*, trans. Edmund Jephcott and Kingsley Shorter, with an Introduction by Susan Songtag, NLB. 1977, p.109.

8 Benjamin, Walter, "On Language as Such and on the Language of Man", 1916. *One-Way Street and Other Writings*, trans. Edmund Jephcott and Kingsley Shorter, with an Introduction by Susan Songtag, NLB. 1977, p.110.

語言之中，所以，命名就是把物的語言翻譯成人的語言，是人和人的語言的最本質特徵，是人的語言和語言自身的最內在存在，也是人之所以成為人的決定因素。

但是，命名不是原初的創造，不是純粹的構想。人在給世間萬物命名時，必然接受和使用上帝的言語，必然使神性在自然萬物中不自覺地閃射出來，把無名變成有名，把未知變成已知，把無法傳達的東西傳達出來。本雅明說，一切事物都在命名中，而且只能在命名中傳達自身。[9]命名是人的精神存在和語言得以言說的唯一媒介，在這個媒介內，語言，萬物的語言存在，都在說話，都在發聲，都在傳達自身。本雅明還說，命名是語言的語言，是純語言。在純語言中，詞與物匯合在一起，物的語言譯成了人的語言，因此人就是翻譯者，抑或就是翻譯自身。[10]而翻譯是一種認知、一種改造、一種完善。所認知的、改造的、完善的就是世界，就是上帝創造的世界。因此，上帝的創造行為在人的命名行為中得以完成，而命名就是翻譯，通過認識、改造和完善世界，把封閉、隱藏、圍包在黑暗之中的「精神本質」和「純語言」拯救出來，把「神聖文本」純粹完美地複述和翻譯出來，實現其神聖的、救世的、宗教的諾言。

在本雅明看來，原則意義上的翻譯者不是詩人、不是藝術家，尤其不是從事原創造的詩人和藝術家。首先，優秀的翻譯者應該具備優秀詩人具備的品格，但優秀的翻譯者不一定是優秀的詩人，其次，最優秀的翻譯者往往都是最糟糕的詩人，儘管一些優秀詩人可

[9] Ibid., pp.110-112.

[10] Benjamin, Walter, "The Task of the Translator", 1921, in *Illuminations*, Arendt, Hannah（ed.）, New York: Fontana Press, 1992, pp.75-76.

能成為優秀的翻譯者，但他們不是由於是優秀的詩人才成為優秀的翻譯者的。[11]

翻譯者所承擔的任務使他看上去像是一個批評家、哲學家或歷史學家。[12]翻譯者與哲學家相像，因為翻譯與哲學都是批判的、要求判斷力的：翻譯批判的對象是原文，它對於原文的反思猶如哲學對於世界的反思，二者都必須具備批判的認識眼光和卓越的判斷力。翻譯者也與批評家相像，因為批評和翻譯都賦予原文一種新的經典性，但同時又質疑、破解原文固有的一種經典性，[13]將其置於動態之中，對其進行批判的、理論的解讀，賦予其一種不確定性。[14]此外，翻譯者與歷史學家相像。這裡的歷史不是有機的歷史，不是

---

[11] Benjamin, Walter, "The Task of the Translator", 1921, in *Illuminations*, Arendt, Hannah (ed.), New York: Fontana Press, 1992, p.76.

[12] Ibid., pp.76-82; De Man, Paul, "Conclusions: Walter Benjamin's 'The Task of the Translator'", in *The Resistance to Theory*, Minneapolis: University of Minnesota Press, 1986, pp.81-83.

[13] 所謂經典性原指《聖經》的正典性，即其源出和價值，或區別於偽經的正經的權威性；在文學批評中，指作品源出的可靠性和用以區別於其他作品的文學性和重要性。在這個意義上，翻譯，至少就文學作品的翻譯而言，是一個經典化（canonization）過程，涉及對原作的選擇，關於其價值的判斷以及判斷的標準等問題。這也暗示著，不同時間和不同文化的譯者可能會給同一部作品一種符合自己價值標準的經典性。

[14] 「不確定性」（uncertainty/indeterminacy）是借自當代文學批評理論的一個術語，雖然其源頭可溯至柏拉圖（《伊安篇》）、朗吉弩斯（《論崇高》），直到 20 世紀 50 年代的英美「新批評」（詩歌意義的「含混性」），和 70 年代的讀者反應理論（讀者的闡釋決定作品的意義），但將不確定性理論發展到極致的應該說是德里達和保羅・德曼及其之後的後結構主義批評家。概括地說，不確定性指意義的不確定性，是文本具有的一個屬性，同時進入並影響對文本的闡釋，因此，不僅文學本身是不確定的，就連文學闡釋也是不確定的。一些後結構主義者建議把「含混性」與「不確定性」區別開來，進而有「文本是含混的」和「闡釋是不確定的」說法。無論如何，不確定性是一種多元決定的結果，它決定著對文學作品或非科學著作的閱讀和理解。就翻譯而言，同一部作品的不同譯本（如同同一部劇作經過不同的導演一樣）或許體現了譯者的不同閱讀和理解，在這一點上，翻譯理解的過程相當於批評閱讀的過程。

與某一自然進程構成類比的歷史，即是說，不是從自然變化的角度看待歷史，而是從歷史的角度看待自然變化。同理，譯文與原文的關係相似於歷史與自然的關係：不應從原文的角度看待譯文，而應從譯文的角度理解原文，即是說，不應依據形式的相似性或派生關係來理解原文與譯文的關係。[15]

譯文與原文之間的關係如同哲學與認知的關係；如同批評與詩歌的關係；如同歷史與純粹活動的關係：前者派生於後者，但又不是後者；後者都是原創活動，而前者都是後者生命的延續。譯文派生於原文，但不是對原文的恢復、拷貝、再現，甚至不是對原文的再生產和接受（本雅明一開始就交代說，翻譯者不考慮文學藝術的接受情況）。[16]譯文不是原文生命的有機部分，而是原文生命的延續，是原文的來世生命。原文之所以要求翻譯，正是因為它有繼續生存的欲望、條件和價值，但在某種意義上，它為此付出的代價是死亡。[17]譯文在「分娩的陣痛」中宣告了原文的死亡，[18]原文也在「作為一種形式」的翻譯中獲得了新生，[19]這就是翻譯所體現的生

---

15 這就是說，譯文與原文之間不是簡單的對譯關係，不是從一種語言到另一種語言的簡單移植，而應是一種相互補充的關係。見本章關於「債務」的論述。

16 Benjamin, Walter, "The Task of the Translator", in *Illuminations*, Arendt, Hannah（ed.）, New York: Fontana Press, 1992, p.70.

17 Ibid., p.72; De Man, Paul, "Conclusions: Walter Benjamin's 'The Task of the Translator'", in *The Resistance to Theory*, Minneapolis: University of Minnesota Press, 1986, p.86; Derrida, Jacques, "Des Tours de Babel", *Difference in Translation*, Graham, Joseph（ed.）, Ithaca: Cornell University Press, 1985, p.182.

18 De Man, Paul, "Conclusions: Walter Benjamin's 'The Task of the Translator'", ibid., p.86.

19 Benjamin, Walter, "The Task of the Translator", in *Illuminations*, Arendt, Hannah（ed.）, New York: Fontana Press, 1992, p.71.

與死的悖論。在這個意義上，如果說翻譯具有一種拯救「純語言」的宗教般的救贖性，那麼，原文為了自身生命的延續也就必須具備一種崇高的獻身精神。

翻譯不是恢復、不是拷貝、不是交流、不是再現、不是再生產、更不是接受。翻譯者之所以不同於詩人，是因為詩人與意義有關，他總想說點什麼、表達點什麼、傳達點與語言無關的東西，用語言再現、複述、拷貝、模仿，甚至陳述某種外在於語言的意義。翻譯者不是詩人；他與原文的關係是語言與語言之間的關係。他的任務不是發表見解、傳達內容，或單純地交流意義，而是力圖說明語言間的一種親和性。按本雅明的說法，這種親和性就是親緣性，它之所以存在，是因為語言之間決不是陌生的，除了先驗的歷史關聯之外，語言之間還存在著表達上的關聯、交流的關聯，因此才有翻譯的可能性。[20]翻譯最終表明一種語言內的和語言間的關係，但決不是簡單地把一種語言投射到另一種語言。[21]

---

[20] Benjamin, Walter, "The Task of the Translator", in *Illuminations*, Arendt, Hannah（ed.）, New York: Fontana Press, 1992, p.73.

[21] 德里達舉例說明：博爾赫斯（Jorge Luis Borges, 1899－1986）筆下的皮埃爾・梅納德創作《堂吉訶德》，其西班牙語中夾雜著典型的法語性，但一旦譯成法語，其在原文中的法語性就丟失了；笛卡兒用法文撰寫的《論方法》的結尾有一句話是用拉丁文寫的，而拉丁文譯者卻粗暴地將其略掉了。這兩個例子都說明，簡單地把一種特定語言看做一個語言系統，並能夠與另一個類似的系統進行純粹對譯是錯誤的。「毋庸置疑的是——人們對此普遍承認但又都閉口不談其後果——語言間的翻譯決不是純粹的詞句對應，而是向不同的語言和知識傳統的移植，其中暗含著切割、異質性以及由此引發的細微差別的拼湊組合。」（Hobson, Marion, *Jacques Derrida: Opening Lines*, London & New York: Routledge, 1998, p.213.）

三

於是便有了下面的比喻：[22]首先，在譯文與原文之間隔著一堵牆，藏在牆後面的東西是翻譯者所應看到而又絕對看不到的（遺憾的是，他不能把它拆除而變成一個「拱廊」），因此，譯文所捕捉到的只是從牆那邊失落和流亡過來的部分。其次，譯文與原文就好比一條直線與一個圓相切，二者之間的真正接觸只是瞬間，只是無限小的一點，但如果把直線比作譯文的話，它或許可以在瞬間接觸原文之後無限延伸下去。[23]再次，譯文與原文之間的瞬間接觸就好比一架風琴被風吹動，奏起遠較響亮和和諧的語言之音。最後，譯文和原文都是一個更大語境的碎片，就好比一個被打破的陶罐，當把它的各個碎片接合起來時，每個細節都必須彌合，但不可能與原陶罐一模一樣。此外，翻譯是用果肉適應果皮，在這個過程中忽略了果核。譯文的語言也像皇袍，寬鬆地包裹著裡面的內容。

---

22 Benjamin, Walter, "The Task of the Translator", in *Illuminations*, Arendt, Hannah (ed.), New York: Fontana Press, 1992, pp.70-82.

23 瞬間接觸原文之後的譯文是一條直線，脫離原文之後可以無限延伸下去，這就是德里達所說的譯文對原文的補充或增補（Derrida, 1985, 188-190; 見 Benjamin, 1916）。德里達本人把他的《巴別塔》一文看做是對本雅明的《翻譯者的任務》的翻譯，甚或是對一篇譯文的翻譯，就是說，他在「翻譯」本雅明那篇本身就是「譯文」的文章時在許多方面補充和發展了本雅明的觀點，本雅明的「譯文」也就成了德里達（和保羅・德曼的）「翻譯論」的一個起點。而且，經過這種延伸，原來缺失的東西被補充進來了，含蓄的東西被清晰表達出來了，甚至不重要的東西也變成重要的了，邊緣的也變成核心的了。

然而，譯文與原文之間最重要的關係也許是一種相互負債的關係。[24]首先，作者負債於翻譯者；他像父親一樣要求兒子繼承家業，不僅要維持所繼承的家業，還要設法給它新的生命。按德里達的說法，原文是第一個負債者，第一個請求簽名者，[25]它從一開始就缺點什麼，從一開始就請求翻譯。巴別塔的建造者們要求翻譯，是為建立語言的一統天下而用自己的語言翻譯自己的語言；巴別塔的解構者——上帝——也要求翻譯，而且是在禁止天下人翻譯時要求翻譯，否則，他的名就不會被接受和理解，他的神聖文本就不會被解讀和破譯，他的律法也就不會具有約束力。

其次，譯文負債於原文。翻譯者與原文處於一種契約的關係。[26]他簽署這項契約的目的不是為交流、不是為再現、不是為履行已經作出的承諾；而是為了生產、為了擴展、為了詩意地重寫。他所要生產的是符號，使語言發展、擴大、成長的符號；他所要擴展的是語言的身體，使其在相互結合、相互補充的生存過程中構成一個更大的語言，而這個新的更大的語言或集合體，也是一種重構、一種詩意的重寫、一個新的命名和簽名。即是說，翻譯擴展（也就是德里達所說的「增補」）了原文，在這種擴展中，原文的語言和譯文的語言都經過了改造，得到了調和，接近了圓滿。

---

[24] Derrida, Jacques, "Des Tours de Babel", *Difference in Translation*, Graham, Joseph（ed.）, Ithaca: Cornell University Press, 1985, pp.182-185.

[25] Derrida, Jacques, "Signature, Event, Context", in *Margins of Philosophy*, trans. Alan Bass, Chicago: University of Chicago Press, 1982.

[26] Derrida, Jacques, "Des Tours de Babel", *Difference in Translation*, Graham, Joseph（ed.）, Ithaca: Cornell University Press, 1985, pp.185-186.

那麼，在這種相互契約和相互生產中，真實的翻譯和忠實的翻譯還存在嗎？德里達說，在翻譯中，語言表達意義或再現現實的充分與否，譯文是否真實或忠實地再現了原文，並不是最重要的，最重要的是要尋找抵制翻譯的東西，那些迄今未受觸碰的、觸碰不到的、不可觸碰的東西，因為這正是吸引翻譯者簽約，甚或指點翻譯者迷津的東西。[27]

什麼是翻譯觸碰不到的東西？這要先看翻譯所能觸碰到的是什麼。翻譯所能觸碰到的是為了交流而抽取出來的內容，是用語言所能再現的東西，是被用作交流內容的果肉和果皮。但任何翻譯都不可能是窮盡的，都必然遺留點什麼、丟失點什麼、「塗抹」點什麼。無論付出多大的艱辛，無論多麼貼切和忠信，原文總要剩下一點觸碰不到的東西，那就是抵制翻譯的果核，如果不先把果肉和果皮吃掉和咀嚼，它就是看不見的、摸不著的、無法用語言表達的，因此也是不可譯的。這種不可譯的東西，用本雅明的話說，是作為語言存在的精神本質、是純語言；用德里達的話說，是專有名詞、是命名和簽名；而用阿多諾的話說，則是語言中的一種主體性和「細微差別」（nuance）。

實際上，本雅明、阿多諾（Theodor Wiesengrund Adorno, 1903-1969）、德里達等思想家自己的文本都給讀者留下了許多這樣的空白，許多這種尚未言說的、甚至不可言說的東西，已經被塗抹了的東西，[28]在語言與思想的分離中被語言包裹起來的東西。能指與所

---

[27] Derrida, Jacques, "Des Tours de Babel", *Difference in Translation*, Graham, Joseph（ed.）, Ithaca: Cornell University Press, 1985, pp.191-192.

[28] 「塗抹」（erasure）是德里達在論述「元書寫」（arche-writing; proto-writing）或「元蹤跡」（arche-trace）時借用佛洛伊德的一個術語：當寫字板上的文字被塗抹

指之間的任意性，思想與語言之間的分離，語言表達的意義與表達意義的方式之間的斷裂，語法與意義、詞與句子之間的斷裂，符號與象徵物、比喻與喻體之間的非對應性，這些就是翻譯者面對的障礙，是他試圖填平的「深淵」，是他在翻譯的鋼絲繩上臨危俯瞰的語言「深淵」，正是這些分離和斷裂，這些障礙和深淵，決定了翻譯者必定是個失敗者，決定了文本的不可譯因素，也決定了外來詞中頑固的、未物化的、未分解的、未被揚棄的、作為個別主體之「蹤跡」的細微差別。

對本雅明來說，詞與句之間的關係是語法與意義相互協調的問題。[29]但二者能否達到協調？這恰恰是現代語言學提出質疑的東西，大量的翻譯實踐也為這種質疑提供了充分的理由。在他看來，翻譯的基本要素是詞，不是句子。他用了一個奇特的意象來說明二者的關係：句子是擋在原文語言前面的一堵牆，而逐字翻譯的詞將構成一個拱廊；[30]牆在支撐大廈的同時阻隔或隱藏了什麼，而拱

之後，文字的蹤跡（trace）仍在。在佛洛伊德那裡，這代表著所認知的事物在認知主體的心理機制上留下的蹤跡。但認知本身要大於這個蹤跡，是由這個蹤跡和使其可見的東西之間的關係構成的，人的精神就是蹤跡與無意識的總和。德里達發展了佛洛伊德的觀點，認為蹤跡是對自我的塗抹，是對自身存在的塗抹，而這種塗抹冒著完全消失或不可彌補的消失的危險。（Derrida, *Writing and Difference*, trans. Alan Bass London: Routledge, p.220.）在翻譯中，被翻譯者「塗抹」的是具有異國情調的東西，是某一文化特有的具有地方色彩的亮點，是一個不可滲透的語境的語氣、格調、氛圍。德里達認為，要把這個東西理想地、毫不丟失地、總體地再現或移植到另一種語言中，是絕對不可能的。（Derrida, "Living on: Border Lines", trans. J. Hulbert, H. Bloom, et al., *Deconstruction and Criticism*, New York: Seabury Press, 1979, p.101.）

[29] Benjamin, Walter, "The Task of the Translator", in *Illuminations*, Arendt, Hannah（ed.）, New York: Fontana Press, 1992, pp.74-75.

[30] Ibid., p.79.

廊在支撐大廈的同時可以使光線通過，因此還是能暴露或顯示些什麼。

但是，在談到語法與意義的關係時，本雅明認為，詞（Wort）與句（Satz）的關係就是語法。詞與陳述（Aussage）有關，尤其與陳述的方式有關。[31]在句子中，詞是陳述的動作者，它作為句子的最小單位出現，就如同字母在詞中一樣。如果單個的字母在一個詞中沒有意義，那麼，作為最小單位的單個詞在句子中也就沒有意義；就整體而言，單個句子之於文本也就沒有意義了。這裡，我們看到字母對於詞的顛覆力量，詞對於句子的顛覆力量，抑或也看到了句子對整個文本的顛覆力量。因此，逐字的直譯和逐句的直譯都必然丟失意義，都必然不可卒讀，都必然造成語法與意義之間的斷裂。[32]

但這並不是語言中的終極斷裂。語言中的終極斷裂是比喻層面上的斷裂，是象徵與象徵物之間的斷裂，是比喻與喻體之間的斷裂，是比喻所要傳達的東西與它實際已經傳達的東西之間的斷

---

[31] Benjamin, Walter, "The Task of the Translator", in *Illuminations*, Arendt, Hannah (ed.), New York: Fontana Press, 1992, pp.74-75; De Man, Paul, "Conclusions: Walter Benjamin's 'The Task of the Translator'", in *The Resistance to Theory*, Minneapolis: University of Minnesota Press, 1986, p.88.

[32] 這是一個比較難的問題，涉及到語言行為的邏輯。如果一個語言行為是所描寫的一個語言行動，而語法是描寫這種語言行為的一個規則系統，同一個語言行為就可以用不同的語法系統來描寫。另一方面，如句子的意義一樣，語言行為的意義取決於語境；這個語境以描寫的方式給詞語分配語義值。就是說，詞語的意義取決於語境。而最佳語境是能為句子的意義和語法提供最佳解釋的語境。因此，在翻譯中，甚至只求「傳神」的「意譯」也仍然要顧及語境的相關性，同時又要傳達那些具有語義值的形態或形式差異，以創造傳達「純語言」的氛圍。

裂。[33]這種斷裂在翻譯中表現為原文意義與譯文意欲表達的理想意義之間的差距，本雅明用自由和忠實之間的悖論來說明這個問題。[34]就目的語言的習慣表達（「達」和「雅」）而言，翻譯要求一種自由；但就對原文所負的責任而言，翻譯要求忠實（「信」）。忠實的翻譯是直譯的、不自由的，必定造成語言的艱澀和句法的生搬硬套（因此做不到「達」和「雅」）；反之，自由的翻譯（意譯）必定揭示原文語言的不確定性，暴露比喻與意義之間的張力，[35]把神聖的東西與詩意的東西分離開來，把純語言與詩歌語言分離開來，因而也必定造成語言結構內部的瓦解和分裂，抑或造成更加嚴重的意義流失（因此也做不到「信」）。

這可以用專有名詞或簽名的翻譯來說明。「巴別」是專有名詞，是簽名，意即「聖父」，它本來直接指向了它所命名的單一對象，規定了語言的目的，代表了語言的原型；但上帝偏偏賦予它「變亂」的意思，使它具有了普通名詞的意味，具有了意義的可轉換性或不確定性。在這個意義上，Pierre（皮埃爾）不是 Peter（彼得），也不是 pierre（石頭）；James 不是 Jacques 的翻譯；Londre 不是 London 的翻譯，英文中的 Paris 也不是法文中的 Paris 的簡單音譯；荷爾德

---

33 德文中的 übersetzen（翻譯）恰恰是從希臘文 meta-phorein 翻譯過來的，意思是「搬過去」、「擺渡」，並在德文中保留了這兩個意思。但本雅明說 übersetzen 不是 meta-phorein（隱喻），不同於 meta-phorein。翻譯不是隱喻，而「翻譯」一詞原本又是「隱喻」的意思。隱喻不是隱喻。這個悖論說明了翻譯如此之難的原始原因。

34 Benjamin, Walter, "The Task of the Translator", in *Illuminations*, Arendt, Hannah（ed.）, New York: Fontana Press, 1992, p.79; De Man, Paul." "Conclusions: Walter Benjamin's 'The Task of the Translator'", in *The Resistance to Theory*, Minneapolis: University of Minnesota Press, 1986, p.92.

35 就所論的這種「揭示」功能而言，直譯和意譯並無不同。

林（Johann Christian Friedrich H lderlin, 1770-1843）作品中的 Brot und Wein 與法國餐館裡的 pain et vin 並不構成對應，而與中國 50、60 年代的「麵包和紅酒（葡萄酒）」更是不相匹配。除了文化上的差異外，這也許就是德里達、德曼等人所說的語言中蘊涵著的抵制翻譯的東西，是本雅明和阿多諾所說的「細節」和「細微差別」。

然而，無論是抵制翻譯的東西，還是細節或細微差別，它們都是傳統語言觀的犧牲品，在詞與物約定俗成的關係中都被貶降到了邊緣的位置，成了無關緊要的、不顯眼的、無用的、不可接受的、不合法的東西，有時被看做語言和社會空間中過分的、誇張的、奢侈的東西，它們在語言內部構成了抵制話語霸權，反抗壓制性體制和超越習俗、否定地批判習俗的一股力量。在這個意義上，抵制翻譯就是抵制總體性和同一性，就是提倡差異和多元化，就是破解語言中的邏各斯中心主義。

本雅明透過人的語言與物的語言之間的關係，透過語言的「巴別」現象，看到了語言中一種本質的寓言性。在寓言中，任何人、任何事、任何關係，都可以絕對地指別的人、事或關係。在寓言中，常規和表達寄寓同一個載體，但又相互抵制。這種抵制表現在兩方面：一方面，日常生活的文本、社會習俗的文本、世俗社會的文本，無時無刻不在公開地壓制他者或壓制性地容忍他者；另一方面，表達無時無刻不在掙脫這種壓制，試圖抵制、超越、否定地批判壓制它的常規。這一悖論隱含的是詞與物之間一種陌生的、幻影般的相似性，是一種寓言式表達的凸現，也是對現代技術或工具理性的一次爆發式突圍。在這次突圍中，未知的、封閉的、沉默的東西變成了已知的、開放的、有聲的呼喊。作為他者的陌生事物，語言中抵制翻譯的東西，一下子被命了名，而命名就是翻譯，就是翻譯不可譯的東西，就是尋找不相容性的蹤跡，並在這個過程中，從被命名物體中異化出人類的主體性來。

真正的翻譯追求的是語言的互補性和普遍性，純語言、精神本質、神聖文本、真理的語言都蘊涵在這種互補性和普遍性之中。但是，這種互補並不是一般的互補，而是一種象徵性互補，它象徵著語言間的一種親緣性或親和性，顯露出每種語言都蘊涵著一種只能依靠整體的合作才能表達的意圖，並通過合作利用各自的意圖模式達成一種新的膠合，建立一種新的語言，生產一種新的語言的和諧，從而宣告語言的永存和無限再生。

四

作為對翻譯的抵制，專有名詞或簽名恰恰表明了一種可譯的不可譯性，或不可譯的可譯性。何以如此呢？德里達解釋說，[36]用來稱呼人或事的任何一種語言都必定含有專有名詞；所有語言都是用來稱呼人或事的，就是說，具有指稱的功能，所以，每一種語言都必定含有專有名詞。這個三段論說明了專有名詞是普遍的語言存在。另一方面，翻譯者從一開始就面對著眾多的語言，就處於一種互譯的語言環境之中。在這些互譯的語言中，專有名詞已經處於絕對普遍的指涉領域，不經過翻譯也同樣出現，同樣為人所理解。然而，當我們說「巴別」的時候，我們真的懂得這個詞的意義嗎？它

[36] Derrida, Jacques, "Des Tours de Babel", *Difference in Translation*, Graham, Joseph（ed.）, Ithaca: Cornell University Press, 1985, p.190.

不僅表示語言的多樣性，而且表示某種完整建構的不可能性。它既具有與事件相同的意義，指一種特殊語言中的特殊語言行為，又具有具體的含義，表示一種混淆，也即普通名詞與專有名詞的混淆，指涉行為與意義概念的混淆，描寫功能與指稱功能的混淆，而在翻譯上，則是可譯與不可譯的混淆，正是在這種混淆中，不可譯的「巴別」變成可譯的了；也正是在這個意義上，德里達才說，純粹不可譯的變成了純粹可轉換的，或是已經翻譯過來的東西了。

可譯性與不可譯性，夾在中間的是文本、是翻譯者，即是說，翻譯者和文本處於一種可譯與不可譯之間的兩難境地。謂之可譯，是說文本和翻譯者都背負著雙重義務，相互負有債務；謂之不可譯，是說語言的徹底「變亂」是不可能的，完美的翻譯是不可能的，絕對的總體翻譯是不可能的。可能的只是一種象徵性的完整。這就是兩個文本和兩個簽名之間非常清楚而又相當複雜的關係。

翻譯導致了原文與譯文之間的一種失衡。譯文保留了原文的交流意義，但卻難以體現較之重要的「細微差別」或「純語言」，因此，翻譯總是畸形發展的，總是孕育著怪物。從「純語言」的角度看，糟糕的翻譯生產的是死嬰，而不是原文生命的延續；糟糕的翻譯者承擔了不該承擔的任務，做了不該做的事，他們的成功本身就是失敗，因為他們的譯文並不傳達原文的「巴別之魂」或「喬伊絲之魂」。[37]另一方面，譯文有可能與原文達到對應，有可能達到最

---

[37] 德里達曾在幾處、尤其是在《尤利西斯留聲機》中提及並分析了喬伊絲的《芬尼根守靈》中的一個短語：and HE WAR。他認為這是一個特別具有「巴別」意味的場面：WAR 如果指英文中的武裝衝突，那麼，HE WAR 就是「他（上帝）戰爭」，顯示了上帝是戰爭，因而具有存在的意味；如果是借用德文中的 war（=sein），HE WAR 就變成了 he was，那就顯示了上帝的另一面，即「他曾在」。

大限度的相似，但簡單的相似、對應和同義詞替換是無法取代原文的，而且，稍有一點差別就會使譯文與原文大相徑庭。真正的翻譯是透明的，它展示語言間意義的差異，表達方式的差異，讓一種語言中固有形式的意義在另一種語言中回蕩，引發出「純語言」的共鳴。它不能以原文的形式生產等量的內容，而必須粗暴地毀損原文的面容、肢解原文的詞語、排斥隱喻的修辭結構，甚或誤用詞語來創造一個怪物。

本雅明、阿多諾、德里達、拉康、布朗肖、德勒茲、克利斯蒂娃（Julia Kristeva, 1941-）等人的著作一旦翻譯過來，勢必要成為這樣的怪物。但這不是說他們的著作是不可譯的，因此就解除了翻譯的雙向契約，因此就將其束之高閣。德里達關於可譯性和不可譯性的討論本身就基於一個誤譯或錯譯的例子，[38]而翻譯的翻譯，譯文的生產和再生產，實際上書寫了整個人類思想的發展史。本雅明所含蓄表達的，[39]在某種程度上也是亞里斯多德早就解答了的問

---

[38] 事情發生在他關於《翻譯者的任務》這篇名文的講座，在談到文章結尾的一段話時，德里達引用的是法譯本（德曼強調說他的德文非常好，但卻未用原文）：「Wo der Text unmittelbar, ohne vermittelnden Sinn」……「der Wahrheit oder der Lehre angehört, ist er übersetzbar schlechthin」。（「文本在不經仲介的情況下與真理和教義直接相關的地方，它即刻就是可譯的了」。）在岡迪拉克的譯文中（Là où le texte, immédiatement, sans l'entremise d'un sens … relève de la vérité ou de la doctrine, il est purement et simplement intraduisible），原文中的 schlechthin（可譯的）變成 intraduisible（不可譯的）了。而更富戲劇性的是，當聽眾中有人指出這一錯譯時，德里達的解釋是「可譯」和「不可譯」在此沒什麼區別（德曼對這個回答也表示贊同）。（見 Paul de Man, 1986, p.79）

[39] Benjamin, Walter, "On Language as Such and on the Language of Man", and "The Task of the Translator", in *The Resistance to Theory*, Minneapolis: University of Minnesota Press, 1986.

題，[40]就是「存在」何以言說自身和被言說的問題。「存在」是一個超驗範疇，與語言處於一種絕對獨特的關係；換言之，思想和語言不是完全同一的，但又不是完全分離的；存在的意義與作為詞和概念的「存在」不是一回事，但是，由於那個意義決不是外在於語言和詞語的，因此，即便不與某個特定的詞或語言系統相關，也必定與普遍的詞語或語言系統相關。正是由於「存在」作為超驗範疇的出現，才使思想與語言之間的交流成為可能，才限制了不同語言之間的不可通約性，促成了比較和翻譯。

翻譯是可能的，文本是可譯的。人類語言在寫作、閱讀、闡釋和翻譯等方面渴求「神聖語言」或「純語言」，但又承認轉變為「神聖語言」或「純語言」的不可能性和不確定性。本雅明認為這種純語言是自行呈現的，只限於翻譯的領域。[41]德里達在解讀「巴別塔」的雙重束縛時，把「巴別塔」的意象引入了文本的領域，將其擴展為所有文本的轉換。[42]在他的語庫中，「侵權」、「重寫」、「塗抹」、「蹤跡」和「增補」等術語，都可以用來描寫和論述翻譯。因此，傑奧弗裡・本寧頓在論德里達的著作中，又進一步把德里達論翻譯

[40] 本雅明關於這個問題的論述不僅見於我們所論的這兩篇文章，而且見於他的大部分著述，如《德國浪漫主義的批評概念》、《德國悲劇的起源》等；亞里斯多德有關這個話題的闡述見於他的形而上學和藝術理論，尤其是他的《形而上學》（Aristotle, *Metaphysics*, Michigan: The University of Michigan Press, 1960.）Especially「Book Zeta」，以及《修辭學》中的部分章節。

[41] 本雅明關於這個問題的論述不僅見於我們所論的這兩篇文章，而且見於他的大部分著述，如《德國浪漫主義的批評概念》、《德國悲劇的起源》等；亞里斯多德有關這個話題的闡述見於他的形而上學和藝術理論，尤其是他的《形而上學》（Aristotle, *Metaphysics*, Michigan: The University of Michigan Press, 1960.）Especially「Book Zeta」，以及《修辭學》中的部分章節。

[42] Derrida, Jacques, "Des Tours de Babel", *Difference in Translation*, Graham, Joseph（ed.）, Ithaca: Cornell University Press, 1985.

的觀點擴展成閱讀和闡釋的認知理論。我們不妨引用他的一段話結束關於巴別塔的討論：

> 如果把「翻譯」一詞的意思概括化一點，我們也可以說德里達自己的全部文本都（只）是對「原文」的閱讀或翻譯，但我們斷言這些閱讀的創新性，這些閱讀本身反過來又要求翻譯——這顯然是「解構」一詞的情況，它是作為對海德格爾的 *Destruktion* 的翻譯提出來的，但它也是命名，在原文與譯文的皺褶中變成了新的原文，成為譯文的一個增補作品。[43]

從這個意義上說，解構的問題歸根結底是翻譯的問題。德里達所討論的大部分哲學和理論問題其實都和翻譯有著千絲萬縷的聯繫；他就翻譯所論的文本與譯文的生存關係、巴別塔的故事與專有名詞的問題，以及翻譯與哲學、與文學、與倫理學以及其他學科的關係問題，都是對語言、意義和真理的探討，他也恰恰是帶著翻譯問題開始探討柏拉圖的「藥」的，也正是從這個角度出發，他才說「拒絕翻譯就是拒絕生命」。[44]可以說，翻譯的問題是哲學的問題，翻譯的政治是語言的政治，翻譯的倫理是表現的倫理，而所有這些又不可避免地歸結到與我們的日常生活密切相關的文化交流問題。

---

[43] Bennington, Geoffrey, *Jacques Derrida,* Chicago: The University of Chicago Press, 1993, pp.168-169.

[44] Jonathan Roffe, "Translation", in *Understanding Derrida*, Jack Reynolds and Jonathan Roffe(ed.), New York and London: Continuum, 2004, pp.102-112.

五

古希臘歷史學家希羅多德（ΗΡΟΔΟΤΟΣ，公元前 484 年－前 425）在其《歷史》中講了兩個傳奇故事。一個故事說埃及的兩個女祭司（priestess）被腓尼基人綁架，分別被賣到利比亞和希臘。最初當地人把她們當成唧唧喳喳的黑鴿子，因為她們是黑皮膚，講一口陌生的語言，聽起來像是「鳥叫」。後來她們學會了希臘語和利比亞語，並利用這兩種語言把她們在埃及廟裡學會的祭祀儀式用當地語言傳給了當地人。顯然，語言在此成了傳播宗教信仰的主要工具，而傳播的過程無非就是從埃及語向希臘語和利比亞語的翻譯。

另一個故事講埃及的 12 個國王簽訂和約，決定和平相處。一次，他們按慣例來到赫菲斯托斯神廟（Hephaestus）舉行祭祀活動。活動的最後一天是用金杯祭酒。但是主持祭酒儀式的祭司算術不好，少拿了一個金杯，所以，當酒倒到最後一個國王薩姆提克（Psammetichus）時，酒杯沒有了，這位國王急中生智，摘下黃銅頭盔權當酒杯。在其他國王眼裡，這觸犯了神靈，於是就請求神諭，要求給他處罰。神諭說，用銅器盛酒的人以後必獨得天下。他因此遭到其他國王的妒恨，被剝奪了權力，流放到沼澤地，不允許再回到埃及。在沼澤地，他伺機報仇，於是派人請求神諭。神諭說，幫助他報復的人必從海上來。不久，他得到了從海上來的愛奧尼亞人（Ionians）和卡里亞人（Carians）的幫助，打敗了另外 11 個國王，成了埃及的唯一統治者。為了報答他們，國王就把尼羅河兩岸的兩塊土地封給了愛奧尼亞人和卡里亞人。接著，他又派埃及男童到這兩個地方學習希臘語。一般認為，這是埃及學習外語和培養翻譯的開端。[45]

這兩個故事都發生在西元前 5 世紀中葉，比西方翻譯理論之父西塞羅（Marcus Tullius Cicero，公元前 106 至前 43）早約 400 年。[46] 但故事的引申意義卻已經包含了自西塞羅以來西方翻譯理論的幾乎全部發展脈絡，甚至預示了當代西方翻譯理論研究的主要課題。這就是說，如果從翻譯理論和解釋學的角度來闡釋這兩個故事，我們就可以同時既把它們置於跨文化交際的語境，又可以置於地緣政治的語境，甚至置於地緣解釋學的語境。[47]

任何翻譯都必然出於跨文化交流的需要。翻譯的過程就是要把「唧唧喳喳的鳥叫聲」變成讓人理解的「人語」，就是要讓講不同語言的民族達到溝通，這就使上面兩個傳奇故事具有了《聖經》中巴別塔的故事的意義。只不過巴別塔的故事把翻譯的跨文化交流價值追溯到語言之初，不僅表明翻譯的必要性，而且說明了翻譯的完整建構是極其困難的，甚至是不可能的。何以如此呢？這是因為翻譯本身就是一種差異遊戲，是在自我與他者、同一性與位移之間的

---

[45] Douglas Robinson（ed.）, *Western Translation Theory: From Herodotus to Nietzsche,* St. Jerome Publishing, first edition 1997, second edition 2002, pp.2-3.

[46] 西塞羅（Cicero, 前 106－前 43）：一般認為是西方翻譯理論的鼻祖，對翻譯過程和翻譯教學加以系統論述的第一人，重要貢獻是把古希臘思想傳播到拉丁語世界，對 14 到 17 世紀的文藝復興時期思想家影響甚大。See Douglas Robinson（ed.）, *Western Translation Theory: From Herodotus to Nietzsche,* St. Jerome Publishing, first edition 1997, second edition 2002, pp.6-7.

[47] Douglas Robinson（ed.）, *Western Translation Theory: From Herodotus to Nietzsche,* St. Jerome Publishing, first edition 1997, second edition 2002, p.1.

一種差異遊戲。換句話說，翻譯是從同一性向他者的轉換，是從一個對立條件向另一個對立條件的過渡，而過渡的目的不是「為了看到對立被抹除，而是要看到究竟是什麼表示一個條件必須作為另一個條件的延異而出現，作為同一性經濟中被延宕的不同他者而出現」。[48]

翻譯中的轉換既然是一種差異遊戲，那麼它轉換的就決不是意義的整體，而只是意義的碎片，是這些碎片的拼貼或重組。在翻譯中，語言不過是引導代理者／譯者的一條重要線索；語言利用自身的修辭性進行一種增補、播撒、顛覆、延異和蹤跡。這是德里達論說的場所，是他思想的發源，也是他給翻譯劃定的界限。

在德里達看來，命題、陳述、句子、意義、理解、交流，所有這些構成了原文本的界限，是作者向讀者／譯者傳輸意義的管道，因此規定著翻譯的可能性或不可能性。在這些因素中，總會有不同語言所能共用的東西，有代理者／譯者進行正確判斷的客觀內容，有不受時空限制的各種文化的共同財產。它們可以無休止地重複，無休止地產生差異，再通過差異而成為意義的流通場所。在這個意義上，它們就是胡塞爾（Edmund Gustav Albrecht Husserl, 1859-1938）所說的 Bedeutung，弗雷格（Friedrich Ludwig Gottlob Frege, 1848-1925）所說的 Sinn，也是小 E. D.赫施（Eric Donald Hirsch, 1928-）所說的 meaning，[49]因此是可譯的。

---

[48] Jacques Derrida, "Différance", in Hazard Adams and Leroy Seale（ed.）, *Critical Theory Since 1965*, University Press of Florida, 1986, p.130.

[49] Bedeutong, Sinn, and meaning 都作「意思」解。

然而，語言中還有一些因素是不能夠在正常的重複中產生差異的，它們總要克服一些「異國情調」，總要區別出一些入微的表達，是延異在差異系統中留下的蹤跡，而「事物的蹤跡永遠不能被呈現；蹤跡本身也永遠不能被呈現」，因為「蹤跡總是不斷地進行區別和延宕，它永遠不是它所顯現的樣子，它在顯示之時就塗抹了自身，在發聲之時就窒息了自身」。[50]這些是「頑固的、未物化的、未溶解的、未揚棄的個別主體的蹤跡」，是「翻譯中丟失的東西，因此是不可譯的」。[51]

可譯性與不可譯性之間的這種差異實際上決定著翻譯中出現的一種不對稱性，即原文與譯文之間表達的不對稱性，因為翻譯保留的是意義，丟失的是入微的表達，後者的「異國情調」或閃亮的「地方特色」是不能原封不動地照搬到別處的。在翻譯中，譯文並不是對原文的等量替換，不是從此岸到彼岸的擺渡，[52]即使是在可能出現的意思對應的情況下，當用一種新的語言「重組」時，原文的入微表達或主體性，其不可滲透的語氣、格調、情感氛圍，也不可能總體地、縝密地、絲毫不差地移植到新的語言中。即使是作為西方思維方式之決定因素的概念的再現，也不能充分表現存在的物性、主體性和完整性，因為概念和構思的闡釋力恰恰取決於未被思想的東西、未被言說的東西，在存在的過程中被自我與他者的關係所遮蔽的東西，這就是解構主義者所說的 *mise-en-abyme*（投入深

[50] Jacques Derrida, "Différence", in Hazard Adams and Leroy Seale (ed.), *Critical Theory Since 1965*, University Press of Florida, 1986, p.133.

[51] Eric L. Krakauer, *The Disposition of the Subject: Reading Adorno's Dialectic of Technology*, Northwestern University Press, 1988, p.155.

[52] Ibid., p.156.

淵）。[53]按照這一觀點，一件完整的藝術品的形象要經過不斷的內部複製，以至於無數消失的不可見的形象被再度生產出來，就彷彿在兩塊面對面置放的鏡子之間觀看自己的影像一樣，而就文學而言，文本－鏡子（text-mirror）所反映的並不是作品的全部，只是它的部分而已。因此，即使是能捕捉語言本質的概念也難能再現出整個存在的過程。

翻譯需要一種「在——之中存在」和「與——共存」的思維方式，一種以差異為前提的理解和構思，一種以指涉和參與為先決條件的表達。真正醇熟的翻譯是要進入一種自然流露的狀態，參與一個多元決定的建構過程，在這個過程中，譯者心中棲息著複數的「翻譯主體」，包括理解原文意思的主體，詮釋「口述」文本意思的主體，將意思轉換成「艱深的譯文」的主體。[54]這等於說，翻譯的過程是閱讀的過程；閱讀的過程也是闡釋的過程，在這個過程中，譯者是從瞬間的理解過渡到瞬間的表達。這也等於說，「讀者通過創作接受作品」，[55]而譯者則通過重新建構來再現原作，因此，翻譯也是一種閱讀遊戲，譯者就是「作為譯者的讀者」（RAT），[56]而且是最耐心的、最親密的、最可信的讀者。他／她不僅要弄懂每一個

---

[53] See Mieke Bal, *Narratology: Introduction to the Theory of Narrative*, trans. Van Boheemen, Christine, University of Toronto Press, p.146. Also: Lucien Dallenbach, *The Mirror in the Text*, trans. Whiteley, Jeremy and Hughes, Emma, Polity Press.

[54] 小森陽一：《日本近代國語批判》，陳多友譯，吉林人民出版社，2003 年，第 40 頁。

[55] Wolfgang Iser,「Interaction between Text and Reader」, in *The Norton Anthology of Theory and Criticism*, Vincent B. Leitch（ed.）, W.W. Norton & Company, Inc., 2001, p.1674.

[56] Gayatri C. Spivak, "Politics of Translation", *Outside in the Teaching Machine*, Routledge, 1993, pp.197-200.

字、詞、句，還要身不由己地、本能地、自發地被文本所懾服，被一種特殊的語境、文化、語言所懾服。在這種被懾服的狀態中，主體與客體、來源語言與目標語、自我與他者之間的界限於瞬間消失了，於是，譯者在距離自我最近的地方跨越了他者的蹤跡。[57]

如此說來，翻譯所表現的原文與譯文、作者與譯者、來源語言與目標語之間的關係就不是對等的再現，而是蹤跡的延宕；不是縱向的詞語轉換，而是橫向的能指推延；不是同一性追求的「信」，而是重複所要達到的差異。在這個過程中，翻譯的兩端由兩極對立轉變成了橫向的空間流動，變成了語言或文化從一地到另一地的旅行。就是說，在把原文轉化成譯文的過程中，譯者把語言從一個文化空間移入另一個文化空間，使原文離開了來源語言的地理空間，在進入新的目標語的地理空間時獲得了新的生命力，但所傳達的資訊卻不可能是等量的，因此產生了意義的差異，而這種差異恰恰是原文得以在譯文中獲得再生的前提。換言之，原文在譯文中得以存活，是因為翻譯的行為啟動了靜態的、同一性的原文，使其獲得了他性，使同一的文化在他者文化中得以延續，同時也改變著他者文化的歷史命運。正是在這個意義上，我們說翻譯使語言或詞語具有了地緣文化或地緣政治學的意義，同時也體現了流動的文化資本的解域化價值。

---

57 Ibid., p.198.

六

如果翻譯的過程就是閱讀的過程，而閱讀的過程也就是闡釋的過程，那麼，被解作「誤讀」的錯誤和偏差也就是不可避免的了。然而，翻譯的理想是儘量避免「誤讀」，儘量用同一性替代差異性，儘量使譯文「忠實於」原文，儘量如實地表達原文作者的「意圖」。按斯皮瓦克的說法，把差異作為同一性來處理並不是不可行的。[58] 亞里斯多德的 *eleos* 可以譯成「憐憫」，在基督教的聖歌中又被譯成了「仁慈」。在 19 世紀的英語和德語的轉換之間，馬克思往往不是同一個馬克思，甚至恩格斯的「高水準的認識性翻譯」有時也會呈現另一個馬克思。[59]何以如此呢？因為「翻譯本來就是由譯文與原文之間的差異來決定的」。[60]為了參與翻譯的政治，就必須把差異作為同一性來處理，而在這種政治的背後起決定作用的因素是目標語的修辭性（rhetoricity）。

這種修辭性體現了翻譯中的一種暴力（violence）和一種越界（transgression）。「真正的話語是以一種被暴力所扭曲的形式浮於表面的」，而話語、權力和知識都涉及一部越界的歷史。[61]對蜜雪兒・福柯來說，知識／權力涉及三種越界：在前兩種中，真理意志

[58] Gayatri C. Spivak, "Questioned on Translation: Adrift", in *Public Culture* Volume 13, Number 1（Winter 2001）, Society for Transnational Cultural Studies, p.21.

[59] Ibid., p.14.

[60] Ibid., p.21.

[61] Charles C. Lemert and Garth Gillan, *Michel Foucault: Social Theory and Transgression*, Columbia University Press, 1982, p.63.

（the will to truth）隱藏在話語和真理的背後。在第三種中，歷史學家通過政治行為克服隱藏真理的具體禁忌（taboos）。然而，越界非但不能除掉禁忌，反而鞏固了禁忌。越界既是知識意志的一個原始特徵，也是知識史敘述的一個特徵；既是真理向自身的永久回歸，也是被扭曲的真理再度與被扭曲的真理相遇的一個原始循環。對喬治・巴塔耶（Georges Bataille, 1897-1962）來說，人類首先給性欲罩上了一層禁忌，人類又通過生命科學來打破了那個禁忌。當性欲跨越了禁忌所設立的界限時，愛欲就產生了——同時既跨越又保留了禁忌的界限。界限是越界的內在必然，而生命知識就是跨越那個界限的暴力行為。因此，對他們兩人來說，真理意志是作為對其理想的各種可能性的越界而存在的。[62]

翻譯中的暴力和越界是以適當的方式進行確切的翻譯的一種適當嘗試。如果把翻譯看做是一種越界行為，那麼，所跨越的界限就必然是由原文設定的，或者就是原文本身。當做為越界行為的翻譯發生時，作為界限的原文不過是一個狹隘地帶，是越界行為所運行的軌道或路線，包括它的起源和全部的活動空間。界限與越界是由一種簡單的韌性（obstancy）來調節的。二者之間的關係不是對立的，而是螺旋式發展的。越界以純粹的暴力釋放了界限所禁閉的力量，迫使界限意識到自己即將消亡的事實，但也在這種意識中認識到自身存在的極限和命運。也許，正是由於這個死亡意識，原文意識到了越界的必要性，意識到了通過翻譯進入新的轄域從而獲得新生的必然性／偶然性。

---

[62] Charles C. Lemert and Garth Gillan, *Michel Foucault: Social Theory and Transgression*, Columbia University Press, p.65-66.

然而，越界就像黑夜裡的一道閃電，照亮了夜空，驅散了渾濁，給黑暗帶來了光明；但也恰恰是它的光明顯示了黑暗的強度，預示了它所打破的那個單一空間的回歸，以及那劃破夜空之後的沉默。[63]因此，作為越界的翻譯行為並不是單向的，而是雙向的；不是要把原文與譯文對立起來，而是讓二者相互映照、相互強化、相互認同。越界的語言是非話語性的，既不肯定什麼，也不否定什麼；它只承認「差異的存在」。越界的語言直面和追問界限，再現了「一種思想形式仍然沉默地探索著的幽靈，在探索中，對界限的追問代替了對總體性的求索，越界的行為取代了矛盾的運動」。[64]

作為越界行為的翻譯所要跨越的最小界限是詞語。所謂「確切的翻譯」就是要適當地處理「詞語」，因為詞語是「一個語言實體，具有語言總體的全部特徵」。然而，「自然的詞這種東西是不存在的」。德里達在闡述翻譯的「確切性」時談到：作為一個翻譯性實體，詞忍受著翻譯，或把翻譯展示為受難[passion]的記憶或痕跡，或懸浮在上面，作為輝光或光暈。這個翻譯性身體（translative body）正處於被引進法語語言的過程，處於跨越疆界的行為之中，經受歐洲之間幾個關口的檢查，不僅有法語－英語的關口，人們可能會從這樣一個事實推斷出這個結論，即源於拉丁語的這個詞[relevant]，就其目前的用法，其使用價值，其流通或流行，都更具英語性（relevant/irrelevant），儘管它也處於法語化（Frenchification）的過程。這個本土化過程（acculturation），這個法語化過程，嚴格說來

---

[63] Foucault, "A Preface to Transgression", in *LCMP*, 1977, p.34.
[64] Ibid., p.50.

並不是翻譯。這個詞不僅**在翻譯之中**，即人們所說的在作品中，或在轉換中，在**旅行**中、在**勞作**中、在**分娩**中。[65]

這裡，詞的「法語化」和「本土化」，不僅經受著「翻譯」、「作品」、「轉換」、「旅行」、「勞作」和「分娩」，而且在「增補的皺褶」中。詞的「適當性」或「確切性」，或詞的「確切的翻譯」，經過了暴力和越界之後，簡單說就是「好的」翻譯，與人們的期待相符合的翻譯，簡言之，履行了使命、償付了債務、完成了任務或職責的一種表達（version），同時又在接收語言中抄寫了對原文最適當的（relevant）等同物，最正確的、合適的、相關的、充分的、適宜的、明確的、單聲的、慣用的語言。[66]

這是在「質」和「量」兩方面「達到最可行的、最可用的、最適當的經濟的翻譯」。[67]這裡所說的「量」當然不是詞語的同質空間或數量的問題，是不能用符號、字母、能指、詞彙等單位加以計算的。這種「量」在某種意義上體現了「質」的制約，體現了詞語傳達思想、形象和感情的力度，在盡可能達到「詞對詞」（word to word）或「逐詞」（word for word）翻譯的同時融會或意指不可分化的整體意義或概念。在這種翻譯中，每一個詞都是不可簡約的實體，不可分化的發聲形式，不可逾越的意義界限，但它必須以扭曲的形式「浮於表面」，因為，界限和越界只有在行為之中，在過程之中，在跨越和被跨越、在施加和接受暴力的瞬間才具有生命力。

---

[65] Jacques Derrida, "What is a 'Relevant' Translation?", *Critical Inquiry*（Winter 2001）, pp.175-200.

[66] Ibid., pp.175-200

[67] Ibid..

然而，越界並不是任意的舉動；越界本身涉及政治的、經濟的、社會的、地理的乃至道德的局限性。在全球化語境下，蔓延的全球文化中缺少的恰恰是底層人或後殖民文化之間的交流和巨大的異質性；同時，後殖民狀況下的越界往往指從都市國家（metropolitan countries）向邊緣國家（peripheral countries）的跨越或進入，而不是相反。[68]在這種情況下，作為越界的翻譯就必須採取暴力的方式打破詞語的同質空間，打破所謂「質」或「量」的霸權性制約，以目標語的修辭性抵制來源語言的修辭性宰制，從而獲得獨立的、自治的、他性的語言空間，就後殖民翻譯而言，就是以邊緣或底層人國家語言的修辭性跨越原文狹小的地帶，以在他者眼中略顯扭曲的形式進入都市國家廣闊的文化空間，獲得「世界公民」的生存權利。

七

這種生存權利無疑是語言的修辭性對語言的邏輯系統進行顛覆的結果，是當文本的意義被掘除後產生的身體快感，是原作者與讀者／譯者之間在釋放精神和理性的重壓之後進行的身體間的愛欲遊戲。換言之，在語言的週邊存在著某種任意的偶然性，某種非人力所能控制的意義的播撒，以及由兩種被命名的歷史語言所創造的一個空曠的沉默的空間。在這個空間裡，作為閱讀的翻譯變成了一種身體行為，變成了快感的生產；而作為讀者的譯者則行使著

[68] Gayatri C. Spivak, *Death of a Discipline*, Columbia University Press, 2003, p.16.

「愛」的權力，在閱讀和交流中感受著「愛」的甜蜜（或苦澀），在原文與譯文之間的徘徊往返中體驗著一種含有他性的經驗。[69]

愛是一種權力、一種政治，也是一種意識形態。情感、思想和詞語都在這種愛中產生。然而，激起翻譯的激情或愛欲的並不是作為語言最小單位的詞語本身，不是與詞語密切相關的普遍語法或詞彙，而是詞語獨特的修辭性、獨特的習慣用法，也就是詞語的獨特的身體。「當翻譯的激情像一團烈火或火辣的愛舌接近它的時候，在盡可能接近的同時，於最後的時刻拒絕威脅或簡約，拒絕消費或完成，保持另一個身體的完好無損，但不能不引起另一個的出現——就在這種拒絕或撤退的邊緣——在烈火的搖曳中，或在愛舌的撫摩下，喚起或激起了對這個習語的欲望，對他者的獨特身體的欲望」。[70]

語言和身體交流的基礎是愛，在某種意義上說，人類語言產生於表達情感和友愛的欲望，儘管友愛並不僅僅滿足於言語的表達。[71]也許，代理者／譯者／讀者正是以愛的力量，以身體的快感生產，以修辭的顛覆性邏輯展開倫理的、政治的、日常生活的行動的。毋寧說，修辭性本身就是一種政治性，就攜帶著一種文化政治。不然的話，表示「十字路口」或「街道」的 carrefour 何以會成為百姓願意光顧的「家樂福」呢？「一個中性詞語」何以「頃刻之間就彌漫著中國的鄉土氣息，既溫暖又詩意」呢？這種「本土化」的

---

[69] Gayatri C. Spivak, "Politics of Translation", *Outside in the Teaching Machine*, Routledge, 1993, pp.197-200.

[70] Jacques Derrida, "What is a 'Relevant' Translation?", *Critical Inquiry* (Winter 2001) , pp.175-200.

[71] 讓-雅克‧盧梭：《論語言的起源》，洪濤譯，上海人民出版社，2003 年，第 2－3 頁。

譯法不僅掩飾了該詞所代表的利潤動機，「還掩飾了它的跨國性」，「抹去了異域的痕跡，將跨國資本、跨國連鎖店和本土性巧妙地縫合起來，既緩解了隱伏在心理上的民族衝突，也鬆懈了類似殖民主義的創傷記憶」。這種譯法創造的「其樂融融，闔家歡樂」的氛圍是一種「妄想的購物環境」，一種「剔除了意識形態的意識形態」。[72] 這裡，原文與譯文之間的明顯差異標誌著資本主義商品經濟的倫理化和意識形態化；資本主義商品佔領社會主義市場的成功恰恰取決於被佔領民族的語言的修辭性，而作為購買者的被佔領民族則在繽紛的愛欲符號中享受著身體的快樂。這裡，「家樂福」的譯者成了這家連鎖店的政治／倫理代理者，把法國商品經濟的他者變成了中國消費文化中的自我，而中文的修辭性則成了資本主義已經高度發達的亞太地區的文化政治的表徵。

這種身體和愛欲的修辭性還體現在譯者對原文和作者的屈服上。如果承認翻譯是一種最縝密的閱讀行為，那麼，譯者就必須成為細繹的讀者，必須與作者建立起親密的友誼，必須響應原文的特殊召喚，探察出目標語的局限性，從而在二者之間建立起融洽的愛欲關係。這是斯皮瓦克從事文學翻譯的前提。她所關注的是通過翻譯建立一種「倫理特性」（ethical singularity）、一種密切接觸、一種秘密相遇、一種來自雙方的義務和責任（responsibility and accountability）。如果把這種接觸稱作譯者與作者之間的身體接觸，把這種責任關係稱作二者間的愛欲關係，那麼，這種特別接觸就能揭示出語言所未能表達的東西，就能建立政治運動、人類學研究以及任何善意的倫

[72] 汪民安：《家樂福：語法、物品及娛樂的經濟學》，見《21 世紀中國文化地圖》第一卷，朱大可、張閎主編，廣西大學出版社，2003 年，第 184 頁。

理行動所不能建立的那種「親密友誼」，也能跨越性別、種族、地位、等級等界限，為集體的政治鬥爭提供一個可能的增補。[73]

那麼，如何建立這種親密接觸呢？斯皮瓦克曾提出「跨國讀寫」（transnational literacy）的概念，試圖為「美國大學中新來的移民英語教師」定位，使其語言水準達到跨國政治中最小的流利程度，接近世界的讀寫水準，以便參與語言邊界上的政治鬥爭。這似乎從根本上把翻譯與外語學習聯繫起來、與在課堂上一個個被規訓的身體聯繫起來、也與作為權力代理的教育制度聯繫起來。早在 13 世紀，英國哲學家、教育改良家和經驗科學的宣導者羅傑・培根（Roger Bacon, 1220-1292）就在他的反翻譯理論中提倡「外語學習的制度化」，這主要基於他對翻譯提出的反對意見：（1）語言之間的差異使得翻譯不可靠；（2）目標語（拉丁語）中術語的缺乏使得譯文艱澀難懂；（3）來源語言和目標語中以及學術界（哲學和科學界）稱職的譯者的缺乏使得譯文相互矛盾，無法卒讀。[74]後來，叔本華（叔本華（Arthur Schopenhauer, 1788-1860）在《附錄與補遺》（*Parerga und Paralipomena*, 1851）中發揚了這一觀點，認為譯文是對原文的不負責任的曲解，因此不僅要回過頭來認真學習古典語言，而且提出翻譯要借鑒學習外語的經驗。

[73] Gayatri C. Spivak, "Translator's Preface and Afterword to Mahasweta Devi, *Imaginary Maps*", in *The Spivak Reader: Selected Works of Gayatri Chakravorty Spivak*, Donna Landry and Gerald Macllean(ed.), Routledge, 1996, p.274.

[74] Roger Bacon, "On the Usefulness of Grammar", in *Western Translation Theory: from Herodotus to Nietzche*, St. Jerome Publishing, first edition 1997, second edition 2002, p.44.

學習外語的關鍵在於學習新的語言中已有的、舊的語言中沒有的那些概念，尤其是那些不完全對應的概念，也就是細微的差別或入微的表達。學習外語就是要在自己的頭腦中繪製迄今為止未曾繪製的概念地圖。學習外語不是增補詞彙，而是添加概念。叔本華認為學習外語的過程和翻譯的過程都是一個化學變化過程，必須對原文中的思想進行化學處理，把它們融化成最小的構成單位，然後再重新組合起來。這就是說，只有與原文不可簡約的習慣表達達成共鳴，才能正確地感覺原文語言的威懾力，才能克服目標語在傳輸過程中體現的脆弱性；只有把來源語言內化，與之建立一種親密的語內（intralingual）闡釋關係，才能領會那種語言的精神，在語際間（interlingual）實現傳神的翻譯。[75]畢竟，作為一種轉換形式，翻譯所轉換的只是概念，不是詞語。

質言之，外語學習和翻譯乃至閱讀等與概念密切相關的認知活動都離不開身體的參與，離不開身體的情感狀態，離不開譯者作為個體身體的偶然性。作為概念認知活動的翻譯不是從一種語言到另一種語言的翻譯，而是從身體到倫理符號的不斷的穿梭運動，在運動中，譯者扮演的不是分析者的角色，而是作為讀者的譯者，是把翻譯的不斷的穿梭運動翻譯成可讀的文本，最親密地接近源文化和目標文化的內核，最大限度地遵守文化再現和敘述的規則，最準確而負責任地閱讀／書寫／翻譯作為客體的原文，最終把原文作為他者而吸納到譯文的語言和文化中。如此說來，譯者在動手之前一

75 Arthur Schopenhauer, excerpt from *Parerga und Paralipomena*, in *Western Translation Theory: from Herodotus to Nietzche,* St. Jerome Publishing, first edition 1997, second edition 2002, p.245.

定對原文懷有一種強烈的欲望，對他者語言懷有一種莫名的神秘感，當這種欲望和神秘感轉化成一股身體衝動時，翻譯的行為便發生了。由於作為身體衝動的翻譯行為不完全是意識的，而來自身體記憶的深處，因此，詞彙的使用就不是有意選擇的，而具有身體的偶然性。這就是說，翻譯，包括對原文的理解和接受、詞語的增補和刪減、意義的傳達和丟失、個人習語的使用，等等，都取決於譯者身體稟賦的偶然性，取決於譯者愛欲衝動的狀態，其情緒的飽滿和呆滯，激情、靈感、喜悅乃至成就感等精神因素都決定著翻譯的結果，它賦予原文／譯文的生命是單純的詞語轉換所無法獲得的。

八

語言的內化、語內的親密闡釋、語際的傳神翻譯，種種此類的說法實際上都強調來源語言的本土化，既涉及對與來源語言相關的文化、政治、倫理、意識形態等方面的通達領會，也涉及具有顛覆性的修辭是否符合目標語的社會邏輯、社會理性和社會實踐的問題。這些實際上都是翻譯的準備工作。作為譯者的讀者必須首先是熟練的雙語者，他／她必須在語際翻譯（interlingual translation）的情況下具備語內翻譯（intralingual translation）的能力，在傳輸資訊的過程中具備對語符進行重新編碼的能力，在接觸文本生產的現狀時具備專業的甄別眼光，在面對原文特定的語境時產生一種負責任的緊張感，而在作為代理者為兩種語言建立特殊再現關係時還必須生產出「沒有譯者的譯文」。

如此規定的譯者的任務既是對文化翻譯的親密性做準備，又是為普通翻譯培養一種政治意識。尼采曾經把翻譯比作一種征服，實際上說的也是這個意思。在《快樂的科學》（1882）中，尼采認為一個時代的歷史感可以通過這個時代所做的翻譯和吸收前此各個時代的精神和書籍的多寡來推斷。在談到羅馬詩人對希臘經典的翻譯時，他說：「翻譯是一種形式的征服。不僅突出了歷史的東西，而且為現在增添了典故……具有了羅馬帝國最優秀的良知。」[76]這可以解釋為現在對過去的征服，或過去對現在的征服；又可以解釋為本土文化對外來文化的征服，或外來文化對本土文化的征服。在這個意義上，征服是雙向的，譯者在這種雙向征服中面對的是一種雙重束縛，即征服和被征服、控制和被控制、宰制和被宰制的權力關係。

然而，翻譯中的征服是以屈服為策略的。如果沒有譯者對原文語言的屈服，如果原文語言不對譯者產生威懾力，如果譯者不把這種屈服和威懾力轉變成一種親密的接觸，就不會有對所譯文化的表徵和民族心理的征服，就不會促使文學和人類精神進行「征服性的航海旅行」，就不會激勵文學和政治的變革、激發新的文化創造形式，把其他民族文化的活力變為己有。[77]在這個意義上，翻譯成了

[76] Friedrich Nietzsche, "Translation as Conquest", in *Western Translation Theory: from Herodotus to Nietzche,* St. Jerome Publishing, first edition 1997, second edition 2002, p.261.

[77] Anne Louise Germaine de Staël, Fragments in André Lefevere（ed.）, *Translation/History/Culture: A Sourcebook*, Routledge, 1992, pp.17-18. See Sherry Simon,「Germaine de Staël and Gayatri Spivak: Culture Brokers」, in *Translation and Power*, Maria Tymoczko and Edwin Gentzler(ed.), University of Massachusetts Press, 2002, pp.123-140.

把外來文化本土化、「依據外來文化構築理想的文化自我」的一個手段，「被賦予了歷史必然性的文化自戀主義」，[78]既能引入外來的精英文化又能豐富本土文化內容、提高本土文化地位的文化互譯（intertranslation）。在這個意義上，外來精英文化的引入是服務於民族文化的建設的。希羅多德記載的古埃及宗教在古希臘世界上的接受，西塞羅時代古希臘哲學向拉丁語世界的融（譯）入，《聖經》翻譯對基督教文化的傳播和普及，佛教文化譯入中國後與儒道形成的鼎足之勢，這些都不能不說明翻譯作為一場「普世運動」而蘊涵的雜交性（hybridity）。

「翻譯在殖民和後殖民環境下釋放的這種雜交性的確侵越了霸權的價值，使其服從於一系列局部變體。但這種翻譯產生的文化和社會效果必然要受到其他因素的制約，尤其是所譯文本的文類及其接受情況。」[79]按韋努蒂（Lawrence Venuti, 1953-）的說法，翻譯把外來（霸權）文化與本土文化相雜糅從而導致文化變革，在後殖民狀況下，這不僅要重新把握本土文化傳統的方向，還要重塑文化精英和人民大眾的文化身分。毋寧說，這是「改造國民性」（魯迅語，《兩地書・八》），使人民大眾擺脫傳統觀念的束縛，喚醒他們的變革意識，投身到現代化建設的洪流中。在這個意義上，征服也是一種抵制，一種「交換的經濟」，一種由文字到精神到行動的轉化，在這個過程中，翻譯的策略變成了政治和意識形態策略，語言

---

[78] Lawrence Venuti, quoted from Sherry Simon, "Germaine de Staël and Gayatri Spivak: Culture Brokers", in *Translation and Power*, Maria Tymoczko and Edwin Gentzler (ed.), University of Massachusetts Press, 2002, p.129.

[79] Lawrence Venuti, *The Scandals of Translation: Towards an Ethics of Difference*, Routledge, 1998, p.178.

的表達成了對外來思想的同化途徑，而外來思想獨特的表達形式在本族語頑固的抵制之下屈服了。亞歷山大・泰特勒（Alexander Fraser Tytler, 1747-1813）提倡的翻譯的啟蒙精神、[80]德・斯塔爾夫人（Madame de Stael, 1766-1817）使用的民族詞彙、林紓和嚴復使用的中國文言文，以及翻譯實踐中常見的改寫、注釋、闡釋、附錄和補遺、序和跋等各種挪用和越界，都是這種抵制的具體表現。

對比之下，斯皮瓦克則採取了完全「屈服於原文、突出原文獨特的修辭性」的陌生化手法，要讓她的英美（精英）讀者「幡然醒悟，認識到民族間的許多距離和差距」。[81]就她所處的特殊境遇而言，這是一種「境外的本土化」，是對讀者進行「解殖」教育，因此，她的翻譯涉及「一系列參照框架，從地方語言的能指，到民族的生產框架，再到跨民族的全球剝削框架」。[82]為此，她總是為每一篇譯文寫序跋，做注釋（有時甚至把自己的名字標為著者），為讀者提供導讀或指南，通過描繪一幅「想像的地圖」來揭示在「第三世界女性文學」的閱讀和教學中存在的嚴重的文化相對主義，讓讀者感受到社會正義的不可能性，以此來「驗證語言、主題和歷史的特殊性，增補一種有關雜交的全球文化的霸權觀念」。[83]在這個

---

80 亞歷山大・泰特勒（Alexander Fraser Tytler, 1747-1813）：蘇格蘭歷史學家，其翻譯理論詳見 *Western Translation Theory: from Herodotus to Nietzche*, St. Jerome Publishing, first edition 1997, second edition 2002, pp.208-212.

81 Sherry Simon, "Germaine de Staël and Gayatri Spivak: Culture Brokers",in *Translation and Power*, Maria Tymoczko and Edwin Gentzler（ed.）, University of Massachusetts Press, 2002, pp.134-135.

82 *Ibid.*.

83 Gayatri C. Spivak, "Translator's Preface and Afterword to Mahasweta Devi, *Imaginary Maps*", in *The Spivak Reader: Selected Works of Gayatri Chakravorty Spivak*, Donna Landry and Gerald Macllean（ed.）, Routledge, 1996.

意義上，譯者已經超越了傳統的翻譯許可權，不但是文化的傳播者，還是文化的批評家，而其批判性就是要讓無知的第一世界學者注意到「第三世界婦女作家的修辭性和文本性」，避免走「東方主義」的老路。對斯皮瓦克如對德・斯塔爾夫人一樣，翻譯成了一種權力批判和政治介入的活動。[84]

然而，德・斯塔爾夫人的權力批判和政治介入是與她所處時代的文學「世界主義」分不開的，她所提倡的是思想和藝術領域內的「自由貿易」。歌德曾在這個基礎上進而提出建立「世界文學」體系的設想，把德國語言作為進行一種普遍貿易的「市場」，讓世界上各個民族在這裡「販賣[文化]商品」，促進相互間的精神交流。[85]但在全球市場的文化政治語境下，翻譯參與權力批判和政治介入的形式發生了根本變化，傳統上狹隘的「精神貿易」變成了全球規模的話語霸權，歌德的「世界文學」概念中蘊涵的普遍貿易的商業意象被賦予了濃濁的政治和經濟含義，當時為抵制法國文化霸權建立的「德語市場」現已為大寫的英語所佔領，原來以語言為單一媒介的翻譯正面臨著後現代無孔不入的多元媒體的巨大衝擊，已經由「通過偉大文學的啟蒙力量把整個人類聯合起來」[86]的文化普世主

---

[84] Sherry Simon, "Germaine de Staël and Gayatri Spivak: Culture Brokers", in *Translation and Power*, Maria Tymoczko and Edwin Gentzler（ed.）, University of Massachusetts Press, 2002, p.136.

[85] Sherry Simon, "Germaine de Staël and Gayatri Spivak: Culture Brokers", in *Translation and Power*, Maria Tymoczko and Edwin Gentzler（ed.）, University of Massachusetts Press, 2002, p.128.

[86] S. Bassnett, quoted from Sherry Simon, "Germaine de Staël and Gayatri Spivak: Culture Brokers", in *Translation and Power*, Maria Tymoczko and Edwin Gentzler（ed.）, University of Massachusetts Press, 2002, p.131.

義變成了「跨國翻譯」或「全球市場上的翻譯」。[87]在這種情況下，翻譯，如果可以作為一個學科領域的話，勢必要考慮研究客體和策略的轉變，即把翻譯理論研究的重點從文學的政治轉向語言的政治，把批判矛頭從高雅文化的內在邏輯轉向新近潛入大眾文化中的資本邏輯，從可譯／不可譯的經典文本轉向可以譯成語言、文化和社會語境的一個全球客體。誠如德塞都（Michel de Certeau, 1925-1986）所說，「在一個社會與其各種科學模式之間，在一個歷史環境與屬於它的各種知識工具之間，存在著構成文化體制的一種關係。事件能改變這種關係，因此號召重新調整文化再現和社會制度。」[88]全球市場上的翻譯就是這樣一個事件，它能夠促進這種關係的改變，承擔起「重新調整文化再現和社會制度」這一歷史使命中的一個重要組成部分。

首先要解決的翻譯理論問題也是翻譯的可能性／不可能性問題。但這裡所說的可能性／不可能性不是老生常談的語言對應的程度和譯文與原文的等量問題，而是「把語義的連貫性賦予某一政治文化的世界」的可能性／不可能性。[89]目前，這個政治文化的世界是隨經濟全球化而來的，顯見於英語作為主導語言的全球性普及。這首先體現在學習英語（尤其是美國英語）的人數急遽上升，英語與少數族裔語言、混合語言，以及其他民族語言之間的主從

---

[87] Emily Apter, "On Translation in a Global Market", in *Public Culture,* Society for Transnational Cultural Studies, pp.1-12.

[88] Michel de Certeau, *Culture in the Plural*, Minneapolis: University of Minnesota Press, 1997, p.90.

[89] Timothy Brennan, "The Cuts of Language: The East/West of North/South", in *Public Culture,* Society for Transnational Cultural Studies, pp.39-64.

關係已趨於明顯。各種混合語言，如克里奧爾語、洋涇浜語、馬來西亞英語、印度英語，甚至新近出現的中國英語（China English），雖然在功能上起到了為資本主義經濟全球化推波助瀾的作用，但在形式上卻受到規範限制，不但使散居在第一世界國家的新移民或少數族裔陷入一種語言的困境，還逐漸侵佔了民族語言或本土語言的市場，在第二和第三世界國家的知識精英階層始發一種雙語或多語現象。英語在國際政治和文化事務中佔據的主導霸權已經確立。

語言和經濟的主導決定了一種霸權的文化政治，隨之而來的是有關民族文學的出版和行銷的政治、文化和美學形式的國際化、大眾文化和公共文化的全球化，以及文化商品化和意識形態等問題。諾貝爾文學獎和奧斯卡電影獎等國際文化獎項都首推英語作品，即便是出自少數族裔作家之手筆（如近五年來的諾貝爾文學獎所示）。在北京的人文、教育和社會科學書店裡，譯自英文的書和英文原版書琳琅滿目，佔據書架的大部分空間，而位居榜首的暢銷書則十有七八是國際名家的名作，這一方面說明了知識精英堅持的一種文化普世主義，促進了外來文化和思想的本土化，但另一方面也表明了英文原版書（尤以教材和工具書為甚）和譯著無疑打贏了爭奪出版和行銷市場的戰役，因而也打響了爭奪作為文化資本的意識形態霸權的戰役。我們不妨從翻譯的角度把這種意識形態稱作語言的政治。

在多媒體盛行的時代，最充分地體現這種語言的政治的是網路。它促進了大眾文化的非地域化，為藝術家、作家和思想家提供了於瞬間進入虛擬空間的條件，甚至不用語言就能在同一時間內把自己的作品展現在世界各地（尤以網路藝術展為甚）。這種跨國際單一語言和單一審美文化的構成既決定了全球教育的可能性——TESOL（英語作為第二／其他外語教學）是一個典型的例子，也決定了非地域化、非差異性文化的可譯性，一種語言的、思想的、政治的、翻譯的跨國主義誕生了。

然而，異質性產生於同質性，差異產生於重複。「英語的全球化，英語語言文化產品的世界市場的出現，反倒確保了翻譯不僅僅傳輸英美價值，相反把英美價值屈服於局部差異，被某一居少數地位的異質性所同化。」[90]這是因為，第二和第三世界的語言和文化在全球經濟中所處的從屬地位並不意味著被動的從屬，它們對霸權語言和文化的接受也不是被動的接受。「抵制的可能性固存於殖民話語的基本矛盾之中——殖民話語建構了被殖民者的認同，要求他們模仿殖民價值，但與此同時，它又是一種片面的、不完整的和帶有偏見的表徵，被當做不適當的差異的一種相像性，促成了具有潛在危險的監督和規訓的混合。」[91]作為差異、暴力、愛欲和征服的翻譯恰恰充當了這種抵制的工具，而抵制的結果必然是一種雙重言說：「一個人以標準的名義說話，而這個名字的言說卻不是用來標誌那個人的。」[92]從斯皮瓦克提倡的翻譯實踐來看，全球市場上的翻譯使用的是霸權語言，而言說的卻是少數族群的文化，也即全球經濟中從屬文化的跨國化和主導文化的本土化。

---

[90] Lawrence Venuti, *The Scandals of Translation: Towards an Ethics of Difference*, Routledge, 1998, p.159.

[91] Ibid., p.170.

[92] Judith Butler, "Sovereign Performatives in the Contemporary Scene of Utterance", in *Critical Inquiry*, 1997, 23:350-377.

這裡，雙重言說不過是為未來繪製的一幅臨時地圖，它或許預示了未來的翻譯任務。用同質的霸權語言規定文化資本的流動，統一異質的文化場所，並借此規範不同語言之間的翻譯實踐，這種規範化和標準化表面上是努力實現語言表述的統一，而實則意在實現思想見解的一致。然而，正如裘蒂絲・巴特勒所說：「言論並非在各處都具有相同的意義，事實上，言論成了衝突的場所……發生在這個衝突場所的是這樣一種翻譯，原義已不再對一種『終極』解讀發生決定作用，起決定作用的是被接受的意義，而相互衝突的各種立場沒有最終決定。這種終極性的缺乏恰恰是值得研究的闡述困境，因為它把終極判斷懸置起來，而熱衷於肯定語言易於被盜用的脆弱性。」[93]最終，文化翻譯的任務就是要解決這個述行矛盾。

[93] Judith Butler, "Sovereign Performatives in the Contemporary Scene of Utterance", in *Critical Inquiry*, 1997, 23:350-377.

第7章

斯皮瓦克：作為解殖策略的翻譯

你們可以說，我把「翻譯」看得太重要了。也許是。但是，資本主義要想成為資本主義總是需要買主和賣主，以及這兩個範疇之間必要的翻譯；股票市場需要贏家和輸家。金錢並不是自行生長的；它需要銀行和股票交易來操縱成敗的二分體，這在今天都是電子操作了，而大多虛擬金錢根本無需兑現了。這一整個機制是靠給那個著名的差異編碼運作的，這就是投入的勞動力與並不存在的返還工資之間的差異。這種機器結構是一個比喻，它否認把工作翻譯成工資的失敗。從個人角度將此看做陰謀理論那就錯了。當這種翻譯得到承認，資本——工業（經必要更改後的商業和金融）——中不可簡約的差異被用於重新分配時，社會主義計畫是可以實現的。「剩餘勞動和剩餘產品……被縮減到所需要的程度……一方面形成保險和存儲基金，另一方面用於由社會需要所決定的永久的擴大再生產。」如果這個烏托邦計畫成功了，國際社會主義就將成為大規模的全球化。在目前的這種全球化中，這不可能發生。其條件和結果可能是我們一直談論的文化和語言翻譯的有限滲透。在對全球性充滿必勝信心的讚頌中忽視有限的滲透就等於重申統一任務的必然性。「跨國讀寫」可以成為對其進行持續批判的基礎——但必須為此而付出努力，它不能自行到來。

——佳亞特里・查克拉沃蒂・斯皮瓦克

（Gayatri Chakravorty Spivak），《關於翻譯的問答：游移》

在題為「知識生產的政治」的一次訪談中，[1]斯皮瓦克認為翻譯是不可避免的；所翻譯的東西就是「語言的不可譯性，習語的不可譯性」。這是她就「文化翻譯」的問題所做的兩點解答。所謂「文化翻譯」，指的是精神分析學家梅拉尼・克雷因（Melanie Klein, 1882-1960）提出嬰兒發明母語的觀點。在訪談中，斯皮瓦克引用了自己的《作為文化的翻譯》一文中的一段話：「梅拉尼・克雷因……提出，翻譯的工作是一個不斷的穿梭運動，也就是一個『生命』。人類嬰兒抓取某一物，然後抓取許多物。對一個無法區別於內部的一個外物的這種抓取構成了一個內部，在二者間往返，通過所抓取的物而把每一物編入一個符號系統。人們可以把這種原始的編碼稱作『翻譯』。」[2]斯皮瓦克接著總結說，「讀者……把翻譯的不斷的穿梭運動翻譯成被閱讀的東西，一定對再現的技巧和『容許的敘述』

[1] Stuart J. Murray, "The Politics of the Production of Knowledge: An Interview with Gayatri Chakravorty Spivak", in *Just Being Difficult? - Academic Writing in the Public Arena*, Jonathan Culler and Kevin Lamb（ed.）, Stanford University Press, 2003, pp.181-198.

[2] Gayatri Chakravorty Spivak, "Translation as Culture", in *Parallax: A Journal of Metadiscourse Theory and Cultural Practices* 14（Jan. - March 2000）: 13-34. Cited in *Ibid*. pp.192-193.

——克雷因語——有了最親密的瞭解，而這些正是一種文化的本質，讀者也一定對事先假定的原文負有解釋的責任」。[3]

在斯皮瓦克以「拗口」、「難讀」、「難懂」為特點的卷帙浩繁的著述中，這段話算是比較清晰易解的了；同時也比較完整地概括了她迄今為止的理論著述的內核，體現了她對德里達解構思想的精確理解和繼承，並在「解殖」實踐中予以具體的應用。

首先，翻譯的不可避免性和語言（習語）的不可譯性正是德里達解構思想中蘊涵的一個深刻的悖論，也是德里達在自己的翻譯理論中常常論及的一種「雙重束縛」。在德里達看來，翻譯是一種「轉換」，[4]既是從一個文本到另一個文本、從一種語言到另一種語言、從一種文化到另一種文化的轉換，同時也是從能指到所指的一種轉換。這後一種轉換說的是翻譯作為必不可少的語言活動，作為「哲學行為」的必要組成部分，作為人類思想傳播和發展的必要工具或程式，必須先把詞與意義分離開來，然後跨越意義進入另一種語言，進行重新組合或組裝。但是，在德里達的解構系統中，詞並不是一個固定的因素，沒有確定的意義，在與其他片語合之前只是一個臨時的因素，因此，它本身沒有什麼具體的指涉或「超驗所指」，不能隨便抽出來一個任意使用。用德里達的術語說，詞是一個「蹤跡」，只有在與其他詞的「蹤跡」發生關聯時才有意義，就是說，一個詞及其意思與其他詞及其意思不可分割地聯繫在一起，構成了

3　Ibid..

4　德里達在早期著述中常常用 transformation 代替 translation，即以「轉換」代替「翻譯」；後來，當他愈加頻繁地運用解構的方法在語言、哲學、文學、藝術、政治、倫理等領域中往返「穿梭」時，越來越發現「翻譯」的「不可避免的」重要性，於是直接使用 translation 一詞，在逝世前還寫了許多專論翻譯的文章。

一個變幻不定、浮動嬉戲的能指鏈條，這是語言的內在機制，決定了意義的不可確定性，也決定了翻譯的不可能性，因為「蹤跡」的嬉戲使語言無法以確定的意義轉換。然而，翻譯是可能的，而且在特定的歷史環境下又是不可或缺的。這是因為「蹤跡」的嬉戲可以通過語用環境或「語境」得以固定下來。語境，不僅指一個句子中的句法和語法環境，而且包括規定語言用法的社會環境，是用來制約語言內部的嬉戲或「不確定性」的一個法寶，因此使傳統的翻譯成為可能。但語境只提供相對的穩定性，因為任何語境都不是完全封閉的，都具有潛在的「生成」能力，都不能不留下空隙，讓他性介入進來，在同質的語境中置入異質的因素，或者說，在跨越意義的轉換中構成一個差異系統，造成了一些意義的語境的位移。這就是說，從語言的角度看，一個文本要具有可讀性，就必須具有可譯性，但不必是全部的可譯——文本的生存在於它最小限度的不可譯性，在於隱藏在文本背後或之外的「意義」，也就是翻譯通過語言的轉換所要找到的東西。

其次，翻譯是一種往返穿梭的運動，也就是「生命」的運動。譯文是原文生命的延續，這一思想瓦爾特・本雅明早有明確詳盡的闡述（《翻譯者的任務》）。對德里達來說，翻譯意味著文本具有一種普遍的可讀性，把所指從能指那裡分離出來的可能性，也是使文本獲得繼續生存的必然條件，因此，「拒絕翻譯就是拒絕生命」。[5]一方面，語言的生存取決於它的普遍應用，也即語言中個別因素得以

---

[5] Derrida, "Living On: Border Lines", trans. J. Hulbert, H. Bloom, et al., *Deconstruction and Criticism*, New York: Seabury Press, 1979; 見 *Understanding Derrida*, Jack Reynolds and Jonathan Roffe（ed.）, New York and London: Continuum, 2004.

不斷重複的狀況，而翻譯是語言得以普遍生存或重複的一個必然條件。另一方面，在把翻譯放在哲學傳統內部來討論時，德里達發現，雖然翻譯代表了最基本意義上的語言應用，最生動地體現了語言之間「穿梭」往返的生命運動，但西方哲學史卻普遍忽略了翻譯的主題，而忽略了翻譯的主題就等於忽略了語言本身，因為翻譯的首要依據是語言，它所實踐的是能指與所指之間的差異，因此，如果把語言問題看做是「後形而上學時代」的總體問題或「症狀」，因而成為哲學的核心問題的話，那麼，「解構問題……歸根結底就是翻譯的問題」，[6]而「我從心底裡佩服的那些男人們和女人們是唯一懂得如何書寫的人——也就是翻譯者」。[7]

德里達對翻譯的重視正如他的《論文字學》一樣，對斯皮瓦克發生了決定性的影響。如果說斯皮瓦克的理論和批評著述始於她翻譯《論文字學》的工作，尤其是為其英譯本撰寫的前言，那麼，她的女權（性）主義和解殖實踐也就落實在了德里達所推崇的翻譯上了。我們知道，德里達自己的理論生涯始於對胡塞爾《幾何學起源》的翻譯，他為其撰寫的法譯本前言《幾何學的起源》據說在當時就超過了（胡塞爾）原文的深度。雖然我們目前還不能、也許將來也不可能在類比的情況下給斯皮瓦克以如此高的讚譽，但她的確在應用德里達解構思想和方法的同時開闢了自己的領域。作為「後殖民批評家」（她後來否認這種稱呼），她的興趣就不僅僅是哲學，尤其是康德和馬克思，而且是整個西方思想傳統（正如德里達的解構對

---

[6] Derrida, "Letter to a Japanese Friend", in *Derrida and Difference,* Wood and Bemasconi（ed.）, Warwick: Parousia Press, 1985.

[7] Derrida, "What is a Relevant Translation?", *Critical Inquiry*, Winter 2001.

象是整個西方形而上學或哲學傳統一樣），因為正是這個思想傳統為歐洲殖民主義和東方主義提供了話語基礎和理由。於是，我們在《論文字學》的「譯者前言」中看到了解構主義與後殖民主義文化理論之間的最早聯繫。[8]

然而，德里達在諸如列維－斯特勞斯（Claude Lévi-Strauss, 1908-2009）這樣的西方知識分子身上看到的西方認識的局限性，在斯皮瓦克那裡變成了知識分子與權力（結構）的一種共謀關係——西方知識分子表面上為非西方主體說話，而實際上卻剝奪了他們的話語權利，讓他們沉默了。理論與權力的這種共謀關係恰恰是通過解構策略來證實的，因此是她從解構主義那裡獲得的「最了不起的禮物」，並反覆把這個策略用於文學、歷史、倫理和政治文本的解讀上來，最為典型的就是關於「底層人」的研究。[9]

---

8 見《論文字學》譯者前言，《從解構到全球化批判：斯皮瓦克讀本》，陳永國等主編，北京大學出版社，2007 年，第 1－89 頁。英文見 Gayatri Chakravorty Spivak, "Preface" to *Of Grammatology*, The Johns Hopkins University Press, 1976, pp.lxxxii- lxxxiii.

9 在羅鋼和劉象愚先生主編的《後殖民主義文化理論》（中國社會科學出版社，1999 年）中，我把 Subalturn 譯成「屬下」，此後曾出現過各種各樣的譯法，如「賤民」、「農民」、「臣屬」等。其實，這個詞恰好說明了本雅明、德里達和斯皮瓦克等人所說的語言間的不可譯性，因為在中文中很難找到一個完全涵蓋其意思的詞。在斯蒂芬•莫頓所著《佳亞特裡•查克拉沃蒂•斯皮瓦克》一書中，我們讀到：「儘管 subalturn 這個術語規約地指英國軍隊裡的低級軍官（《牛津英語詞典》），但斯皮瓦克所定義的這個術語的最重要的知識來源則是 20 世紀初的義大利馬克思主義思想家安東尼•葛蘭西（Antonio Gramsci，1891－1937）寫於墨索里尼的法西斯政府統治義大利時期的《獄中札記》中，葛蘭西有時把 subalturn 與 subordinate（從屬階級）、有時與 instrumental（工具）交替使用，表示『受霸權團體或階級統治的人』（葛蘭西，1978：xiv）。葛蘭西用 subalturn 這個術語特指義大利南方沒有組織起來的鄉下農民，他們沒有社會或政治的團體意識，因此易於接受國家的統治思想、文化和領導。葛蘭西關於 subalturn 的論述在稱作『底層人研究小組』的一群歷史學家那裡得到了進一步發展。這些歷史學家擴展了葛蘭西的原始定義，把該詞定義為『南亞社會中普遍的從屬態度，不管以階級、種姓、年齡、性別和職位或以任何其他方式為表在斯皮瓦克看來，印度的民族獨立並未給婦女帶來解放，並未結束印度男性社會對婦女身心的壓迫和剝削，她們仍然處於社會的最底層，靠出賣勞動力和身體維持生存。這恰與「第三世界」的婦女的境遇是相同的。二者的可類比性在於：印度婦女的「解放話語」常常被淹沒在男權社會的獨立話語之中，這種話語以男性世界的真實解放掩蓋了婦女仍然受剝削受壓迫的事實；而在與男權社會做鬥爭的女權主義運動中，西方女權主義者（以及女性主義批評）自恃為「全球姐妹」的代言人，通過聲稱為全世界所有婦女說話而剝奪了「第三世界」婦女的話語權利，尤其是「亞洲、非洲和阿拉伯」婦女。[10]這從兩個側面說明了印度的獨立解放話語和西方的女權主義話語與各自的主導社會結構達成了政治共謀。[11]

這裡，我們再次看到德里達的解構策略對後殖民主義文化理論的價值。在最淺層次上說，要解構一個系統或理論首先要找出這個系統或理論的核心術語，闡明它賴以發生作用的等級制或二元對

現』(Guha, 1988：35)。對從事底層人研究的這些歷史學家來說，葛蘭西關於義大利南部農民所受壓迫的討論適於描寫獨立後的印度社會中的農民、工人階級和賤民（the untouchable）。實際上，底層人研究小組的歷史學家們所面對的問題是，印度已經從大英帝國那裡獲得了政治獨立，但沒有獲得與此相對應的他們原本所期待的階級制度的社會變革。斯皮瓦克原則上同意底層人研究小組的看法，但進而指出，他們仍然抱著經典馬克思主義的社會和歷史變革理論不放，因此把男性臣屬主體視作主要的變革力量。這在兩個方面存在著問題。首先，經典馬克思主義的模式忽視了印度獨立之前、期間和之後婦女的生活和鬥爭。其次，反殖民的民族主義領袖本來試圖用馬克思主義關於歷史變化的模式調動 subalturn 的力量，但這個模式最終顯然沒有改變 subalturn 的社會和經濟狀況。為了替代這個經典馬克思主義定義，斯皮瓦克為這個術語提出了更加細緻的、更容易變通的、貫穿解構思想的後馬克思主義定義，把婦女的生活和歷史考慮進來。」(Stephen Morton, *Gayatri Chakravorty Spivak*, Routledge, 2003, p.48.）本書中我將其改作「底層人」。

[10] Stephen Morton, *Gayatri Chakravorty Spivak*, Routledge, 2003, p.40.

[11] Stephen Morton, *Gayatri Chakravorty Spivak*, Routledge, 2003, p.41.

立，繼而以解構主義的方法在結構上將其顛倒過來，通過與其反面的鏡像形成對比而破解這個等級制或中心論。「言語」和「文字」的二元對立是德里達早期解構的「語音中心主義」的一個典型例子。「言語」是口頭言說，最接近原始思想，言說時說者和聽者都完全在場，而且是毫無阻隔地在場，因此是演說家的靈魂。文字是書面的，具有物質性，因此留下了蹤跡，可以重複再重複，可以闡釋再闡釋，而最重要的是，在書面文字中，說話者總是不在場的。如果說口頭言說是精神活動的直接體現，那麼，書面文字就是口頭言說的符號，因此是二度派生於原始思想的。於是，以柏拉圖為代表的傳統形而上學把書面文字附屬於口頭言說，建立了以語音為中心的等級制，被稱作「在場的形而上學」，因為它總是高揚在場，而忽視使在場得以在場的缺場。

德里達的解構分析有如下述：首先，他認為關於書面文字的一切分析都適合於口頭言說。如果書面文字作為語音的符號是符號的符號，那麼口頭言說作為「物的符號」也是符號的符號。如果書面文字是對口頭言說的增補，那麼口頭言說就是對「真實世界」的增補。況且，書面文字不僅僅是對口頭言說的增補，而且是對它的替代，因為口頭言說一落實在書面上，它就被文字替代了。因此，文字不但不應該隸屬於言語，而且，二者間的等級還應該顛倒過來。這樣一個解構過程不僅僅揭露了二元對立或中心論內部的不合理性，而且揭露了被等級制所壓制的東西、揭露了它進行壓制的策略，這正是既定權威所擔心和害怕的。然而，這只是解構工作的第一步：顛倒二元對立並不是最終目的；最終目的是要徹底顛覆西方的「在場形而上學」。

需要注意的是，德里達這裡所說的文字是「普遍的書寫」，不僅指印刷在紙頁上的文字，而且指任何形式的文本，圖像的、聲音的、視覺的文本，以及歷史的、社會的、政治的文本，它們的意義取決於一個符號或語碼系統。斯皮瓦克恰恰是在這個意義上把底層人起義的歷史作為一個符號系統的功能變化來研究的，這個符號系統就是被當做文本來分析的印度社會。在印度這個「社會文本」中，位於社會底層的底層人群體是根據權力階級或社會主導階級的語言和利益來描述的。這種描述可分為兩類：一類是大英帝國的歷史檔案，在這些檔案中，有關印度農民起義的記述服從於帝國的治理和社會控制；另一類是印度知識分子關於民族獨立的歷史敘事，或稱作民族主義精英的歷史敘事。在這些敘事中，局部的農民運動總是服從於民族的反殖民主義鬥爭。在這兩種情況下，在場的都是社會主流或中堅分子，而以農民起義為形式的真正的底層人鬥爭卻成了缺場，且不必說得到承認和再現了。

於是，通過對這些「在場」的分析探討和挖掘被「在場」所忽視的「缺場」就成了迫在眉睫的任務。在 20 世紀 80 年代，一批印度知識分子不約而同地承擔了這一歷史使命，人稱「底層人研究小組」，主要成員有沙西德・阿明（Shahid Amin, 1950-）、大衛・阿諾德（David Arnold, 1946-）、帕塔・查特吉（Partha Chatterjee, 1947-）、大衛・哈迪曼（David Hardiman, 1947-）、拉納吉・古哈（Ranajit Guha, 1923-）和加恁德拉・潘戴（Gyanendra Pandey, 1950-）。他們試圖在缺乏可靠的歷史文獻的情況下，重新發現印度下層社會或底層人階層為印度的民族獨立進行鬥爭的事例，並進行個案研究。這其實是在困境中尋找出路、在不可能性中尋找可能性的一種典型的德里達式研究，所遵循的方法就是通過批判殖民主義者對那段歷史的再現來追溯底層人的政治鬥爭。理由是：如果在殖民地檔案和民族主義精英記錄的歷史中看不到底層人的政治鬥爭，聽不見底層人說話的聲音，那就通過批判這兩種主導的歷史再現來重新銘寫底層人的鬥爭，重新錄製他們的聲音。[12]斯皮瓦克認為這種做法十分接近解構主義的方法。

底層人研究小組的歷史學家們的重要理論依據是經典馬克思主義的歷史觀，但斯皮瓦克對他們採用的馬克思主義分析方法表示懷疑；她認為經典馬克思主義提倡的階級政治不適於描寫複雜的底層人鬥爭的歷史。在 19 世紀歐洲的資本主義發展中，經濟和社會關係的變革只發生在資產階級和無產階級之間，馬克思論述的階級鬥爭也只局限於資產階級與無產階級之間。但在印度，在由封建主義向資本主義的歷史轉變中，在推翻殖民主義和帝國主義的解放鬥爭中，矛盾的雙方是殖民者和被殖民者，是大英帝國與印度民族，是印度社會內部的統治階層和被剝削階層，而參與這些偉大鬥爭的，就不僅僅有殖民地檔案和民族主義精英在歷史中記錄的被殖民的中產階級（民族鬥爭勝利後，他們變成了民族主體），而且還有即使在勝利後也仍然被剝奪話語權利的底層人階層，包括農民、婦女和部落的土著人。而所謂的底層人鬥爭也便由階級鬥爭和民族鬥爭擴展開來，把婦女運動、農民起義和少數族裔爭取權利的鬥爭也包括進來，擴大了「底層人」的含義。因此，在方法論上，如果僅僅套用經典馬克思主義的階級鬥爭和階級意識說，就會把不同底層

[12] Stephen Morton, *Gayatri Chakravorty Spivak*, Routledge, 2003, pp.50-51.

人群體的不同的政治鬥爭、甚至其複雜的歷史原因簡單化了，就可能僅僅用馬克思主義的宏大敘事來取代殖民地檔案和民族主義精英的歷史敘事，從而使他們的解構閱讀再次成為解構的對象。[13]

針對這一解構悖論，斯皮瓦克提出不應該把底層人階層看做能夠掌控自身命運的、握有政治主權的主體，這樣的底層人主體只是民族主義精英編織的主導話語的產物，這種話語（或文本）錯綜複雜地與殖民地權力和知識結構糾纏在一起。換言之，底層人階層的政治意志是由主導話語建構起來的，並被置於資產階級民族解放的宏大敘事之中的。認識到這一點，就等於完成了解構閱讀的第一步。接下來就是把印度社會看做一個社會文本、一個階級鬥爭的場所、一個連續的符號鏈、一個由無數蹤跡構成的網路。而要深入探討這個文本，讀出隱藏在這個文本背後或之外的東西來，就必須首先顛覆這個社會文本，打破這個符號鏈，然後再將其重新連結起來。這無疑是解構的深層內涵，概言之，就是德里達所說的蹤跡系統，或「普遍書寫」。[14]

在德里達看來，意識生活的可再現性取決於蹤跡的可重複性，而蹤跡所重複的無非是過去每一個瞬間的意識活動，是自我的一次無法簡約的「折回」。那麼，作為「普遍書寫」的蹤跡活動就可以利用技術把意義從局部的闡釋語境中解放出來，通過重複或重新書寫將其置入「異常的」語境，改變其語義或述行價值，而這正是一個語言符號在「正常的」或「嚴肅的」語境中所發揮的功能。但這種重複並不是重複某一相同的屬性：純粹對應的形式或意義的重複

13 Stephen Morton, *Gayatri Chakravorty Spivak*, Routledge, 2003, pp.52-53.
14 Derrida, *Of Grammatology*, The Johns Hopkins University Press, 1976, p.9.

是沒有的；一個符號的重複必須打破常規；每一次重複必須產生某種差異，產生某種獨特性；而這種獨特性（現代主體的獨特性）取決於技術和實踐。就好比一幅畫的畫框一樣，它其實並不是固定的，而是可以位移的，因此也是可以控制的。畫框不是裝飾物，它是作品的邊界，而這個邊界的確定取決於它的外部，它本身並不界定，界定是由觀者來完成的。這就是說，畫框無非是一種架構或建構，而架構或建構本身是脆弱的。德里達說，脆弱就是繪畫的本質或真理，如果它有本質或真理的話。[15]這無非是說，作為蹤跡的普遍書寫以其重複性允許對文本進行隨意分配或重新嫁接，因為經驗的性質和內容也是由重複、儲存和架構的方式來決定的，可以通過再次引進而加以改變，這樣的話，「不再以相同方式存檔的東西也就不再以相同的方式存活了」。[16]

斯皮瓦克對這種解構精神的領會是精到的；她對殖民地檔案的考察和研究甚至先於德里達發表《檔案熱》10 年就開始了，即在 1985 年發表了《底層人能說話嗎？》一文，標誌著她自己的、不同於「底層人研究小組」的底層人研究的開始。實際上，如果我們把上述德里達的解構精神與斯皮瓦克的研究聯繫起來的話，不難看出，這種研究也是一種建構、一種敘事、一種蹤跡的重複，只不過它的目的不是掩蓋歷史事實，不是發自統治階級的主導聲音，也不是使底層人沉默的霸權話語。它的目的在於通過建構或架構「挖掘」歷史事實，通過敘事重新發出被壓抑的聲音，通過蹤跡讓人們再次

[15] Derrida, *The Truth in Painting*, trans. Geoff Bennington and Ian Mcleod, Chicago, 1987, p.73.

[16] Derrida, *Archive Fever*, trans. Eric Prenowitz, Chicago: University of Chicago Press, 1996, p.18.

經驗被忘卻的「已然」經驗，因為只有在這樣一個構成性的建構起來的「超語境」之內，並與一個超語境的「他者」相遇，才能清楚地說明這個「他者」。

這次，她選擇了蜜雪兒・福柯和吉爾・德勒茲作為代言人，用以表明西方激進的知識分子何以在替底層人說話的同時又讓他們沉默下來的。這樣一種批判是以政治再現與審美再現的關係為依據的。在斯皮瓦克看來，藝術、文學、電影等審美再現的基礎結構也是政治再現的基礎，唯一的區別在於：審美再現通過再現真實世界突出了自身地位，而政治再現則不承認這個再現結構。換言之，政治再現與審美再現一樣都是以「虛構」為基礎的；藝術的「藝術性」，文學的「文學性」，都在於以這種「虛構」創造一種獨特性、偶然性、機會或意外事件，正是這些才使思想成為可能。政治的「政治性」也必須依賴這種「虛構」來建構敘事或「宏大敘事」，並以這種敘事來否定自身的虛構性。作為代言人的福柯和德勒茲在為被剝奪權利者說話時彷彿戴著面具，以「缺場的非再現者」（缺場的作者）的身分說話，[17]從而否定了他們自身建構的政治「敘事」，彷彿被剝奪權利者自己在說話，於是，他們的政治再現（歷史敘事）就變成了審美再現（文學敘事）。

斯皮瓦克認為，福柯和德勒茲是把馬克思所用「再現」的兩層意思「合併」起來了：這就是作為審美肖像的再現（darstellen）和作為政治代理的再現（vertreten）。但這種合併是有等級的，審美再現被從屬於政治再現；作為政治主體的被剝奪權利者（底層人階層）

[17] Derrida, *Archive Fever*, trans. Eric Prenowitz, Chicago: University of Chicago Press, 1996, p.57.

被從屬於（據說是）為他們說話的政治代理者，於是，審美的肖像（虛構）便被當做他們的政治欲望和利益的表達。[18]這無非是說，被剝奪權利者在福柯和德勒茲那裡不過充當了作者表達自身欲望的替身，他們的修辭行為可能對被壓迫者造成危害——底層人的反抗會因此被主導的政治再現過濾掉。這裡蘊涵的意思是，（女性）底層人不是不能說話；她們可以說話，但她們的聲音在主導的政治再現系統中被壓抑了，聽不到了。

附帶說明的一點是，在福柯和德勒茲那裡，「底層人階層」指的是工廠工人、囚徒、精神病患者。而在西方女權主義者勾勒的地圖上，還包括他們為之代言的「第三世界」婦女。按此擴展開去，「底層人」的定義便把婦女的解放鬥爭和經驗也包括進來，這樣，其「下層社會」的內涵也被塗抹了，因為這裡的婦女也包括中上層社會的婦女，她們中有很多人參與了婦女解放運動，也和下層社會的婦女一樣，在殖民地檔案和底層人起義的歷史記錄中充當了「缺場」的角色，所以必須追溯她們的蹤跡，歸還她們一個物質的、文化的歷史。於是，斯皮瓦克重新規定了後殖民知識分子的任務——從當下的物質和政治語境中「恢復」過去被剝奪的權利，重現過去被壓抑的聲音。

具體一點說，斯皮瓦克的底層人研究基本上以文學批評和翻譯為主，她評論和翻譯孟加拉作家馬哈斯威塔・德維的小說，為其撰寫的序跋，以及關於第三世界女性文本的批評，乃至日常的文學教學活動，都是對這一任務的具體執行。在《想像的地圖》的前言中，

---

[18] Derrida, *Archive Fever*, trans. Eric Prenowitz, Chicago: University of Chicago Press, 1996, p.57.

她說這是「有機知識分子」的任務。在一個註腳中，她說：「有機知識分子不是一個身分概念，而是主體發揮知識分子作用的焦點。」她進一步界定說：「當『底層人』為了被聽見而說話，進入了負責任（反應和被反應）的抵抗結構時，他或她就開始成為有機知識分子了。」馬哈斯威塔就是這樣一個有機知識分子。她描寫了敢於打破一般知識分子的陳規舊俗的婦女，敢於在社會偏見的壓力下結束自己生命的婦女，已經把社會的各種束縛內化了的底層人婦女。馬哈斯威塔以鮮明的形象呈現了整個印度地圖上賣身為妓的女人身體，通過把已經內化了的性別差異當做獨特的倫理選擇而向全世界要求權利的婦女呈現了最難跨越的路障，進而提出：婦女應該奮起抵抗，無論是主動的還是被動的。[19]而女權（性）主義譯者的任務，如果我們可以把這樣的譯者當做有機知識分子的話，則是要理解事物、理解自身（而理解自身就是生產認同），從而把語言當做性別代理機制的線索，通過書寫代理而擺脫大英帝國的過去、擺脫種族主義的現在、擺脫「產於英國」的男權統治的歷史。[20]

這誠然是一項政治任務；完成任務的過程就是譯者用語言建構意義的過程，就是以讀者的身分進行親密閱讀的過程，就是從代理者的角度把語言織物邊緣的破損減少到最小限度，而女性（主義）譯者則要把「作為閱讀的翻譯」當成愛的交流。如此看來，如果把

---

[19] Gayatri Chakravorty Spivak, "Translator's Preface and Afterword to Mahasweta Devi", *Imaginary Maps*, in *The Spivak Reader: Selected Works of Gayatri Chakravorty Spivak*, Donna Landry and Gerald Maclean (ed.), Routledge, 1996, pp.267-285.

[20] Gayatri Chakravorty Spivak, "The Politics of Translation", in *Outside in the Teaching Machine*, Routledge, 1993, pp.179-200.

翻譯看做是代理者在從一種語言向另一種語言的穿梭運動中建構意義模式的話（如本章開頭所示），那麼他／她就必須首先諳熟後結構主義的語言觀，認清作為語言內在機制的邏輯性、修辭性和沉默——邏輯是代理者藉以在語言之間進行詞語轉換（翻譯）的指示原則；修辭可能對這種清楚的原則造成顛覆性破壞；而沉默則是在修辭中起主導作用的暴力。這正是代理者藉以改造世界的認識，有了這種認識，他／她就能不僅以政治的方式，而且以倫理的方式，以日常生活的方式，歸根結底以人的方式為另一種語言建構一個模式，否則就沒有真正的翻譯。[21]因此，翻譯又是一項倫理任務。

作為政治和倫理任務的翻譯是德里達論述翻譯的兩個重要命題。在德里達看來，翻譯是政治的，因為翻譯的可能性取決於語境，而語境並不是自然的，總是被強加了某種同質性，總是被賦予了某種愛恨分明的態度，總是要排除一些東西，同時加進一些東西的。翻譯是倫理的，因為既然任何語境都不是完全封閉的（如前所述），就必然留有空隙，必然有他者或他性介入進來；而且，既然一個語境是在翻譯活動中向它所及範圍之外的另一個語境的開放，於是便產生相互的責任問題、負債問題和履行職責的問題。斯皮瓦克恰恰是為了這種政治性、這種倫理性開始從事翻譯的。

在她看來，翻譯的倫理性體現在譯者對原文的最大限度的屈服，通過最縝密的閱讀回應原文的特殊召喚，從而在翻譯的過程中把他者變成像是自我的東西，這取決於友誼和愛欲。這種友誼和愛欲不但是她翻譯馬哈斯威塔的作品的動因，而且還促使她試著寫評

---

[21] Ibid..

論這位作家的文章，「彷彿對她的文本的細讀使我們能夠想像一個不可能的、未分化的世界，沒有這樣一個世界，任何文學都是不可能的」。[22]然而，正如雪麗・西蒙（Sherry Simon）所說，「斯皮瓦克力主翻譯的不是民族的現實，相反，是馬哈斯威塔・德維（Mahasweta Devi，1926-）所追溯的『錯位的空間』、『解殖』的空間」，並「試圖把這個『解殖』的空間引申到她的閱讀上來」。[23]在這個空間裡，「德維以縝密的知識、憤怒和充滿愛心的絕望展示了後殖民國家的機制。那裡有受壓抑的持不同政見的激進派，有爭取選民的國家政府，有隱藏在善惡之下的官僚制度，有作為底層人的國家公務員……站在對立面的是一小部分有良心的、有同情心的政府工作者……核心人物是一個記者……一個置身種姓制度內部的印度教徒……一個邊遠的局外人，他在一個修辭空間裡贏得了幫助埋葬以前的一種文明的權利。」[24]

毋寧說，作為政治的和倫理的譯者，語言並不是一切，不能僅僅把翻譯看做是同義詞的轉換，詞語的換置或意義的傳輸，而要利用語言的修辭性和沉默。它包含著可能的任意性、偶然性、意義的

---

[22] Gayatri Chakravorty Spivak, "Translator's Preface and Afterword to Mahasweta Devi", *Imaginary Maps*, in *The Spivak Reader: Selected Works of Gayatri Chakravorty Spivak*, Donna Landry and Gerald Maclean（ed.）, Routledge, 1996.

[23] Sherry Simon, "Germaine de Staël and Gayatri Spivak: Culture Brokers", in *Translation and Power*, Maria Tymoczko and Edwin Gentzler（ed.）, University of Massachusets Press, 2002, pp.122-140.

[24] Gayatri Chakravorty Spivak, "Translator's Preface and Afterword to Mahasweta Devi", *Imaginary Maps*, in *The Spivak Reader: Selected Works of Gayatri Chakravorty Spivak*, Donna Landry and Gerald Maclean（ed.）, Routledge, 1996.

播撒、語言的分解，以及符號的不規整性。只有注重並合理地挪用這種修辭性，將其置於適當的位置，適當的環境，才能不丟失原文的文學性、文本性和感性，才能在原文的平臺上進行甄別和選擇，才能利用不同語言的不同的修辭策略追溯一種共性，從而進入差異和變異的領域，達到超越和擴展的翻譯，建立一種後殖民閱讀（翻譯）的政治學。斯皮瓦克選擇了作為活動家、作家和記者的馬哈斯威塔，通過一種「愛欲」的倫理特性，在被嵌入了無法逃避的責任結構的同時目睹了一場「增補」的集體鬥爭，懂得了文學寫作與政治活動之間的密切關係，那就是通過「增補」把底層人沉默的天才再現出來，使之「作為理性存在以天賦的觀點完成天賦的使命，即增補或完成世界的顯現……[因為]如果有必要增補或完成的話，那是因為有缺失。沒有人，上帝的神示就不會完成。人恰恰是通過活動來發展上帝的總體神示中所缺乏的東西的。」[25]人要靠自己去完成歷史的書寫。

然而，歷史的「書寫」總是諷刺性的。當馬哈斯威塔和斯皮瓦克所批判的那種文明還未被徹底埋葬的時候，一種新的文明業已登峰造極了。世界已經從「東－西」轉變為「南－北」的劃分；標誌著冷戰時期特點的意識形態決戰已經轉化為全球化語境下的經濟決戰；馬哈斯威塔・德維的「想像的地圖」也已迅速變成了由世界銀行繪製的既真實又虛幻的地圖。在這種情況下，斯皮瓦克似乎已經把對底層人研究的關懷擴展到對經濟邊界的關懷、對國際資本流

[25] Jacques Derrida, *Eyes of the University: Right to Philosophy 2*, trans. Jan Plug and others, Stanford University Press, 2004, p.80.

動的關懷，以及對非歐洲中心的生態正義的關懷上了。她所翻譯的馬哈斯威塔的故事就開始以批判的眼光看待世界銀行了。

當印度步入 21 世紀時，一批新生代的知識分子結束了 20 世紀末的觀望，開始關注一種新的畸形發展：以世界銀行、國際貨幣基金組織和世界貿易組織為首的大國際金融財團一方面積極促進了經濟全球化的發展，使原殖民地的中產階級獲得了一定的成功，但另一方面也造成了嚴重的不平等現象，使下層社會重新淪入了被剝削被壓迫的悲慘境地。針對這一狀況，一些印度知識分子或旅外印度作家開始關注當代文化生產中的政治現實問題，包括政治對生態景觀的破壞、性身分和種族身分的確立、民族形式的演變、跨國聯盟的建立及其功能、資產階級民族主義向全球經濟的投降，以及如何在全球化的世界經濟體制下測繪新的焦慮和欲望從而實現民族認同等問題。於是，一種新的「世界銀行文學」應運而生。

「世界銀行文學」（World Bank Literature）的出現不僅標誌著文學研究範式的轉變，即從「世界文學」的自由多樣化的發展模式向「世界銀行文學」激進的政治範式的轉變，而且，作為後殖民主義文化研究的一個變體，它更多地關注經濟全球化、文化帝國主義，以及日常生活狀況等問題。因此，斯皮瓦克的「底層人」範疇勢必再次擴展，把印度「西漸」的賽博工人（新技術工人）、「旅行」的新移民，以及 1989 年以來反築壩運動中的部落人（tribal people）包括進來。這意味著關於全球化的一個新的尚未講過的故事正在發生，同時也意味著新的抵抗和新的主體性正在出現。全球化已經成為或即將成為事實，如果不能回歸民族主義和地方保護主義，那就必須努力實現一個不同的全球化。有鑑於此，文學敘事就必須講述新的故事，締結新的關係，描寫和闡述新的抵抗和新的主體性。這是哈特和奈格里（Antonio Negri, 1933-）為「民眾」規定的任務，或許也會成為斯皮瓦克為底層人研究規定的新任務。

第8章

從世界文學到世界銀行文學

資產階級，由於開拓了世界市場，使一切國家的生產和消費都成為世界性的了。不管反動派怎樣惋惜，資產階級還是挖掉了工業腳下的民族基礎。古老的民族工業被消滅了，並且每天仍在被消滅。它們被新的工業排擠掉了，新的工業的建立已經成為一切文明民族的生命攸關的問題；這些工業所加工的，已經不是本地的原料，而是來自極其遙遠的地區的原料；它們的產品不僅供本國消費，而且同時供世界各地消費。舊的、靠國產品來滿足的需要，被新的、要靠極其遙遠的國家和地帶的產品來滿足的需要所代替了。過去那種地方的和民族的自給自足和閉關自守狀態，被各民族的各方面的互相往來和各方面的互相依賴所代替了。物質的生產是如此，精神的生產也是如此。各民族的精神產品成了公共的財產。民族的片面性和局限性日益成為不可能，於是由許多種民族的和地方的文學形成了一種世界的文學。

——馬克思和恩格斯（Karl Heinrich Marx and Friedrich Von Engels），《共產黨宣言》

「今天，美國文化研究的新發明要求在一種新形式下重新發明歌德加以理論化的『世界文學』。」[1]我們知道，歌德（Johann Wolfgang Von Goethe, 1749-1832）加以理論化的世界文學是一種「正在形成的」「普遍的世界文學」，它對某一個別民族的文學可能造成「最大的損失」，但又是「有益的」；它「不是把某一『優選』民族的文學強加於世界，把各個被統治民族的文學全壓下去，而是由各民族文學相互交流、相互借鑒而形成的；各民族對它都有所貢獻，也都從它有所吸收，所以和民族文學不是對立的，也不是在各民族文學之外獨樹一幟。民族文學和世界文學的關係是辯證的，既要歡迎世界文學的到來，又要強調各民族文學自己的特點。」[2]在21世紀的頭10年即將結束的時候，歌德於19世紀20年代提出的「世界文學」概念似乎比當時更具有現實意義。事實上，他所說的世界文學概念也就是我們今天所說的「跨文化交流」，是在全球化過程中文化對話與交換的必然產物。在經濟全球化必然導致文化全球化，因而必然對民族文學造成某種危害的語境下，我們面臨著民族文學／民族文化逐漸被外來文化所同化的危險，因此需要正確對待民族文學／民族文化與外來文學／外來文化的關係，尤其需要冷靜地處理好經濟發展與文化傳統的關係。不難看出，歌德的世界文學是以建設民族文學為基礎的，是出於對當時德國政治的分裂和地理的

---

1 Jameson, Fredric, 轉引自 Amitava Kumar, Introduction to *World Bank Literature*, Amitava Kumar（ed.）, Minneapolis and London: University of Minnesota Press, 2003, p.xx.

2 朱光潛：《西方美學史》（下卷），人民文學出版社，1985年，第11版，第434－435頁。

「局促」[3]使得傳統文學瀕於消亡、作家迫於生計而無心創作的狀況所深懷的憂患意識，也是一個有良心的作家在民族文學危機之際迫切要借鑒其他民族文學從而振興民族文學所抱有的強烈願望。但是，與我們所處的當下環境一樣，這種憂患意識和強烈願望的背後卻隱藏著一個更大的經濟和社會現實，那就是老年歌德在創作「發展者」浮士德之時的經濟和社會現實。

對於行將完成「最後一次變形」的「發展者」浮士德來說，他要在「最後的化身」中，「將自己個人的衝動與世界經濟、政治和社會的推動力量關聯在一起；他學習怎樣去建設和破壞。他把自己的生存視野從私人生活擴展到了公眾生活，從親密關係擴展到了積極行動，從情感交融擴展到了組織人群。他盡自己的一切力量來對付自然和社會；他不僅努力去改變自己的生活，而且努力改變其他每一個人的生活。他現在找到了一條有效地反對封建宗法世界的途徑：去構造一個全新的社會環境，來掏空或破壞舊的世界。」[4]他「為人類目的」設想了「駕馭海洋的各種偉大的墾荒工程」，其中包括：「能夠運送滿載貨物和乘客的輪船的人工港口與運河；大規模灌溉所需要的水壩；綠色的田野和森林、牧場和園林；龐大的集約農業；吸引並且支持新興工業的水力；未來的繁榮居住區、新的城鎮和城市——所有這一切都將從人類從來不敢居住的荒野中創造出來。」[5]如此浩大的工程不僅需要資本，而且需要有政治力量——即那個君主——的支持。君主授予浮士德「無限的權力來發展

3　同上。

4　馬歇爾・伯曼：《一切堅固的東西都煙消雲散了——現代性體驗》，徐大健、張輯譯，商務印書館，2003 年，第 77 頁。

5　同上，第 79 頁。

整個沿海地區，包括任意利用他們所需要的任何工人、任意遷徙當地居民的全權」。在這種強有力的政治支持下，「白天工人們紛紛鬧嚷，尖鋤鐵鏟揮動繁忙；夜晚燃起篝火的地方，第二天已築起一條堤壩。人們在流血流汗，慘痛的呻吟刺破了夜空，火焰流向海邊之處，黎明時便出現一條運河。」[6]這是一派繁忙高產的現代化景象：它將開發出巨大的能源和具有國際規模的交通水利工程，大規模地把給人類帶來無數好處的私人力量和公眾力量整合起來，並通過充分利用物質、技術和精神資源來創造一個全新的社會生活結構。頗為有趣的是，浮士德所代表的「發展者」似乎就是在法國第二帝國制下辛勤工作、在金融和工業等方面都出類拔萃的革新者們。他們組織了全國鐵路系統的建設，興辦了為國際能源組織提供資金的國際投資銀行，實現了歌德夢想的在巴拿馬以北開鑿聯結海洋的跨國運河。[7]

大約在老年歌德完成《浮士德》最後一部分的 20 年後，馬克思和恩格斯（Friedrich Von Engels, 1820-1895）在《共產黨宣言》中把上述熱火朝天的「浮士德工程」抽象化為正在全世界大規模開拓的資本主義商品市場——資產階級為了擴大產品銷路而「奔走於全球各地」，「到處落戶，到處創業，到處建立聯繫」。他們「挖掉了工業腳下的民族基礎。古老的民族工業被消滅了，並且每天都還在被消滅」。他們靠迅速改進的生產工具和極其便利的交通用外地原料生產「同時供世界各地消費」的產品，促成了各民族在各方面的

6 同上，第 81 頁。

7 馬歇爾・伯曼：《一切堅固的東西都煙消雲散了——現代性體驗》，徐大健、張輯譯，商務印書館，2003 年，第 95 頁。

互相往來和互相依賴，「迫使一切民族——如果它們不想滅亡的話——採用資產階級的生產方式」，推行資產階級的文明制度，「使鄉村從屬於城市」，「使未開化和半開化的國家從屬於文明的國家，使農民的民族從屬於資產階級的民族，使東方從屬於西方」。他們通過「消滅生產資料、財產和人口的分散狀態」而促成「政治的集中」，把「各自獨立的、幾乎只有同盟關係的、各有不同利益、不同法律、不同政府、不同關稅的各個地區」結合成「**一個**擁有**統一的**政府、**統一的**法律、**統一的**民族階級利益和**統一的**關稅的國家」。在這種情況下，「各民族的精神產品[也]成了公共的財產。民族的片面性和局限性日益成為不可能，於是由許多種民族的和地方的文學形成了一種世界的文學。」[8]

恰恰由於第二帝國的這些革新者們的不懈努力，恰恰由於資本主義市場的急劇擴張，恰恰由於工業文明的發展造成了現代性空間中的無數分裂和溝壑，「19 世紀的巴黎」才使波德賴爾（Charles Pierre Baudelaire, 1821-1867）帶著同風雨搏鬥時徒然的憤怒向大眾開火了，才使本雅明以一種毀滅性的詩的體驗去拯救在接連不斷的震驚中消散的光暈，才使巴黎街道上豪華工業的新發明成了遊手好閒者逗留和閒逛的場所。「憂鬱的巴黎」綻放出了朵朵現代性的「惡之花」。如果說歌德的《浮士德》以及第二帝國時期及其後的法國文學關注的是現代性對現代城市生活帶來的巨大衝擊，馬克思和恩格斯所說的「世界文學」是由於市場資本主義的擴張和發展打破了民族的片面性和局限性，從而促成了一種以全球「統一」為背景的世

8　馬克思、恩格斯：《共產黨宣言》，引自《馬克思恩格斯選集》第一卷，人民出版社，1973 年，第 254－256 頁。

界文學的話，那麼，在 20 世紀末的全球化語境下，資本的解域化流動就規劃了一種新的世界經濟格局，財富的創造、生命政治的發明和社會生活的生產促成了政治、經濟和文化的相互重疊和相互投資，到處林立的商廈、全球鋪開的博覽會以及各種名目的跨國開發和融資使得商品和消費直接成了生活方式的符號，世界銀行、國際貿易組織、國際貨幣基金組織以及各跨國公司和財團開展的各項具有政治背景的經濟活動，不但推進了經濟全球化的進程，加快了商品帝國消費的速度，而且極大地影響了人民群眾的生活，尤其是後殖民國家和第三世界國家的民眾生活。這樣一種集政治、經濟和社會生活於一體的跨國經濟和多元文化模式勢必導致一種新的文學和文學研究範式的產生，即前述的由歌德式「世界文學」的自由多樣化模式向以激進政治為範式的一種「世界銀行文學」的轉向，換句話說，這是以後殖民時期、晚期資本主義或全球化狀況為背景，以資本解域化流動之下的底層人生活為題材，同時試圖把文學和文化與當下經濟和政治活動相聯繫的一種文學。

這裡所說的「世界銀行文學」(World Bank Literature) 並沒有一個明確的定義，也沒有具體的國別或語類所指，但是，作為一個詞語組合，它至少把「世界銀行」和「世界文學」聯繫在一起了，因此涉及全球化、世界經濟、世界文學和全球文化研究等問題。這個組合中的「世界銀行」並不僅僅代表世界銀行自身，而且還有上述提及的國際貿易組織、國際貨幣基金組織、各大跨國公司和財團（如摩托羅拉、微軟等公司），還涉及全球化語境下出現的知識霸權、賽博工人、農民工、發展失衡等問題，或為解決這些問題而採取的一些措施，如「穩定和結構調整」(Stabilization and Structural

Adjustment）和「新經濟政策」（New Economic Policy）等專案。在此背景下產生的「世界銀行文學」當然與大金融機構自己的出版物（文獻）有關，但主要是指來自第三世界和後殖民地區的作家，所描述的主要問題包括階級、全球經濟、學術勞動、大學的公司化，尤其是經濟全球化、文化帝國主義和日常生活狀況等。實際上，這種文學描述的是一種生命政治的生產，即經濟權力對身體的規訓、對身體勞動的規訓，以及對第三世界廉價勞動力的規訓。在批評層面上，對「世界銀行文學」的研究就成了後殖民批評的一個變體，儘管其主旨不是賽義德式的「東方主義」研究。而參與研究的人就不僅是文學批評家和理論家，而且有經濟學家和文化批評家。[9]

「世界銀行文學」描寫當代的日常生活，也就是要通過文學和文學研究的方式**探討如何在當今世界上生活**。換言之，「世界銀行文學」也是一種抵制，即對全球化或消費帝國的抵制。它把「世界銀行」作為焦點、作為代理者、作為隱喻，目的是要把全球資本主義的「廣泛」語境具體化。1999 年以來世界範圍內發生的街頭抗議（美國的西雅圖和華盛頓特區，瑞士的達沃斯和加拿大的魁北克城）都以世界銀行、國際貨幣基金組織和世界貿易組織為靶子，所要解決的問題都是在空前繁榮的跨國貿易的掩蓋之下發展的不平衡，分配的不均勻，金融、技術、人力、貨物的傾向性流動，以及在此環境下深受影響的民眾的日常生活。印度作家阿倫達蒂・羅伊（Arundhati Roy, 1961-）發表的第一部小說《小事之主》（*The God of*

[9] John Berger, "Against the Great Defeat of the World", foreward to *World Bank Literature*, Amitava Kumar (ed.) , Minneapolis and London: University of Minnesota Press, 2003, pp.xiii-xxxiii.

Small Things, 1997）中描寫了經濟全球化給印度鄉村造成的危害：敘述者沿著河邊散步，「聞到的是用世界銀行貸款買來的臭屎和殺蟲劑的味道」。小說中，前共產黨領袖的住房現已成為豪華的旅遊賓館；黨的一個小幹部的兒子列寧最後只能到新德里的荷蘭和德國大使館當技工，改名為列文。共產主義已經讓位於市場資本主義。現在，在黑暗中閃爍的是衛星電視的永恆之光：「美國員警正把一個戴手銬的少年塞進警車裡。人行道上濺滿了鮮血。警車的車燈閃亮著，發出長長的哀鳴般的警笛聲」。[10]在 1999 年發表的關於反築壩運動的一部小冊子中，她更為直接地描寫了經濟全球化狀況下的印度：

> 今天，印度所處的狀況是，償付給銀行的利息和償付的分期付款比借貸的還要多。我們不得不借新錢以還舊賬。根據《世界銀行年度報告》，去年（1998 年）估算之後，印度償還世界銀行款項比借款多出 4.78 億美元，在過去 5 年中

[10] Arundhati Roy, *The God of Small Things*, Bombay: India Book Distributors, 1997, p.280. 轉引自 Rashmi Varma, "Developing Fiction: The 'Tribal' in the New Indian Writing in English", in *World Bank Literature*, Amitava Kumar（ed.）, Minneapolis and London: University of Minnesota Press, 2003, pp.216-233. 羅伊的《小事之主》以 Kerala 的一個鄉村為背景，講述了一個真實的鄉村愛情故事，但故事的背後卻是令人髮指的市場資本主義的開發。小說發表後連續幾個月高居《紐約時報》圖書排行榜榜首，出售四百萬冊，並榮獲英聯邦布克獎（Booker Award），因此被批評界稱為「羅伊現象」。

（1993-1998 年）償付世界銀行的款項比所得多出 10.45 億美元。[11]

在羅伊的作品中，印度國家與世界銀行之間的關係是債臺高築、無土地的勞動者與放債人之間的關係，她所要揭示的是第三世界、後殖民地區、部落人（the tribals）的局部發展與全球資本之間的關係。她以民族主義的修辭號召人們為「更大的共同利益而犧牲」，從而證明個人對民族的忠誠。而在局部發展中，作出最大犧牲因而成為受害者的是部落人，這意味著國家和民族的中堅分子已經與國際資本達成了共謀，他們以進步的名義橫徵暴斂部落人，尤其是自然資源（森林、水、礦物等），將其商品化，輸入國際消費市場，獲得高額利潤；而部落人卻喪失了土地使用權，一旦土地被國家徵用，他們就被迫背井離鄉，住進城市的貧民窟，充當廉價的建築工人。然而，在描寫反築壩鬥爭的小說中，這些部落人卻成了當代印度的英雄，他們成功地抵制了市場和全球資本主義發展的殘酷剝削，迫使世界銀行撤銷了修築納瑪達河（Narmada）大壩的專案。在這場道德與資本、底層人與跨國市場的政治鬥爭中，部落人勝利了。但是，在民族資本家、旅外印度人和跨國公司的幫助下，印度國家決定繼續開發這個專案。羅伊這樣描寫了她從城市來到納瑪達山谷參觀時的感受：

[11] Roy, *The Greater Common Good*, Bombay: India Book Distributors, 1999, p.29. 轉引自 Rashmi Varma, "Developing Fiction: The 'Tribal' in the New Indian Writing in English", in *World Bank Literature*, Amitava Kumar (ed.), Minneapolis and London: University of Minnesota Press, 2003 .

> 我從 Jalsindhi 乘船渡過納瑪達河，在河對岸的堤壩上抬眼望去，在一片低垂不毛的小山那邊，是 Sikka，Surung，Neemgavan 和 Domkhedi 等部落的村莊。我看到那些搖搖欲墜的透風的房子。我看到房子後面的片片田地和森林。我看到孩子們趕著比他們還矮小的山羊，像電動花生一樣在大地上奔跑。我知道我所看到的是比印度教還古老的一個文明。現在，經過這個國家的最高法院的允許，這個文明將在即將來臨的雨季被淹沒。Sardar Sarovar 水庫蓄積的洪水將把它淹沒。[12]

這裡，印度國家的立法機器成了侵犯邊緣化居民的工具；作者從城市到鄉村的旅行成了一次跨越時空的旅行：從全球化的今天到遠古的文明。然而，其耐人尋味之處卻不在於這種人類學式的探討，而在於以人類學研究的方式把一個古老的文明納入了反對全球化的語境之中。同時，她還巧妙地揭示了這樣一個道理：既然全球化為民族中堅分子、國家和國際資本創造了合作／共謀的機會，那麼，它也同樣為反對全球化的社會運動開拓了新的領地。據羅伊所說，印度以反築壩為代表的反全球化的社會運動開始於 1989 年。當時，世界銀行決定出資建造納瑪達河大壩，建成後可以為印度西部乾旱地區提供灌溉，為附近一些城市和農村提供飲用水，可以建造供 4000 萬人用電的一個水利發電站，在建造過程中還可以解決當地人口的就業問題。而這樣一個「造福於民」的項目為什麼遭到

[12] Roy, *The Greater Common Good*, Bombay: India Book Distributors, 1999, p.29. 轉引自 Rashmi Varma, "Developing Fiction: The 'Tribal' in the New Indian Writing in English", in *World Bank Literature*, Amitava Kumar (ed.), Minneapolis and London: University of Minnesota Press, 2003 .

了抵制呢？因為大壩的建成將淹沒 3000 萬人居住的村社和為 1.4 億人提供糧食的農田，大片大片的森林將受到損壞。於是，部落人（占印度總人口的 8%）聯合社會各界人士組織了反築壩運動，也叫「拯救納瑪達河運動」。他們的理由是：世界銀行在開發這個專案的同時違背了自己的原則，即保護環境和提高人民生活水準的原則。世界銀行於 1993 年撤銷了這個項目。

對於作為知識分子、作家和社會活動家的羅伊來說，這場運動及其結果不僅是資本與反資本的一場鬥爭，而且是古代文明與當代文化霸權的一場政治鬥爭。在她看來，世界銀行及其資助項目是一個政治構型，它「把整個民族投入到一個血腥的、中世紀的夢魘之中。它堅持要淹沒古老的清真寺而去挖掘一個並不存在的廟宇。這個政治構型不在乎淹沒一條神聖的朝聖路線和人們數百年來一直朝拜的無數廟宇。它不在乎淹沒神聖的山谷和河流、聖地、部落人信奉的神和精靈的家園。它不在乎淹沒生產化石、微型石和岩畫的山谷，印度唯一保存著舊石器以來人類棲居歷史的一條山谷」。[13]在人類學的意義上，這條河就不僅僅是經濟資源，而是重要的文化象徵。在羅伊的文化修辭中，部落人文化被賦予了歷史重載，把部落人文明看成是先於印度教、因此也先於伊斯蘭教和基督教的一種古老文明，因此，不能將其視作受印度教教化的原始人，而應看做一種自治的文化。在另一個意義上，羅伊拋開環境保護主義的浪漫主義理想，而聚焦於對後殖民開發的政治理解和資本流動中的階級剝

[13] Roy, *The Greater Common Good*, Bombay: India Book Distributors, 1999, p.29. 轉引自 Rashmi Varma, "Developing Fiction: The 'Tribal' in the New Indian Writing in English", in *World Bank Literature,* Amitava Kumar（ed.）, Minneapolis and London: University of Minnesota Press, 2003.

削，堅持認為「大壩之於民族發展就好比核武器之於國家的軍械庫，都是大規模殺傷性武器，都是政府用來控制人民的武器」。[14]因此，印度政府的決策只能造成不平等，只能把大多數人的利益置於權力的控制之下，置於全球化語境下金融資本的控制之下。

對經濟狀況的關懷已經成為印度作家中比較普遍的主題。阿米特・喬杜里（Amit Chaudhuri, 1962-）的《一個新世界》（*A New World*）描寫了20世紀90年代印度人民社會生活的巨變，尤其是個人反對新的全球化、反對貨物和身體流通的秘密鬥爭。朱姆帕・拉西里（Jhumpa Lahiri, 1967-）於2000年獲普利策獎的小說（第一部獲此獎項的印度小說）《弊病的闡釋者》（*The Interpreter of Maladies*）描寫了一種跨文化的旅行，也與全球化帶來的新動力學息息相關，講述了國內工人和拿H-2簽證的工人經常到美國為在那裡做醫生、工程師和商人的同胞服務的故事。這些作品的主旨一方面在於揭示旅行工人艱苦的勞動，每週6到7天、每天16小時的超時而低薪的工作；另一方面也在於講述「關於全球化的一個新的、尚未講過的故事，即新的抵制和新的主體性的出現，這是世界銀行文學的核心：全球化已經成為事實，如果不能回歸民族主義和保護主義，那就努力實現另一個不同的全球化，因此，文學敘事就必須講述新的故事、締結新的關係、闡述新的抵制和新的主體性。」[15]

---

[14] Roy, *The Greater Common Good*, Bombay: India Book Distributors, 1999, p.29. 轉引自 Rashmi Varma, "Developing Fiction: The 'Tribal' in the New Indian Writing in English", in *World Bank Literature,* Amitava Kumar（ed.）, Minneapolis and London: University of Minnesota Press, 2003.

[15] 見本書第228頁。

如邁克爾・哈特和安東尼奧・奈格里所說：「全球化並不是單一的事情，我們所說的全球化的多元過程並不是統一的或單聲部的。我們的政治任務……不僅僅是抵制這些過程，而且是重新組織這些過程，重新規定它們的目標。有創造力的民眾能支持帝國，因此也能自治地建立一個反帝國，建立另一個維持全球流動和交流的政治組織。因此，反抗和顛覆帝國的鬥爭，開展一場真正的有組織的鬥爭，將在帝國的領土上發生——實際上，這種新的鬥爭已經開始出現。」[16]「世界銀行文學」就是這場新的鬥爭的必要組成部分。

如前所述，廣義的「世界銀行文學」涉及的主要問題是階級、全球經濟、學術勞動以及大學的公司化。就階級問題而言，這種文學更多地關注經濟全球化、文化帝國主義以及日常生活狀況。比如，1991 年，印度政府採納華盛頓《輿論》報和國際貨幣基金組織發起的「穩定和結構調整」專案，以應付短暫的但卻嚴重的工資失衡，新德里政府為此取消了許多保護性政策，把國內市場向外資開放，使大量外國資本流入本國市場。到 1997 年印度慶祝獨立 50 周年時，紐約、倫敦和東京的跨國公司都在那裡設立了總部，開設商廈，新德里和孟買等大城市的商店裡擺滿了西方貨品，此後，金融、技術、人力和貨物的跨國流動急劇增長，跨國貿易空前繁榮，而貿易繁榮之下卻掩蓋著剝削和不平等，其最明顯的表現就是印度賽博技術和資訊服務業空前輸入美國，導致去美國的 H-iB 簽證人數從 1989 年的 4 萬增長到 20 世紀末的 12 萬。印度賽博工人的「西漸」說明前英屬殖民地中產階級的成功和人口流動，用理論的話語

---

[16] 轉引自 Kumar, Introduction to *World Bank Literature,* Amitava Kumar (ed.) , Minneapolis and London: University of Minnesota Press, 2003，p.xvii.

說，就是人口在旅行，而促成這種人口旅行的是一種生命政治，一種對生命發生影響的權力，是讓生命服從於準確的控制和各種紀律的約束，具體體現為對身體和廉價勞動的控制和規訓。[17]

換句話說，世界銀行和國際貨幣基金組織等大金融財團或組織一方面加快了經濟全球化的進程，另一方面也使第三世界陷入了被剝削被壓迫的悲慘處境，重新淪入了馬克思所描述的無產階級或工人階級的狀況。在這方面，我們還可以舉亞洲的廉價勞動和血汗工廠為例。比如，服裝是歷史上價格比較昂貴的一種商品。1920 年，美國家庭的服裝消費占總消費的 17%，而在 2001 年則僅占 4.4%。服裝的過剩主要是由於亞洲和中美洲的服裝廠對婦女勞動力的剝削所致。在 Disney、Liz、Nike 等美國服裝公司的工廠裡，女工每週要勞動 100 小時以上，而且還要受到身體、性和語言的騷擾。20 世紀 90 年代末，美國財政部通過國際貨幣基金組織推行新自由改革，造成了亞洲的金融危機，資本的私有化和失調使一些國家的經濟瀕於垮臺，工人工資也因此大幅度下降：印尼的服裝廠工人工資是每小時 15 美分；孟加拉（向美國出口服裝的第四大國）每小時工資 7 至 18 美分。這種情況不僅僅發生在亞洲、中美洲等第三世界國家，也發生在美國本土，尤其是高等教育的公司化。目前，就連《高等教育年鑒》（*The Chronicle of Higher Education*）這樣的頂尖雜誌也開始關注經濟問題，關注由於公司佔領學術和非學術空間而造成的全球性轉變了。2000 年該雜誌的一個封面故事講述在一所大學（查理斯敦南方大學：Charleston Southern University）連續工作

[17] Kumar, Introduction to *World Bank Literature*, Amitava Kumar (ed.) , Minneapolis and London: University of Minnesota Press, 2003.

了 27 年的一位教授，臨終時還在為未付完的帳單操心的故事。他剛開始任助理教授時，教師還是個工資很高的職業，可現在不同以前了。私立學校的會計學教授一年工資是 6.7 萬美元，而傳媒系的教授卻拿 2 萬美元不到；英語助理教授起薪是 3.7 萬美元，古典語言教授是 3.9 萬美元。剛參加工作的管理學助理教授起薪就是 6.1 萬美元，金融專業的則高達 7.7 萬美元。這種狀況實際上是世貿組織、世界銀行和國際貨幣基金組織一手炮製的「學術的政治經濟學」，一旦將其與公司控制下的全球生存狀況聯繫起來，學術勞動和學術剝削的問題便具有了全球性（globality）。[18]

那麼，大學的「公司化」是全球化嗎？全球化是資本主義嗎？這是世界銀行文學所要探討的另一個重要問題。在解答這些問題之前，我們先來談談狹義的「世界銀行文學」。這裡，literature 一詞實際上有「文獻」的意思，它包括像《東亞奇跡》（*The East Asian Miracle*）和《進軍 21 世紀》（*Entering the 21st Century*）這些由世界銀行、世貿組織和國際貨幣基金組織提交的報告，但也有像《色彩的故事》（*The Story of Color*）這種反映加勒比海地區主權和本土抵制問題的兒童讀物，以及喬治・拉明（George Lamming）的《逃亡的快樂》（*The Pleasures of Exile*）這種純想像的文學作品。從事這種文學（文獻）研究的人大多是從事經濟學、文學理論和文化研究的教授們。他們的研究結果表明，這些金融機構正在建築一所「新的全球金融大廈」，在這所大廈裡，像美國這樣的高消費經濟可以動用其

[18] Kumar, Introduction to *World Bank Literature,* Amitava Kumar (ed.) , Minneapolis and London: University of Minnesota Press, 2003.

他國家的儲蓄。[19]而就「文學」自身的意義而言，世界銀行文學涉及如何理解當代文化生產的政治現實問題，包括政治對生態景觀的破壞，性身分和種族身分、民族形式、跨國聯盟、資產階級民族主義向全球經濟的投降，以及如何在全球化的世界經濟體制下測繪新的焦慮和欲望從而實現民族認同的問題。

與世界銀行文學相關的最後一個問題是如何閱讀。這關係到如何界定這種文學的形式和文類的問題。鑒於這種文學大多出自第三世界作家之手，如印度作家巴拉蒂・穆克吉（Bharati Mukherjee, 1940-）和英籍印度小說家薩爾曼・拉什迪（Salman Rushdie），因此有可能確立一種以政治為主的後殖民文學批評，即在後殖民文本中發現政治無意識的一種閱讀和批評，而為了面對「世界銀行文學」與「相關性」的挑戰，一種政治的認知測繪也許有助於這種批評。這又使我們回到了全球化的話題上來。

弗雷德里克・詹姆遜在《全球化與賽博朋克》一文中指出，「至於全球化，我是指一個特殊的歷史進程，非常不同於帝國主義或舊的貿易網路和關係，與『國際主義』的內涵完全不同。全球化是資本主義發展的第三階段，從技術上說，它是由控制論和電腦促成的，以及由控制論和電腦所促成的一種生產——非常不同於古典工業生產的一種生產。它的特徵是普遍的商品化和勞動的跨國運動，有時，它並非準確地被描寫為美國化；其文化的上層建築就是我們所說的後現代主義或後現代性，與 20 世紀 80 和 90 年代出現的金融資本主義密切相關……」這個定義最明顯地把「全球化」與帝國

---

[19] Kumar, Introduction to *World Bank Literature*, Amitava Kumar (ed.) , Minneapolis and London: University of Minnesota Press, 2003.

主義和國際化嚴格區別開來。全球化不是「帝國主義」，不是「國際化」，而是資本主義發展的第三階段，如此等等。在詹姆遜的術語中，全球化就是認知測繪，就是繪製資本主義的全球地圖，而美國本身就是那個宏觀全球化的縮影，它被描寫為：「如非洲一樣貧窮，如蘇聯一樣官僚化，如 19 世紀的資本主義一樣殘酷，其強盜資本家猶如任何第三世界的權力中堅或第二世界的侍從一樣墮落和貪婪。」[20]但這只是一幅寓言圖景。

他的另一幅圖景或測繪是技術革新帶來的文化轉型，或資本主義的文化轉型：「如果資本主義的第一個完整階段開始於蒸汽機和剛出現的工廠生產，那麼，我們所說的現代主義就是與電子收音機和內燃機同時產生的；而後現代性不僅可以大體上追溯到對原子能的越來越強烈的依賴和電視文化的普及，最重要的是追溯到新的資訊技術和電腦化，及其伴隨而來的各種形式——微型化（miniaturization）、集裝箱化等等。」這也可以換一個說法：「即 18 世紀的製造業改變了舊的傳統農業社會，使其無以回歸；然後，汽車的到來革新了由此而改觀的大地景色，使其現代化；最後，電視和電腦又以不可逆轉的方式改變了日常生活和生產本身，這顯然需要新的表現形式和新的藝術種類。」[21]

---

[20] 《全球化與賽博朋克》是弗雷德里克・詹姆遜於 2004 年 6 月 11－15 日在清華大學舉辦的「批評探索——理論的終結」國際研討會上的發言，文章的主要內容經過修改後寫入他於 2005 年出版的《未來考古學：名叫烏托邦的欲望與其他科幻小說》（*Archaeologies of the Future: The Desire Called Utopia and Other Science Fictions*）一書。

[21] 同上。

最後，作為新時期之標誌的全球化「在性質上仍然是資本主義的，實際上在許多方面是大大強化了的資本主義形式，在這種形式中，與另一個制度長期冷戰的舊的意識形態和理想主義口實都已被拋棄，而公開坦白地獻身於利潤動機；在這種形式中，第一世界福利國家的解體和對第三世界的阻礙有把我們重新帶回到資本主義初期最糟糕的狀況之下的危險，如血汗工廠、結構性失業、政府的共謀和腐化，等等。後現代性和全球化並不標誌著與資本主義的決裂，也不意味著烏托邦式地進入美妙的新的後工業和後意識形態階段，而不過是資本主義的第三階段而已：是資本主義制度的重構，如果願意，也可以說是進入可與以前的歷史相比擬的一個新的發展循環，但卻處於不同的生產水準，位於從民族資本主義和帝國主義時期極大地擴展開來的一個空間裡，在這個空間裡，馬克思預見的『世界市場』似乎第一次顯示出它的可見形式。」[22]

這裡，我們看到了詹姆遜的認知測繪理論與世界銀行文學／批評之間的第一個相通之處——概念的寓言性。在那篇以《認知測繪》為題的重要文章中，詹姆遜首先承認「除了並不存在這個話題[認知測繪]這一事實之外，我並不瞭解什麼」，繼而試圖「為我們不能想像的東西提出一個概念」，勾勒出這種美學的基本座標——其深刻的教育功能，能教我們學會如何在這個世界上為自己定位；其空間和集體取向；最後，其總體化運動，為我們自己的「不可再現的、想像的全球社會總體性」建構充分的再現。[23]這也恰好是「世界銀

[22] Fredric Jameson, "Cognative Mapping", in Cary Nelson and Lawrence Grossberg（eds.）, *Marxism and the Interpretation of Culture*, Chicago: University of Chicago Press, 1988.

[23] Ibid..

行文學」的政治議程：建構與「此地」和「彼地」相關的一種教育學；促進對「後殖民研究」的現行結構的重新思考；最後，移植「對文學學科發生如此重大影響的、過時的、不充分的『世界文學』範疇。」[24]這裡當然指局限於西歐、主要源自萊茵河畔的歌德的「世界文學」，正是這種地域的局限性使其分析方法不能應付正在出現的全球現實。

把「銀行」的概念置於「世界文學」的組合之中，一方面具有「嬉戲」的作用，喻指當下國際經濟和政治事務中佔據重要位置的地緣政治機構（世界銀行、世貿組織、國際貨幣基金組織），另一方面突出了此前後殖民研究的局限性。「銀行」的概念暗示以前的世界文學和後殖民研究中從根本上忽略了政治經濟的問題，同時也暗示著想像「文化」身分的方式的根本轉變：歌德的「世界文學」概念是在歐美工業化和民族主義上升時期提出來的，因此在空間上受到不同文化和不同實體的限制，是在「民族－國家」的層面上想像出來的。而「世界銀行文學」則聚焦於當代資本主義世界體系內部不同空間和不同層面之間深刻的關係性（relationality）：一方面，經濟、政治、文化等不同層面之間連續地相互交流；另一方面，金融、商品、資訊和人口通過把分散的地點連接起來的不同網路而不間斷地流動。簡言之，世界銀行文學是一個總體化思維的形式，是把不同的想像聯繫起來而不斷擴大其空間的一個過程。

這涉及「認知測繪」與「世界銀行文學」之間的另一個相通之處：防止「全球化」概念中內嵌的同一性傾向。大衛・哈威（David

---

[24] Kumar, Introduction to *World Bank Literature,* Amitava Kumar（ed.）, Minneapolis and London: University of Minnesota Press, 2003.

Harvey, 1935-）在其文化批評理論中經常談到資本主義生產方式不斷進化的空間維度，也對目前有關全球化的主要想像提出了挑戰。他認為，雖然對全球化的關注把空間和文化地理問題置於核心位置，但全球化的概念也具有深刻的意識形態內涵，與以前的「後工業社會」、「新殖民主義」和「美國化」等術語沒有什麼區別，因為一般認為，全球化就是資本家利用美國的軍事、外交和商業政策獲取經濟利益，因此是資本主義在空間上進行「再轄域化」的一個過程，告訴人們這也必然是一個商品化和文化同質化的一個過程。因此，哈威建議我們不說「全球化」，而改用「不平衡的地緣發展」，這就意味著，資本主義的矛盾邏輯仍然在多樣的空間裡暴露出來，全球化不過是一系列歷史的「空間定型」（spatial fixes）和再轄域化的最新表現，而不是什麼根本斷裂。在這個意義上，庫瑪（Amitava Kumar, 1963-）用世界銀行文學代替後殖民研究，哈威用不平衡的地緣發展代替全球化，都和詹姆遜的認知測繪一樣，是一種新的閱讀方式、新的想像方式，而閱讀和想像的對象就是抵抗的政治組織和活動。

概括起來說，「世界銀行文學」這個術語具有三個層次的比喻意義：第一，這個術語是以世界銀行這個特殊機構命名的，但指的卻是控制和合法使用全球金融資本或資源的更大體制；第二，在狹義的學科意義上，這個術語旨在敦促後殖民主義和世界文學直面全球規模的政治經濟現實，尤其是在嚴格意義上不屬於殖民主義歷史和遺產的現實；第三，人文和社會科學與世界銀行之間的關係是大學活動家的共同領地，既關係到血汗工廠這樣的全球問題，同時又涉及學術就業等局部問題。這也從另一個角度說明西方和印度學者已經從純粹的學院派研究轉向了現實研究，關注的不是純粹的脫離實際的空論，而是關係到民眾命運和日常生活的問題。世界銀行、世貿組織、國際貨幣基金組織都在國際經濟和政治事務中扮演著決策者的角色，是決定人們日常生活秩序的權力機構，因此才不可避免地成了文學和文化批評家的靶子。

謹以此書

獻給曾經並將繼續給予我理解和友愛的人！

陳永國　2008 年 5 月於清華園

中外文人名對譯表

孔德 Isidore Marie Auguste François Xavier Comte
杜克海姆（涂爾幹）Emile Durkheim
索緒爾 Ferdinand de saussure
本維尼斯特 Émile Benveniste
蘇珊娜・奧尼加（Susana Onega）
布魯姆菲爾德 Leonard Bloomfield
喬姆斯基 Avram Noam Chomsky，1928 -
康德 Immanuel Kant
列維－斯特勞斯 Claude Lévi-Strauss
拉康 Jacques-Marie-Emile Lacan
普洛普 Vladimir Propp
羅蘭・巴特 Roland Barthes
德里達 Jacques Derrida
福柯 Michel Foucault
利奧塔 Jean-Francois Lyotard
庫恩 Thomas Samuel Kuhn
熱奈特 Gérard Genette
卡勒 Jonathan Culler
托多羅夫 Tzvetan Todorov
貝特爾海姆 Bruno Bettelheim
尼采 Friedrich Wilhelm Nietzsche
克利斯蒂娃 Julia Kristeva
瑞法特爾 Michael Riffaterre

巴赫金 Ъахтинг,Михаил МихаЙлович
拉伯雷 François Rabelais
陀思妥耶夫斯基 Фёдор Михайлович Достоевский
蒲柏 Alexander Pope
菲爾丁 Henry Fielding
理查遜 Samuel Richardson
賽凡提斯 Miguel de Cervantes Saavedra
喬伊絲 James Augustine Aloysius Joyce
巴思 John [Simmons] Barth
彌爾頓 John Milton
荷馬 Ὅμηρος/Homer
惠特曼 Walt Whitman
華茲華斯 William Wordsworth
品欽 Thomas Ruggles Pynchon
左拉 Émile Zola
布魯姆 Harold Bloom
德曼 Paul de Man
布洛赫 Ulrich Broich
德勒茲 Gilles Louis Réné Deleuze
萊布尼茨 Gottfried Wilhelm Leibniz
普魯斯特 Marcel Proust
哈拉威 Donna Haraway
哈特 Michael Hardt
懷特 Hayden White
弗萊 Northrop Frye
米什萊 Jules Michelet
蘭克 Leopold von Ranke
托克維爾 Alexis de Tocqueville
布克哈特 Jacob Christoph Burckhardt

佩珀 Stephen C. Pepper
赫德爾 Johann Gottfried von Herder
卡萊爾 Thomas Carlyle
尼布林 Reinhold Niebuhr
莫姆森 Hans Mommsen
特里維廉 George Macaulay Trevelyan
聚貝爾 Heinrich von Sybel
特賴奇克 Heinrich von Treitschke
斯塔布斯 William Stubbs
梅特蘭 Frederic Willian Maitland
巴克爾 Henry Thomas Buckle
泰恩 Hippolyte Adolphe Taine
馬克思 Karl Heinrich Marx
沃爾什 W.H.Walsh
伯林 Isaiah Berlin
曼海姆 Karl Mannheim
阿爾都塞 Louis Althusser
胡塞爾 E.Edmund Husserl
海德格爾 Martin Heidegger
希波利特 Jean Hyppolite
斯賓諾莎 Benedictus de Spinoza
黑格爾 Georg Wilhelm Friedrich Hegel
佛洛伊德 Sigmund Freud
培根 Francis Bacon
梅爾維爾 Herman Melville
馬拉美 Stéphane Mallarmé
貝克特 Samuel Beckett
卡夫卡 Franz Kafka
阿爾托 Antonin Artaud

布朗肖 Maurice Blanchot
盧梭 Jean-Jacques Rousseau
列維納斯 Emmanuel Levinas
笛卡兒 René Descartes
阿奎那 Thomas Aquinas
亞里斯多德 Αριστοτ λη（Aristotle）
柏拉圖 Πλτων（Plato）
巴門尼德 Παρμενίδης 或 Ἐλεάτης（Parmenides of Elea）
洛特雷阿蒙 Comte de Lautréamont
米勒 J. Hillis Miller
羅蒂 Richard Mckay Rorty
哈貝馬斯 Jürgen Habermas
奧斯丁 John Langshaw Austin
瓜塔里 Felix Guattari
休謨 David Hume
柏格森 Henri Bergson
布坎南 Ian Buchanan
貝尼 Carmelo Bene
康拉德 Joseph Conrad
莫里森 Toni Morrison
拉什迪 Salman Rushdie
庫切 John Maxwell Coetzee
賽義德 Edward Said
斯皮瓦克 Gayatri C. Spivak
巴巴 Homi K. Bhabha
詹姆遜 Frederic Jameson
布林迪厄 Pierre Bourdieu
本雅明 Walter Benjamin
吉登斯 Anthony Giddens

勞倫斯 David Herbert Lawerence
科爾布魯克 Claire Colebrook
斯密 Adam Smith
霍蘭德 Eugene W. Holland
李嘉圖 David Ricardo
阿里吉 Giovanni Arrighi
列寧 Влади мирИльи ч Ле нин
曼海姆 Karl Mannheim
鮑德里亞 Jean Baudrillard
基拉西烏斯一世 Sanctus Gelasius I
伽利略 Galileo Galilei
韋伯 Maximilian Karl Emil Weber
雅斯貝斯 Karl Jaspers
薩特 Jean-Paul Sartre
魯曼 Niklas Luhmann
盧卡奇 Georg Lukacs
泰勒 Frederick Winslow Taylor
伏爾泰 Voltaire
博爾赫斯 Jorge Luis Borges
阿多諾 Theodor Wiesengrund Adorno
荷爾德林 Johann Christian Friedrich H lderlin
希羅多德 ΗΡΟΔΟΤΟΣ
西塞羅 Marcus Tullius Cicero
胡塞爾 Edmund Gustav Albrecht Husserl
弗雷格 Friedrich Ludwig Gottlob Frege
赫施 Eric Donald Hirsch
巴塔耶 Georges Bataille
培根 Roger Bacon
叔本華 Arthur Schopenhauer

韋努蒂 Lawrence Venuti
泰特勒 Alexander Fraser Tytler
斯塔爾夫人 Madame de Stael
德塞都 Michel de Certeau
克雷因 Melanie Klein
葛蘭西 Antonio Gramsci
阿明 Shahid Amin
阿諾德 David Arnold
查特吉 Partha Chatterjee
哈迪曼 David Hardiman
古哈 Ranajit Guha
潘戴 Gyanendra Pandey
西蒙 Sherry Simon
德維 Mahasweta Devi
奈格里 Antonio Negri
歌德 Johann Wolfgang Von Goethe
恩格斯 Friedrich Von Engels
波德賴爾 Charles Pierre Baudelaire
羅伊 Arundhati Roy
喬杜里 Amit Chaudhuri
拉西里 Jhumpa Lahiri
穆克吉 Bharati Mukherjee
哈威 David Harvey
庫瑪 Amitava Kumar

秀威文哲叢書 02　PG1118

理論的逃逸

——解構主義與人文精神

作　　者 / 陳永國
主　　編 / 韓　晗
責任編輯 / 蔡曉雯
圖文排版 / 陳彥廷
封面設計 / 陳怡捷

發 行 人 / 宋政坤
法律顧問 / 毛國樑　律師
出版發行 / 秀威資訊科技股份有限公司
114 台北市內湖區瑞光路 76 巷 65 號 1 樓
電話：+886-2-2796-3638　傳真：+886-2-2796-1377
http://www.showwe.com.tw
劃撥帳號 / 19563868　戶名：秀威資訊科技股份有限公司
讀者服務信箱：service@showwe.com.tw
展售門市 / 國家書店（松江門市）
104 台北市中山區松江路 209 號 1 樓
電話：+886-2-2518-0207　傳真：+886-2-2518-0778
網路訂購 / 秀威網路書店：http://www.bodbooks.com.tw
國家網路書店：http://www.govbooks.com.tw

2014 年 3 月　BOD 一版
定價：380 元

國家圖書館出版品預行編目

理論的逃逸：解構主義與人文精神 / 陳永國著. -- 一版. -- 臺北市：秀威資訊科技, 2014.03
面；　公分. -- (秀威文哲叢書；PG1118)
BOD版
ISBN 978-986-326-229-9 (平裝)

1. 文學理論　2. 解構主義

810.1　　103001714

讀者回函卡

感謝您購買本書，為提升服務品質，請填妥以下資料，將讀者回函卡直接寄回或傳真本公司，收到您的寶貴意見後，我們會收藏記錄及檢討，謝謝！如您需要了解本公司最新出版書目、購書優惠或企劃活動，歡迎您上網查詢或下載相關資料：http:// www.showwe.com.tw

您購買的書名：________________________________

出生日期：________年________月________日

學歷：□高中（含）以下　□大專　□研究所（含）以上

職業：□製造業　□金融業　□資訊業　□軍警　□傳播業　□自由業

□服務業　□公務員　□教職　□學生　□家管　□其它____

購書地點：□網路書店　□實體書店　□書展　□郵購　□贈閱　□其他

您從何得知本書的消息？

□網路書店　□實體書店　□網路搜尋　□電子報　□書訊　□雜誌

□傳播媒體　□親友推薦　□網站推薦　□部落格　□其他________

您對本書的評價：（請填代號　1.非常滿意　2.滿意　3.尚可　4.再改進）

封面設計____　版面編排____　內容____　文／譯筆____　價格____

讀完書後您覺得：

□很有收穫　□有收穫　□收穫不多　□沒收穫

對我們的建議：________________________________

____

____

____

請貼
郵票

11466
台北市內湖區瑞光路 76 巷 65 號 1 樓
秀威資訊科技股份有限公司 收
BOD 數位出版事業部

（請沿線對折寄回，謝謝！）

姓　　名：__________ 年齡：______ 性別：□女　□男

郵遞區號：□□□□□

地　　址：__________

聯絡電話：（日）__________（夜）__________

E-mail：__________